# 映画・文学
# アメリカン

志村正雄

松柏社

# 映画・文学・アメリカン——目次

原　題：*The Scarlet Letter*
監　督：Victor Sjöström
公開年：1926
原　作：Nathaniel Hawthorne,
*The Scarlet Letter* (1850)

# 『真紅の文字』

このシリーズの最初の映画として、鶴見大学同窓会事務局は『緋文字』を選びました。事前に相談を受けた際、私は「それは、ホーソーンがいいだろう」と申しました。アメリカの小説の歴史が本格的に始まるのは一九世紀になってからですが、この一九世紀の中頃まで、すなわち南北戦争の頃までを考えますと、ホーソーンとメルヴィルという二人の作家が群を抜いて優れた小説家であることは間違いのないところです。もちろん、そこにエドガー・アラン・ポウを加える向きもありますが、ポウは小説家というよりは、むしろショート・ストーリーと詩に優れた才を発揮した人で、ノヴェリストと呼ぶには若干抵抗があります。他にも何人かの同時代作家がおりますが、やはりホーソーンと比べると、スケールが小さいと言えましょう。

一九世紀後半になりますと、ヘンリー・ジェイムズとマーク・トウェインという作家が出てきますが、これらの作家をすべて考え合わせても、この国を代表する小説家として、即ち、正統派のノヴェリストとして、誰もが文句なしに挙げるのがホーソーンであると思います。

ホーソーン以外の作家は、アメリカ国内よりは、むしろ外国で高い評価を受けています。たとえば、ポウはフランスで、メルヴィルはイギリスで、非常に高く評価されました。

これに対して、ホーソーンは、最初の長編小説、つまりこの映画の原作である『緋文字』（*The Scarlet Letter*）を発表したときから、二〇世紀、そして現在に至るまで、一貫してアメリカ国内で高い評価を受け続けています。

他の作家、たとえばメルヴィルは、亡くなる頃にはアメリカ国内での知名度はほとんどなく、かえってイギリス人のほうがその名前を知っていたほどでした。アーネスト・ヘミングウェイはアメリカでは一種のナショナル・ヒーローと捉えられていました。しかし、それと並び称されるウィリアム・フォークナーは、第二次世界大戦の終わり、即ち一九四五年頃まで、ほとんどアメリカ人に評価されず、評価していたのは、フランスやイギリスでした。なかなか自国の評価と外国の評価が合わないことが、多かったようです。そういう意味では、一九世紀ではホーソーン、二〇世紀前半ではヘミングウェイ、共にHで始まる名前のこの二人の作家は、国内的に高い評価を受けたと言えます。

大きな視点に立って、当時のアメリカ文学を紹介しましたが、文学史を詳しくご説明するのは趣旨ではありません。ただ、これはよく言われていることですが、アメリカの小説家というのは、ヨーロッパの小説家と違って、人物を描こうとするよりは状況を描こうとする、即ち「状況の作家」であると言えます。このことは私、いつも強調しておきたいことです。その代表的な作家として、ホーソーンを考える人もおります。

ヨーロッパの小説の伝統についてお話ししますと、たとえば、イギリスでは、市民社会の勃興と共に小説が盛んになっていきました。一八世紀の小説を見ますと、題名に人の名前が多いのが目につきます。『クラリッサ』という女性の名前、『トム・ジョーンズ』、『ロビンソン・クルーソー』という男性の名前など、人の名前が題名になっているものが多い。一九世紀になっても、『デイヴィッド・コパーフィールド』、『サイラス・マーナー』、『エマ』など、相変わらず、人の名前が題名になっている小説がたくさん出ています。これらは、皆、その題名になっている人物がどんな生き方をしたか、どんなふうに人間として成長していったかがテーマとなっています。

ヨーロッパの他の国々でも、これは同じです。有名な『アンナ・カレーニナ』しかり、フローベールの『ボヴァリー夫人』しかり。どれも、個人がどのように生きたかを描いています。小説が市民社会の勃興と共に出現してきたことを思えば、これは当然と言えましょう。当時のヨーロッパでは、一人の市民がどんなふうに成長して、どんなふうに生きたかということが、もともと、小説の中心にあったようです。

ところが、アメリカでは、人の名前をかぶせた小説がわりと少ないのです。もちろん『ハックルベリー・フィンの冒険』とか、『トム・ソーヤーの冒険』とか、人名がタイトルの小説はいくつかありますが、これらはむしろ例外です。たとえば、ホーソーンの有名な四つの長編小説は、どれも人の名前をかぶせておりません。この傾向は、二〇世紀になってますます強くなっていきます。

つまり、一人の人間がどのように成長していったかということよりは、一種の抽象的かつ普遍的な人間像を設定して、その人間がある状況に置かれるとどうなるか、どういう反応を示して、どのように生きていこうとするかを描いたものが多いのです。これは、アメリカが多様な民族を寄せ集めて出来た国家であることに、起因していると思われます。

これらは、ある意味で、S・F、サイエンス・フィクションに近いと言えます。サイエンス・フィクションというのは、ある状況になったときに、人間はどうなるかを描くものです。たとえば、フィリップ・K・ディックというSF作家は、『高い城の男』（*The Man in the High Castle*）という有名な小説の中で、もし第二次世界大戦で日本、ドイツ、イタリアが勝っていたら、どうなっているか、アメリカの西半分は日本が占領し、東半分はドイツが占領していたら、その状況下でアメリカ人はどのように行動するだろうか、ということを書いています。これは純文学的にもなかなか面白い作品です。このタイプの if「もしも」で始まる小説は、厳密にはサイエンス・フィクションと呼ばれないかもしれませんが、内容的にはまぎれもなくサイエンス・フィクションと言えましょう。

ホーソーンも、世界に人間が男一人と女一人だけになったらどうなるか、という短編小説を書いています。ホーソーンは、「もし○○ならば……」、「状況がこうなったら、果たして……」という関心度が非常に高かったと思われます。つまり、ヨーロッパの作家がものを書く出発点が、「こういう面白い人間に出会った私は、この人間をどのようにして文学的な像に作り上げていこうか」というところにあったのに対して、ホーソーンをはじめとするアメリカ型の作家は、「こんな状況があったら、人間はどういうふうに行動するか」という点に強い関心を持っていたということです。

*The Scarlet Letter* は、『緋文字《ひもんじ》』という訳語が定着してしまったため、今では一般に『緋文字』と呼ばれていますが、最初からそういう日本語題名だったわけではありません。この映画も、第二次世界大戦前に日本で初めて公開されたときは『真紅の文字』という題名でした。

神田に面白い古本屋がありまして、この本屋のオヤジさんは、アメリカの古本にカバーをつけ、勝手な題名をつけて棚に並べています。かなり英語がおできになる方なのですが、ある時、『緋文字』のカバーはどうなっているかしらと思って調べたら、「赤い手紙」と書いてありました。これも、アリですよね。『緋文字』があまりにも熟してしまったから、変な感じがしますが。この映画が戦前に上映されたときのタイトルは『真紅の文字』でした。そして、オヤジさんの『赤い手紙』も、なかなかいい題名です。

と言うのは、これが一種の手紙かもしれないからです。税関の二階で発見された「A」という文字の刺繍は、一七世紀の中頃から一九世紀の中頃へかけて、二百年前の手紙というふうに考えられないこともない。岩波文庫の訳者は、この「A」という文字が何の略であるかについて、この小説は一言も言及していないと指摘しています。

「緋（スカーレット）」という単語は旧約聖書の「イザヤ書」（一：一八）の「主は言われる、……たといあなたがたの罪は緋のようであっても、雪のように白くなるのだ」から来ているのでしょう。

日本語訳『緋文字』は、三つか四つの文庫に入っています。一番最近出た訳がいいだろうと思って岩波文庫版を選んだのですが、よく読んでみると、必ずしも読みやすい訳とは言えません。まあ、原文自体が必ずしも読みやすいものではありませんからね。

『緋文字』は、第二次世界大戦前は、たいがいこの小説の「税関」と題する序文を省いて、本文だけで売られていました。でも、今手に入る文庫本は、岩波以外の、刈田元司訳でも、鈴木重吉訳でも、どれにも序文が訳されています。これは、『緋文字』が序文から読むべき小説なのだということが、はっきりしてきたからです。

ホーソーンは、実際に、セイラムという町で税関に勤めていたのですが、序文の中で彼は、税関の屋根裏でAという緋文字を発見し、これにQという人が書いた説明書きが付いていたという話を展開しています。彼は、すっかりその虜《とりこ》になってしまい、この小説を書くことになったというわけです。

しかし、Qは実在の人物ですが、Aという緋文字、その文字を胸に縫い付けた服を身にまとって暮らした女性へスター・プリン、さらに、Qという人物が記したという説明書き、これらはすべてホーソーンの作りごとです。

この他にも、序文からいろいろなことが分かります。ホーソーンは短編もたくさん書いていますが、そのほとんどを最初は無署名で発表しています。このため、最近でもなお、無署名で発表された作品がホーソーンのものではないかという議論が起こったりしています。

『緋文字』よりも先に発表した『トワイス・トールド・テールズ（二度語られた話）』という短編集は、エドガー・アラン・ポウが書評して、大変有名になりました。ポウは、この書評の中で、短編とはいかにあるべきかを語っています。

実は、ポウはこの短編集について三回書評を書いているのですが、その中の一つで「ホーソーンは偉い作家だが、一つ私の作品から盗作している」と述べています。ところが、問題の作品は、ポウの作品より十年くらい前に書かれていたことが分かっています。ポウは短編集を読んで、「自分の作品にあまりにも似ている」と文句を付けたのですが、この作品は無署名でとうの昔に発表されていたのです。

このように、ホーソーンは『緋文字』の前にも多数の作品を発表していましたが、ホーソーンという名前が知られるようになったのは、最初の長編小説である『緋文字』からです。

ところで私は、この作品の邦訳には、少し「訳しすぎ」の感があるという気がします。「税関」という題の付いたその序文に、「著者が書物を世に問うときには、たいていの学校友達や生涯の伴侶よりも著者をよく理解する数少ない人たちに語りかけるのであって……」（The truth seems to be, however, that, when he casts his leaves forth upon the wind, the author addresses, not the many who will fling aside his volume, or never take it up, but the few who will understand him, better than most of his schoolmates or lifemates）というくだりがあります。これは有名な言葉で、どの訳者も同じように訳しています。

このくだりは、こういうふうに訳せないこともないのですが、原文を忠実に見ていくと、「もしも彼が、自分の leaves つまり、木の葉を、風に向かって投げたとき……」とも読めます。「著者が書物を世に問うとき……」という訳は、「自分の leaves」を「著者が書いた原稿」と解釈したものです。これは、原文の一つの解釈であって、間違いとは言えません。しかし、ホーソーンが自分の著作を「風に舞う木の葉」のように捉えていた感覚は、この訳からは感じ取れません。

こういうところが、ホーソーンの文章の難しいところです。一つの文章が、いろいろな意味に取れる。先の文章は、単に著者が書物を出版するときとも取れるし、木の葉のイメージを浮き立たせるようにも受け取れる。ひいては、小説の中の登場人物をどう捉えるかについても、いろいろな考え方ができる、ということです。

チリングワースは、この映画の中では極悪非道のおっちゃんに描かれていますが、小説ではそうでもなく、むしろ、立派な学者タイプとして描かれています。だから、初めのうち、彼は牧師と親しくなり、ある意味で、本当に心を許しあっている感じさえあります。ホーソーンは、チリングワースには他の人には得られないようなものがあり、ディムズデール牧師にはチリングワースほど親しい友達はほかにいなかったとさえ書いています。もちろん、後になると状況は変わるわけですが、二人はかなり長い間、腹心の友のような関係を続けます。批評家の中には、後に憎しみに変わる愛の気持ちというのは、ほぼ同性愛的に解釈すべきであると言っている人もいます。

しかし、映画では、そういうわけにはいきません。チリングワース役をやった俳優は、当時のアメリカでかなり有名な役者だったのですが、この映画の中で、あまりにも悪者の顔に扮装しすぎたんじゃないかと思います。

岩波文庫版の訳者、八木敏雄さんは、解説の中で、序文と最終章が大事だと言っています。しかし、この序文と最終章にあたるところは、映画には全然出てきません。

最終章はこの小説の謂わば後日談で、ヘスター・プリンの娘パールが、チリングワースの遺産を受け継いでからのストーリーが描かれています。チリングワースは、総督の立ち会いのもと、自分の遺産はすべてパールに与えると遺言して死ぬのです。ということは、チリングワースは、ディムズデール牧師との間に生まれた不倫の子であるパールを、最後には娘として認め、父親としての義務を全うしたことになります。彼は前にパールの命を救っているのですから、「最後には」ではなく「最初から」かもしれませんが。この結果、パールは莫大な財産を相続し、当時のアメリカで最高の金持ちになります。パールは、アメリカでもイギリスでもない、ヨーロッパのどこかの国で結婚して幸せに暮らし、母親であるヘスター・プリンを呼び寄せようとします。ヘスター・プリンは、一度は娘のもとを訪れますが、そこにとどまることはなく、自分が苦難の時を過ごしたボストンの町に戻り、そこで苦しんでいる女性たちの相談役になります。この部分は、時間的にはずっと後のことになるので、当然ながら映画には出てきません。

パールが嫁に行った先はイタリアの貴族である、というのが一般的な解釈で、間違いのないところだと思いますが、これもホーソーン一流の仄めかしで書かれています。パールは、カトリックの国の貴族のお嫁さんになったわけです。小説の最初のほう、ヘスター・プリンがパールを抱いて処刑台に立つシーンで、ホーソーンは、その姿がイエスを抱いた聖母マリアを思い起こさせると書いています。きわめてカトリック的なイメージですね。

これが、ホーソーンの不思議なところです。彼はアメリカの厳格なピューリタンの家系の四代目に当たるのですが、作品の中に、時々カトリックのイメージを入れてきます。最後の長編小説『大理石の牧神像』では、ピューリタンの子孫でいながらカトリックの良さもよく分かっている人物像を描いています。

岩波文庫の訳者の「序文と最終章がきわめて重要だ」という指摘には、まったく同感です。特に最終章の一部、「なぜヘスター・プリンが、大変な苦難の時を過ごしたボストンへ戻ったのか」を説明している部分です。岩波の訳はどうもしっくりこないので、私の訳で簡単にご説明しましょう。

しかし、ヘスター・プリンにとってこの土地、このニューイングランドにこそ、真の生活があった。パールが結婚して暮らしている未知の国には、それはない。この土地にこそ、彼女の罪があった。この土地に、彼女の悲しみがあった。そして、この土地に、これからの彼女の懺悔《ざんげ》の行《ぎょう》がなければならない。それゆえ、彼女は戻ってきた。そして、再び身につけたのだ。自らの自由意志で。あの冷酷な時代のどんな厳しい施政官であろうと、もうそれを共有する気持ちはなくなっていたのに、自ら、このように暗い物語の、これまで語ってきたあの印を、つまりAの文字を、再び身につけたのだ。以後、それが彼女の胸から離れたことはなかった。しかし、ヘスターの人生を作り上げたその苦しい心づくしの献身的な年月が過ぎるうちに、緋文字は世間の侮蔑と非情を呼ぶ恥の印ではなくなり、何か気の毒なものを表す図柄となり、畏敬の念で見られたが、同時に尊敬の念も含まれていた。そして、ヘスター・プリンは自分本位のことをしなかったし、自分の利益、自分の楽しみなどを考えない生活であったから、人々は自分たちの悲しい出来事、困ったことなどを話しに来て、彼女に助言を求めた。彼女が、大変な苦難を耐えてきた人だったからである。とりわけ女性たち、絶えず繰り返される傷つき、燃え尽き、裏切られ、誤った情熱、また、不倫の罪深い情熱の苦しみ、あるいは、無視され、求められないがゆえに頑なになった心の悲しい重荷を背負った女性たちが、ヘスターの小屋にやって来て、なぜ自分たちはこんなに悲惨であるのか、何か打つ手はないのか、と尋ねるのであった。ヘスターは、できる限り彼女たちを慰め、助言を与えた。同時に、揺るがぬ自分の信念を語った。いつか、やがて、もっと明るい時代が来て、世界に機が熟するなら、新しい真実が明るみに出て、男性と女性の全部の関係がお互いの幸福という確かな基盤の上に樹立されることになるであろうと。

つまり、彼女は、フェミニストの走りの役割をやったわけです。これを読んでいた一九世紀の読者たち、その時代にもまだ、男女の関係（ホーソーンは whole relation という言葉を使っていますが）が、お互いの幸福という確かな基盤の上に立っていたとは到底思えません。二〇世紀になっても、つい最近まで、いや、今でもなお、同じです。アメリカは日本よりもはるかに男女差別の多い国であるとは、一九六二年頃インディアナ大学の民俗学の助教授であったベティ・ラナム女史がしばしば言っていたことです。有名なことですが、一九六四、五年頃まで、アメリカに女性を描いた切手はありませんでした。日本には、戦前はさすがに少なく、大正時代に発行された神功皇后くらいですが、戦後になると、印刷女工（五円、十円）、紡績女工（十五円）、農婦（二円）など、また記念切手では有名な一九四八年切手趣味週間の「見返り美人」（五円）、一九四九年国体のスケート女子（五円）、同年、広島平和都市記念の「ばらをもつ乙女」（八円）、一九五一年文化人シリーズの樋口一葉（八円）、一九五二年日赤創立七十五年の日赤看護婦（十円）などから始まって女性の図柄は多い。とにかく、見えないところで、アメリカの女性は非常に差別されていたふしがある。この頃、だんだん良くなってきてはいますが。「やがてもっと明るい時代が来るだろう」というのは、ホーソーン自身の予言であると同時に、ヘスター・プリンの信念でもあったわけです。

この部分には、ホーソーン一流の、どうにでも解釈できる曖昧さは、あまりないですね。しかし、この個所を序文と照らし合わせると、面白いことが分かります。序文には、「ヘスターは人のことに口を出す余計な女だ、という批判があった」と書いてあるのです。しかるに、最終章では、ヘスターが女性たちの良き助言者となったと書いてあります。つまり、読者は、序文の批判と最終章の賛辞を併せて読んで考えるように、著者によって巧みに仕向けられているのです。このあたりが、ホーソーンのやや面倒くさいところでもあります。

さてこの映画について一言。これは、サイレント映画で、後年、音楽が付けられますが、台詞は文字で出てきます。もちろん、訳文も表示されるのですが、この訳文がはなはだ問題なのです。ここで二ヵ所だけ申し上げておきましょう。

▲『真紅の文字』（*The Scarlet Letter*, 1926）より

映画が始まってから三十分ぐらいの間のストーリーは、原作とはまったく違っています。「不倫の問題を扱わなければ、小説はできない」とは、日本の作家がよく言うセリフですが、『緋文字』の特殊なところは、恋愛はもう終わり、不倫の行為も既に終わって、その結果としてパールという子供が生まれ、処刑台にヘスター・プリンが立たされるところから物語が始まる点です。ところが、映画ではそういうわけにはいきません。これは、一九九五年に出来た映画でも同じですが、処刑台に至るまでの段階が、八十数分の映画の中で三十分間を費やして描写されています。これが出てしまったら、ある意味で、原作の面白さの一部は消えてしまいます。原作は「いかにして罪を犯すか」に中心があるのではなく、罪を犯した後の生き方が問題なのですから。

この三十分が終わるあたり、冬の夜の場面で、ディムズデールがヘスター・プリンの小屋に来て帰った後、夜番、日本で言うと「火の用心」の夜回りが来て“Lights out! All's well!”と言っています。ここで、日本語字幕は「逃げ出したらどうだ」となっています。Light out には確かに「逃げ出す」という意味があり、Lighting out はホイットマンからマーク・トウェインに至るアメリカ文学の重要なテーマではありますが、ここは単に

“Put your lights out”「明りを消しなさい」という意味で、このlightは名詞です。清教徒の社会で、日常生活に厳しい世界ですから、「夜も更けた、すべてうまくいっているから、明りを消して寝なさい」と言っているわけです。これが、一つ目の台詞和訳の間違いです。

余談ですが、ディムズデール牧師役の俳優はスウェーデン人で、英語ができず、彼はスウェーデン語で、リリアン・ギッシュは英語で台詞をしゃべったため、ギッシュは彼が何を言っているのか分からなかったということです。サイレント映画の良いところですね。言葉がしゃべれなくても、映画が出来てしまうのですから。監督はスウェーデン人ですから、分かっていたわけですが。

この映画の制作には反対が多かったのですが、アメリカのこれだけ有名な文学作品を映画にしない法はないと考えたギッシュが、スウェーデン人の監督を選んで制作に至りました。ギッシュの偉いところですね。ギッシュは一九三〇年代に自分が監督して映画も撮っています。一九三〇年代、つまり昭和ひと桁の頃に、ギッシュは既に監督としても映画を作っているすごい人です。このリリアン・ギッシュの自伝の邦訳が筑摩書房から出ていますが、これはとても面白い本ですから、どうぞお読みになってください。この本の中でギッシュは『真紅の文字』を映画にした当時の事情を次のように書いています――

私は『緋文字』〔の映画化〕を提案してみた。確かにストーリーは面白い、と〔一九二四年にメトロ・ゴールドウィン・メイヤー社の社長となった〕メイヤー氏は認めた。

「でもこれはやれない。ブラックリストに載ってるんだよ。」

「あらどうしてですか。アメリカ文学の古典でしょう。教室でも読まれているじゃありませんか?」と私は食い下った。

「ところが、教会と婦人団体がうんと言わないのさ」

それでも私は映画化したかった。……

「もし映画化の許可が下りたら、彼〔ラース・ハンソン〕をスウェーデンから呼んでもらえますか」と尋ねると彼は承知してくれた。

そこで私は教会と婦人団体の代表の方々に手紙を書いて、なぜこんなに素晴らしいアメリカ文学の作品が映画化できないのか納得ができませんと訴えた。向こうの返事はおおむね肯定的だった。彼らは『ホワイト・シスター』〔ギッシュが尼僧になるが、やがて尼僧の誓いを取り消して、かつての恋人と結婚するというストーリーで、ヘンリー・キング監督の下、イタリアで撮影した映画〕を見ていて、もし私が個人的に今度の映画について責任を負うのなら禁を解いてもよいと言った。こうして私は『緋文字』の企画を手中に収めた。

（『リリアン・ギッシュ自伝——映画とグリフィスと私』鈴木圭介訳）

恐らくこういう事情から映画ではヘスター・プリンがいかにして愚かにも道を踏みはずしたかを描かなければならなかったのでしょう。

ギッシュは両親が若い頃に離婚してしまい、母親と一緒に旅芸人として暮らしました。小学校にも行けなかったのですが、非常な勉強家でした。初めは舞台女優でしたが、D・W・グリフィスという映画監督のために働いている間に、映画の新しいテクニックなどを考案しました。当時は、クローズアップの技法もまだ確立されておらず、照明の当て方など、細かいことまでいろいろ研究して映画を作り上げていったのです。映画が出来て百年と言われていますが、その本当の初期の頃、二〇世紀の初めから映画と共に生きてきた人です。出演した映画は百本を超えています。舞台女優としては、アメリカだけでなくイギリスでも活躍し、約五十の演劇に主演しています。自伝を読んで一番驚くのは、彼女が非常に勉学心に富んでいたことです。小学校も中学校も行かなかったのに、これだけ学識があるというのは、本当に感心する次第です。

台詞和訳の二つ目の誤りは、映画の最後の処刑台の場面で、ディムズデール牧師が亡くなる前の説教の中の言葉です。

字幕は「頑なな心を解き放ちなさい、清廉な神の目からではなく、罪びととして心の内を見極めて判断を下すべきである」となっています。この日本語はどうもよく意味が分かりません。英語の元の文章は、これとは全然違います。これは、牧師の最後の言葉ですから、ある意味で、ホーソーンの精神を汲み取って簡単にしたのだと、私は思うのです。元の英語の意味は、「寛容になりなさい、人を裁くなかれ。神の目だけが罪びとの心の中を見通すことができるのだから、人間の身でありながら、人を裁くようなことをしてはいけない」という、非常にはっきりした分かりやすい指針です。前半の「頑なな心を解き放ちなさい」はまだしも、最後の「判断を下すべきである」に至っては、完全に元の英語とは逆の意味になっています。『緋文字』という作品にはいくつかの指針がありますが、元の英語は、そのうちの一つを、非常によく言い表していると言えます。

この映画の監督シェーストレームは、スウェーデンでは非常に有名な人です。もともとは舞台俳優でしたが、映画俳優としても活躍しました。日本で公開されて好評を博した映画『野いちご』（一九五七）では、主人公の老教授を演じています。一九二六年に『緋文字』を監督した人が、一九五七年のイングマール・ベルイマン監督の映画では、主人公を演じたわけです。これは、非常な名演技でした。この映画の夢のシーンは、大変有名です。老教授が夢を見るのですが、夢の中で、棺桶が運ばれてきて、その蓋が開き、中から教授自身が出てくるのです。この、死体だった自分が生き返るのを見るシーンの映像が、大変評判になりました。これが一九五七年ですから、『緋文字』を作ってから三十年も後のことです。このとき、シェーストレームは七十八歳くらいだったと思います。彼は、監督としてよりは、役者としてのほうが優れていたかもしれません。

『野いちご』の監督のベルイマンはシェーストレーム監督から影響を受けて、その特色をいっそう発展させた監督だと言われています。ベルイマンは、シェーストレームが老齢に達したとき、自分が彼から受けた影響を記念するために、シェーストレームに主役を演じさせたのではないかと思います。

映画『真紅の文字』では、ジャイルズという男が割合大きい役を演じますが、この人物は原作には出てきません。字幕はこの男の名前をガイルスとしていますが、これは読み違いです。ジャイルズと読まなければいけません。また、ミセズ・ヒビンズという女性が出てきます。これも、かなり大きい役です。ヒビンズは原作に出てきますが、原作では魔女であるという設定になっていて、いかにも魔女らしい行動をします。しかし、映画では魔女の側面は弱くなり、ただのお喋りのうるさ型の「ばばあ」として登場します。この人は映画の中で水責めの罰を受けます。この罰は、原作では「ダッキング」と呼ばれています。ダッキングというのは、罪人を水の中に漬ける刑罰ですが、これは魔女を処刑する刑罰の一つですから、映画もこれで彼女が魔女であることを少し匂わせているのかもしれません。

魔女は悪魔（サタン）に仕える人々で、悪魔は水が嫌いですから、罰として水の中に漬けます。悪魔の影響下にあればあるほど水を嫌う、その水の中に無理やり入れる、というわけです。一四〜一五世紀の書物には、魔女であれば水に沈まずに浮くから、これを以て魔女の証明とすることができると書いてあります。つまり、ふつうの女性であれば親しみを感じて水に沈むことができるが、魔女であれば嫌って水面に浮き出る、ということです。それでは、魔女じゃないふつうの女性は死んでしまいますが、そこらへんは一五世紀のことで、よく分かりません。

映画では、こういう処刑をエレクション・デー（国民選挙日）という日にやるシーンが出てきます。本当にあのような格好でダッキングをやったのかどうか私には分かりませんが、多分何らかの根拠のもとに映像化したのだろうと思います。

ところでホーソーンという人は、アメリカの当時の作家としてはめずらしく大学出です。ボードン・カレッジという大学を出ています。同時代のメルヴィルは、家が破産した関係で十五、六の頃から船乗りになっています。二〇世紀になっても、ウィリアム・フォークナーは小学校もろくに出ていないふしがあります。アーネスト・ヘミングウェイは高校まで行きましたが、大学へは行っていません。マーク・トウェインは、もちろん、ちゃんとした学校へは行っていません。ヘンリー・ジェイムズはハーバード大学中退ですが、法学部でした。

一九世紀から二〇世紀の前半までの作家の中で、常識的に、学問の府の最高のところまで到達したのは、ホーソーンだと思います。それだけに、彼の文体は非常にオーソドックスで、破格な文章は使いません。しかし、先ほどちょっと触れましたように、含みが多く、非常に文学的です。そのホーソーンの作品を先に紹介したリリアン・ギッシュ自身が読んで、非常に感激し、この作品はアメリカのある面を代表するものであると確信して映画制作に突き進むことになりました。おそらく、ハリウッドの好みとは、元来、合わないものだったのですが。

この映画はMGMの映画です。MGMは今はつぶれてしまいましたが、この映画が撮影されたのはMGMが出来たばかり、出来て二、三年目の頃です。MGMは文芸映画を多く手がけましたが、『真紅の文字』はその走りと言えましょう。

元来ギッシュは初期の映画の天才的監督D・W・グリフィスと親しくしていました。グリフィスは一九一五年にリリアン・ギッシュ主演で『国民の創生』という米国で初めての長編劇映画を作っています。それまで映画は、今週の続きはまた来週、というように、ごく短いものを連続して上映していく連続活劇だったのです。

この最初の長編映画、英語の題名は *The Birth of a Nation* です。「南北戦争後に、アメリカが国家としての面目を整えて、初めて国らしくなった」という意味ですから、「国民の創生」というよりは「国家の誕生」と訳したほうが適切でしょう。南北戦争を扱った映画で、北部の家族と南部の家族が対比的に出てきますが、後に南の男と結婚する北の家族の娘を、リリアン・ギッシュが演じました。このときのギッシュは二十代ですが、『真紅の文字』のときは、確か三十三歳だったと思います。私はわりと、ギッシュのファンです。彼女が九十三歳のときの映画（『八月の鯨』）も、三回ぐらい観ております。

『舶来キネマ作品辞典・戦前編――日本で戦前に上映された外国映画一覧』（一九九七）によれば、『真紅の文字』の日本での封切りは一九二七年九月一日、武蔵野館と帝国館において、となっていますから、米国での公開後一年足らずのうちに日本で上映されているのです。

一九九七年八月九日講演

原　題：***The Portrait of a Lady***
監　督：**Jane Campion**
公開年：**1996**
原　作：**Henry James,**
***The Portrait of a Lady* (1881)**

# 『ある貴婦人の肖像』

映画『ある貴婦人の肖像』に出てくるミスター・タチェットが住んでいる英国のガーデンコートの屋敷は、一七世紀にはエリザベス女王もお泊まりになったという由緒ある邸宅で、それを米国人のミスター・タチェットが買い取った、というのが原作の設定ですが、映画では、どうもそれほど風格のある屋敷は利用できなかったように見えます。

ここでまず、映画では完全に省略されてしまった、この屋敷の中でのエピソードをぜひ紹介しておきたいと思います。イザベル・アーチャーは初めてここに到着した日の夜、この屋敷の中にあるギャラリー（絵の陳列室）を、従兄のラルフに案内してくださいと頼みます。ラルフは、夜は光量が不十分で絵が引き立って見えないから、鑑賞は翌日にしたらどうかと言います。以下、原文を私訳で引用します。

イザベルは、微笑は絶やさなかったが、いかにも残念そうな顔で「お願いですから、今夜少しだけ見せてもらえません?」と言った。……「人の言うことを聞かないんだな」とラルフは思ったが、別に怒ったわけではなく、彼女の執拗さは面白く、楽しくさえあった。ギャラリーの照明は灯火が腕木の先についた形式のもので、間隔を置いてあちこちにあった。光量は不十分であったけれど、やわらかく快い光だった。それは豊かな色彩の絵をぼんやり照らし、重厚な額縁の色あせた金箔に当たり、磨き上げた床をにぶく光らせていた。ラルフは燭台を持って動きまわり、自分の好きな作品を指し示した。イザベルは一枚一枚ていねいに見ては小声で感嘆のつぶやきを漏らした。彼女はすぐれた鑑識眼をそなえ、生まれつき良い趣味の持ち主のようで、ラルフはそれに感心した。……彼女が燭台を高くかかげたとき、ラルフは自分がギャラリーの真ん中に立ち止まって、絵よりもイザベルに視線を向けているのに気づいた。……たいていの絵よりも彼女のほうが眺める価値があったのだから、絵を鑑賞しなくても損ということはなかった。……「見る前よりも利口になりましたわ」と彼女は言った。

「どうやら知識欲が旺盛ですね」「ええ、そうですわ。世間の若い娘って、ひどく無知ですもの」「あなたはそういうのと違うようですね」「あら、世間と違う娘もいくらかはいますわ。でもそういう人たちがどんなふうに扱われるか、ひどいんですよ!」……それから話題を変えようとして「ねえ教えてくださらない——幽霊はいません?」「幽霊?」「お城なんかに出るお化けのことです。アメリカでは幽霊と言います」「イギリスでもそういうものが現れればそう呼びますよ」「じゃ出るんですかね? こんなロマンチックな古いお邸なら当然ですね」「ロマンチックな古い邸なんかじゃありません」とラルフ——「ロマンチックだと期待したら失望しますよ。気の滅入るような散文的な家なんですから。あなたが運んできてくれたロマンスでもあれば別だけれど」幽霊を見せてくれと言われてラルフは——「幽霊をお見せしたところで、あなたには見えません。幽霊を見る特権はだれにでも与えられているわけじゃない。いや、羨むようなことではありません。あなたのように若くて、幸せで、純真無垢な人は幽霊を見ることはできません。まず苦悩する、それも激しい苦悩を味わい、悲惨な知識を身につける、ということをしてからでないと幽霊は見えないのです。そういう経験のあとなら、自然に見えてくるのです。ぼく自身は、もうずっと前に見ましたが」「私が知識を得るのが大好きなことはさっき言った通り」「ええ、幸せな知識――心楽しい知識が好きなのでしょう。でも、あなたは苦悩の経験がない。悩むように生まれついていないんです。あなたが幽霊を見るなんてことは決してありませんように」

ところが七年後にイザベルは、同じガーデンコートで、その時はもう他界していたラルフの幽霊を見ることになるのです。彼女は苦しみ、悩んだあげくに幽霊を見るという「貴婦人」の「特権」を手に入れたのです。ここに題名の Lady（貴婦人）の由来があります。

このエピソードが抜けてしまうと、いわば一筆ひとふで着実に原作では「ギャル」が「レディ」になってゆく、その「肖像」の意味がぼやけてしまうことになります。

この映画は、それまで誰もが躊躇していたと思われるヘンリー・ジェイムズの大作を大胆に映画化したという意味で大いに評価されるべきだと考えますが、私は右の点で不満を感じます。

不満と言えばこの映画では、始まって二分二十数秒の間、タイトルが出ません。これも少しばかり不満です。その二分二十数秒の間、何があるのかと言えば、まずスクリーンは真っ暗で、その暗闇に一枚の横長の紙に手書き風に、

Polygram Filmed Entertainment

と配給会社の名前が出たきり、この文字が消えて、あとは再び真っ暗。女性の声で――

キスで胸ときめく瞬間は

相手の顔が近づいてきて
「キスされる」と思うとき

と述べ、ここで黒一色のスクリーンに紫色で、

POLYGRAM FILMED ENTERTAINMENT presents

という文字と、女性の声の続きで――

キスされる前の、その一瞬がすばらしいの

と言い、黒い画面には、次に、

A PROPAGANDA FILMS production

と紫色の文字。広い、黒い画面にこの文字だけです。音声が入って、

初めての同年代の男性に
キスされる時の感触は
忘れられない

と言うのと、紫色の文字が

NICOLE KIDMAN

と主演女優の名前を挙げるのが続き、さらに——

私はキスが大好き

という音声と重なります。その音声に対して

一種の中毒よ

という声が重なり——

キスからすべてが始まる
悲しい結末に
終わることもあるけれど

と言う声と、紫色の文字、

JOHN MALKOVICH

と主演男優の名前が重なるという具合で、えんえんと主演者の名前が一人ずつ、出ては消え、結局、冒頭から二分くらいして、真っ黒な画面が活動する黒白写真になり、十五、六人の男女が芝生の上にいるのを見下ろすのに重ねて、やはり紫色の文字で、

a film by JANE CAMPION

次には、やはり黒白の画面で、木立の下に立つ一人の女性が踊り、紫色の文字が、今度は画面の中央ではなく、右下に、

CHRISTIAN BALE

と再び出演者の名前を挙げ、さらにさまざまな女性の黒白画面の動きののちに――

and JOHN GIELGUD as Mr. Touchett

とあって、そこからあとは、カラーになったり、黒白になったりしながら、女の子たちの踊る様子と紫色の出演者以外のクレジットの文字が続き、それから黒白の映像でシネマスコープの画面いっぱいに女性の左手の掌《てのひら》が現れ、その掌の真

ん中から中指の中ほどまで一列に、黒いマジック・インクで

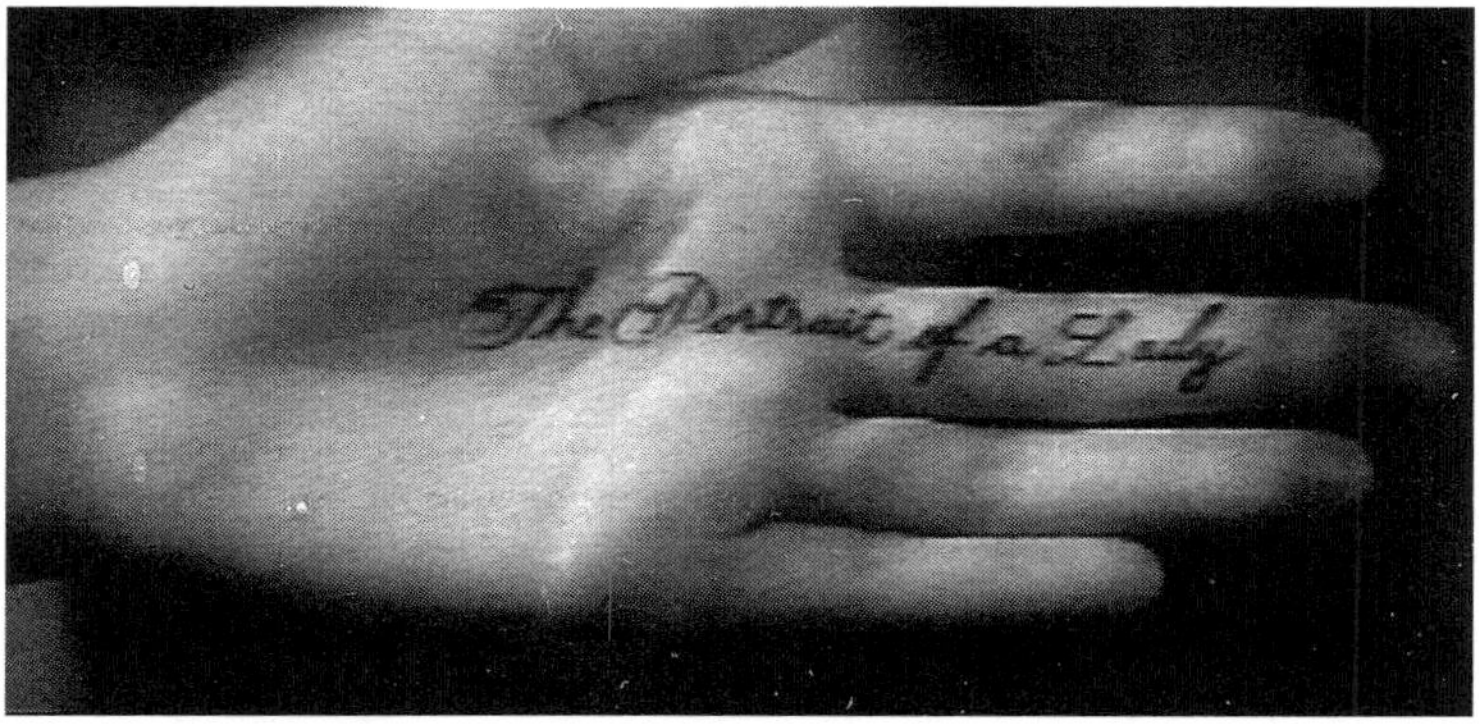


▲『ある貴婦人の肖像』（*The Portrait of a Lady*, 1996）　配給：フランス映画社

## The Portrait of a Lady

と、ようやく題名が出るのです。これに続いてカラーで主人公のニコール・キッドマンがガーデンコートの庭の木立の中に一人立っている大写しでストーリーが始まるのですが、この間《かん》二分二十秒、でもまだクレジットは終わらず、ストーリーの進行中もなお紫色の文字が画面の下に続きます。

私は凝ったクレジットが嫌いではないのですが、これはちょっと戴けません。そこからあとの本体については、原作と異なる部分があっても、原作の意図は生かされているので、気にはならない、それどころか、大いに感心、感動するのですが。

原作の翻訳には、青木次生さんによる『ある貴婦人の肖像』というのがありますので、それを読んでいただければいいと思います。他の人の訳は題名からして私は評価できません*註。

まあだいたい一九世紀の小説はゆっくり読むべきもので、それだけに長くて、少しずつ楽しみながら読んでいくものです。ジェイムズという人は、私の小説はゆっくり読んでもらいたい、私の小説は一回読んで分からなかったらもう一回読んでくれ、それで分からなかったら三回目も読んでくれと、かなり強情に言っています。これは読み返せば必ず面白くなるんだからということを言っているので

す。それはある程度その通りで、ジェイムズの小説は一回目はつまらなかったとしても、二回目に読み直すと非常に面白くなってくるというのが多いですね。それを映画にするというのは、まったく違う媒体に変えるわけですから、大変なことだと思います。

小説『ある貴婦人の肖像』について言うと、アメリカには元来、貴婦人などというものは存在しないのですから、単なるアメリカン・ガールのような人が、いかにしてレディになっていくか、変貌していくかという、その変貌が終わったところで小説は終わるので、この小説の雑誌連載の最終回の後、読者からこの後どうなるんだという文句がずいぶん来たようです。ジェイムズに言わせれば、一つの肖像画がこれで終了した、それ以上いつまでも書くことは、その肖像をぶち壊すことになるんだという理由で筆を止めてしまう。そういう言葉が一八八〇年から一八八一年当時の、編集者に宛てた彼の最後の手紙に残っているのです。

ジェイムズの傑作は伝統的に、この *The Portrait of a Lady* と *The Ambassadors*（『使者たち』）――これはジェイムズが六十歳に近くなってから書いたもの――と言われています。

『ある貴婦人の肖像』は悲劇、『使者たち』は喜劇と言われています。というわけでこの映画は悲劇ですから、見終わってから楽しかったという感想を持つものではないかもしれません。まして、原作は非常に道徳、倫理というものにこだわっている作品なのでかなり厄介なんですが、映画ではそこを表に出すわけにはいきませんから、この映画はある意味では小説とは別物として見ていかなくてはいけないかもしれません。しかし、このジェーン・カンピオンというニュージーランド出身の監督は原作の細かいところにもよく注意しています。例えば、原作で非常にたくさんの言葉を使って書いているところをうまく映像に出しています。この監督は映像の切り方がうまい監督だと思うんですね。カメラの位置にしてもアングルにしても大変うまいし、映像から映像へ移っていくときのリズムというふうなものも非常に巧みな人です。だいたい女性の映画監督は少ないんですが、日本では、去年（一九九七年）ですか、カンヌ国際映画祭で賞をとった『萌《もえ》の朱雀《すざく》』、吉野の山奥でだんだん過疎が進んでいく状況の中でのある家族を扱った非常に地味な映画ですが、その監督が女性で、まだ若い日本人です。非常にきめが細かくて、おそらく二十年前ならばヨーロッパの映画フェスティバルで賞なんかもらえなかっただろうと思うくらい抑えた演出の映画で、やはりどこかに女性のタッチを感じるものです。同じようにこのカンピオンという監督にもそういう女性のきめの細かさというものを感じます。

女性の監督ということで申しますと、日本では女優であった田中絹代も晩年に二つくらい映画を作っていますが、この人の映画にしても、やはり男性の監督では出せない微妙な味を出しています。

この『ある貴婦人の肖像』の原作は全部で五五章あるんですが、そのうち一二章までがウォーバートン卿という英国貴族と主人公のイザベル・アーチャーの関係について書いてあります。イザベル・アーチャーという人は、両親が亡くなってほとんど孤児《みなしご》のようになって、ニューヨーク州のオールバニーにある自分の屋敷が売りに出るというあたりで偶然のように伯母さんに出会います。この人はイザベル・アーチャーの父親と仲が悪かったために、イザベルは今まで会ったことがなかったという伯母さんです。イギリスからアメリカに来ていたこの伯母さんが、自分の妹の末娘の身の上を多少案じ、それではイギリスに来たらどうだということになって、イギリスへ連れていく。この伯母さんの名前はミセズ・タチェット（Mrs. Touchett）と言います。映画の中では「タチェット」と言っていますが、ヘンリー・ジェイムズの専門家として知られるレオン・エデル教授などは、アクセントを後に置き、ch をフランス読みにして「タシェット」としていました。そのほうがどうもこの人の名前としてはふさわしいのではないかと私は思いますけれど、この映画はタチェットを使っているので、それに従うことにしましょう。このタチェットという、伯母さんが結婚した相手というのが、伯母さんのために屋敷をパリにも、フィレンツェにも、ローマにも構えているという大変な金持ちなんですが、本拠はイギリスのロンドンから四十マイルくらい離れた所にあるガーデンコートという、一七世紀にできたたいへん立派な屋敷ということになっていて、イザベルはこの屋敷に連れて行かれます。映画の最後のシーンで右のほうに黒いものを着た人が二人おりますが、これはミセズ・タチェットとイザベル・アーチャーで、冬の雪の中を歩いているところです。伯母さんが犬を散歩させながら庭を歩いてその屋敷へと連れていくシーンです。その家の隣に住んでいるウォーバートン卿は、イザベルが伯母に連れられてガーデンコートに到着した時、その庭でミスター・タチェットとラルフと共に五時のお茶を楽しんでいたのですが、たちまちこのアメリカン・ガールの魅力にとらえられるのです。これは第一章なんですが、第一章から第二章でウォーバートン卿とイザベル・アーチャーの二人が徐々に親しくなっていき、二章で改めてウォーバートンが正式に求婚をします。それに対して、私はまだこれからの自分の人生の可能性についていろいろ考えたい、私にとってあなたは全然違う種類の人なので、いま結婚と言われても、と否定的な返事をする。この一章から一二章までがかなり自然に無理なくつながってくるわけですね。

こうしてウォーバートン卿の求婚に対して否定的な返事をした彼女は、庭の中の林にウォーバートン卿から逃げるような形で……、というのは原作にはないのですが、映画では逃げるような形でイザベルが一人になっているところへ、ウォーバートン卿が追いかけてきて、さらに言葉を継ぎ足し、もし私の住んでいる屋敷が湿り気が多くて嫌だとおっしゃるのなら、他にも屋敷がいっぱいある、その屋敷の四十マイル以内に住むことはなんでもないことなんだというようなことを言う。映画はここから始まりますが、非常に面白い映像の切り方だと思うのです。映画ではウォーバートンが求婚するシーンは省いてしまっています。ある意味では彼女は求婚を断りますが、目に涙を浮かべて木陰にいるのを、ウォーバートンが追いかけて来て、家が堀に囲まれていて湿気が多いのがお嫌なのかと言う。映画には出てきませんが、原作ではこの前にイザベルがウォーバートンの屋敷にも行っているんです。ウォーバートンには妹が二人がいて、イザベルはその二人の妹たちとも仲良くなっているという設定があるのです。映画はその代わりに、なんの映像もない真っ黒な画面に女の子たちの言葉だけが聞こえてくるという形で始まります。その言葉というのは、ロマンスに対する憧れ、キスというのはどんなものであるのか、そういうややエロティックな空想を、女の子同士、しゃべり合っているものです。その五、六人の声がやたらと聞こえてくるのです。たぶんその四番目の声がイザベル・アーチャーの声、つまりイザベル・アーチャーを演じているニコール・キッドマンの声のように聞こえますが、はっきりとは分かりません。要するに一般的な結婚前の女の子たちが、恋だとかロマンスだとか、そういうふうなものに憧れておしゃべりしているというような感じを出すことによって、たぶんこの監督は、これから始まる物語はイザベル・アーチャーだけでなく、イザベルも含めた未婚の女性たちがこのような具合にロマンティックなことを考えているんだということを言いたかったのだと思います。それが成功しているかどうかは私にはなんとも言えませんが、どちらかと言えば、私はないほうがいいのではないかという気がいたしますけれど。ただし映画の始まりとしては面白いですね。

そして、手が大きく写し出され、その指にこの映画のタイトルとして The Portrait of a Lady と出てきたりしまして、しゃべっていた女の子たちのカラーの映像が出てきて、それからようやく主人公のイザベル・アーチャーという人が出てくるんですね。

ところで原作者のヘンリー・ジェイムズはこのイザベル・アーチャーという名前にも非常に苦労し、ダイアナという名前など、いろいろな名前を考えたりしていました。

さて、それから米国の小説家は今日でも、とかく作品の登場人物の名前に意味を持たせることが多く、それをリアリズム風の小説と両立させる傾向があるようです。それは昔の寓話物語の古めかしい伝統の名残りと言えるかもしれません。前回取り上げましたホーソーンの『緋文字』では牧師のディムズデールには「暗くなる谷間」の意味が隠れていますし、チリングワースは「寒気を感じさせるもの」でしょう。ヒロインのヘスター・プリンは旧約聖書の「エスター書」のエスターがヘスターと同価値ですし、プリンも同じ「エスター書」の「プリム」(＝くじ)[エスター 九：二六]に掛けているように感じられます。『ある貴婦人の肖像』の主人公にジェイムズが考えたダイアナは月の女神の響きがありますし、イザベルは「ベル」すなわち美女の響きがあります。アーチャーは「弓を射る人」で、夫を選ぼうとする人に相応した名前と言えましょう。

それから、監督の名前が出た後で出てくる、ガーデンコートの、主人公の伯父さん、この伯父さんというのは、若い頃に銀行家としてアメリカからイギリスに来たのですが、その頃はロンドンが世界の金融界の中心だったのでありましょうから、そのロンドンで銀行家として成功し、大銀行の頭取になって大金持ちになってイギリスの古い由緒のある屋敷を買い、自分ではその屋敷が気に入っていますからそこから離れないんですけれども、奥さんのほうはあまり好きではなくて他の屋敷のほうへ年中移ったりする、非常に変わった奥さんなんですけれど、一年の内に一カ月ぐらいしかガーデン・コートにはいないという人です。

そして、でっかい画面に、「ガーデン・コート　イングランド　一八七二」と出まして、その後、従兄のラルフ・タチェットとその父親のミスター・タチェットとその妻のミセズ・タチェットがちょっと出て来て、その後すぐ、イザベル・アーチャーが、自分が貴族のウォーバートンのプロポーズを断ったことを伯父さんに報告するというシーンになります。ウォーバートンはイギリス貴族でいながら貴族制というものに非常に疑問を持っているという人ですから、結婚相手がアメリカ人女性であることになんら不満はない。キャスパー・グッドウッドという男は、イザベルがアメリカにいる時にすでに彼女に求婚しているアメリカ人です。彼が紡績会社の若き社長だということは映画には出てきませんが、小説の中では、彼の顎が角ばっていることがこの人の意志の強さのようなものを示していて、それがイザベル・アーチャーには、肉体的な特徴としては必ずしも気に食わないところなのです。そのキャスパー・グッドウッド、ウォーバートン、ラルフ・タチェット、この三人はかなり初めのほうから出てまいります。結局は、この三人ではなく、ギルバート・オズモンドがイザベルの結婚する相手になります。

ミセズ・タチェットは一九二〇年生まれのシェリー・ウィンターズという有名な米国の女優が、ミスター・タチェットはシェイクスピア俳優として有名な英国のサー・ジョン・ギールグッドが演じました。彼はこの時もう九十過ぎていたでしょうけれど。ここでちょっと一言、ギールグッドは大変な名優ですが、そういう点から言いますと、イザベル・アーチャー役のニコール・キッドマンというのはそれほどの役者じゃないですよね。歳も若いですし、せりふ回しがヘタだと思うんですよ。ギールグッドのような役者になると、これはもうベテランですから、どんなささやき声でしゃべってもその言葉が非常に聞きやすいんです。とはいうものの、ミスター・タチェットはアメリカ人の銀行家で、しかも原作では、イギリスに住みながらも、アメリカ人であることに誇りを持っている人です。ですから一人息子のラルフ・タチェットにも最初からイギリスの学校には行かせずに、アメリカのニューイングランドのプレップ・スクールに行かせ、そして大学はハーバード大学に進ませています。日本で言えば、高校からアメリカに行かせているわけですから、そこで多少はアメリカの英語を身につけてしまっているはずなんです。それがアメリカ的になりすぎたというので、このお父さんが今度はオックスフォード大学に入れるんです。ですから、言葉の上から見たら、非常に面白いしゃべり方ができるはずなんですけれど。

それはそれとして、ミスター・タチェットはアメリカ人なんですから、もうちょっとアメリカ英語をしゃべってくれたほうがリアリスティックには面白いんですが、ギールグッドさんはまったくスタンダードなイギリス英語でおしゃべりになります。役者としてはうまいんですけれども、果たしてここに選んだことがいいのだろうかという気もいたします。

ちなみにエドワード・ロージエ、これは映画の中でロージエとなっていたので、ここではそれに従いますが、行方昭夫さんの訳ではロウジアとなっていたかと思います。もとのスペルはR・O・S・I・E・R、rosy「バラ色の」というのをyをiに変えて比較級のようにierとしているとも考えられますが、むしろフランス語のrosier［rozje］「バラの木」でしょう。この人は小説の中でニューヨーク生まれなんですが、小さい頃からパリにいて、すっかりフランス的なものを身に付けているという設定なので、フランス読みにしてロージエというんだと思います。

ところで、このカンピオンという監督は『ピアノ・レッスン』という映画で日本でもよく知られるようになったわけですが、その映画を見ていただければお分かりになるでしょうけれども、ちょっと病的なエロティシズムが好きだという変な癖があります。この映画の中でも、例えばイザベル・アーチャーがアメリカから追いかけてきたグッドウッドをもう一回断り、グッドウッドが帰るときにイザベル・アーチャーの顎をちょっと触って出ていくところがあります。その後、妙な音楽がかかりまして、その顎をなでられているところから幻想のシーンに入っていって、ラルフ・タチェットとウォーバートンとグッドウッドの三人に体を愛撫されているというシーンが出てきます。これはこの監督の趣味だと思います。

こんなものは、原作にはどこにもありません。しかも、イザベル・アーチャーという人は必ずしも官能的な人ではない。むしろ理知的に――アメリカ人のプラグマティックな理性ですけれども――ものを考えるタイプの人です。だから原作の中では、彼女がどんなふうに考えていったかという流れが詳しく書かれているわけです。それはもちろん映画では出していませんが、その代わりにこんなシーンを入れられるのは少々監督の趣味が出すぎていると私は思うのですね。特に男性のお客さんのことを考えたのだという気もしますね。そういう意味では興行成績も気にする監督です。一方で非常に実験的な映像も使うのですが、もしこれを使わないでやったら、やはり退屈な映画になってしまう。それでお客を引き込むためにこういうシーンも入れたいと思ったのではないかと思います。

一九九八年八月二九日講演

**註＊**青木さんが『ある貴婦人の肖像』を訳していると聞いていましたので、こう書きましたが、実は訳していないということで、たくさんのジェイムズ作品を訳され、たくさんのジェイムズ作品鑑賞を書いていらっしゃる青木さんが『ある貴婦人の肖像』を訳していないとは信じられませんが、そうなると仕方なく斎藤光さんの『ある婦人の肖像』を挙げておきましょう。

| | |
|---|---|
| 原題 | : *The Heiress* |
| 監督・製作 | : William Wyler |
| 公開年 | : 1949 |
| 原作 | : Henry James, *Washington Square* (1880) |

# 『女相続人』

『女相続人』が米国で公開された一九四九年というのは、第二次世界大戦が終わって四年が過ぎた頃です。当時、すでにカラー映画はありましたが、まだカラーの技術がじゅうぶん映画に生かされていたとは言えません。映画監督たちは、まだ黒白フィルムのほうに慣れていた時期です。

多分、日本で最初のカラーの劇映画が出来たのは、四九年頃じゃなかったかと思います。木下恵介監督が作った『カルメン故郷に帰る』という映画が、日本で最初のカラー映画でした。この映画には、アグファカラーというソビエト製のフィルムが使われています。アグファカラーというのは、もともとドイツが完成させたものを、ソビエトがその工場を没収して、これに改善を加えて作ったフィルムです。ソビエトが作ったせいか、赤の写りはいいが、他の発色はどうも良くないと言われたシロモノですが、このフィルムを使って『カルメン故郷に帰る』が制作されたのです。これが、日本初のカラーの劇映画だと思います。

原作者のヘンリー・ジェイムズについては、後で少しお話するに留めます。まず、映画のお話からスタートしましょう。

この映画が日本で上映された一九五〇年には、『映画の友』という雑誌がありました。テレビによる映画の解説者として「さよなら、さよなら」で有名な、あの淀川長治さんが編集長でした。この映画雑誌、今もあるでしょうか。当時は、日本も映画が非常に盛んな時代でしたから、『映画の友』とか、『スクリーン』とか、『映画芸術』とか、さまざまな雑誌が刊行されていました。

この『映画の友』が、毎年、世論調査をやっていたのですが、昭和二九年、つまり一九五四年のテーマは、「日本と外国とを問わず、どの監督が一番偉いと思うか」というものでした。調査対象は、ランダムに選択された数千人規模の人々です。その時の監督の第一位は、ジョン・フォードでした。

ジョン・フォードは、今ではもう忘れられた監督に近いかもしれませんが、当時の日本では非常に評価が高かったのです。戦前の『駅馬車』、戦後では『荒野の決闘』『リオ・グランデの砦』『黄色いリボン』など、西部劇で高い評価を受けた監督です。『荒野の決闘』の主題歌「いとしのクレメンタイン」は、「雪山讃歌」と名を変えて、日本でも大変有名になりました。『黄色いリボン』の主題歌もはやりました。

このジョン・フォードが一位でした。続く二位が、ウィリアム・ワイラー、つまり『女相続人』の監督でした。ついでに申しますと、三位はアルフレッド・ヒッチコック、四位がフランスのマルセル・カルネ、そして五位が木下恵介と続いています。これは、テーマが「日本と外国とを問わず、どの監督が一番偉いと思うか」だからこうなったわけです。そして、黒澤明は第十位にランクインしています。

第五位の木下恵介、第十位の黒澤明、両監督とも、すでに亡くなっています。興味深いことに、かつてそれほど人気があった木下恵介は、亡くなった時、黒澤明とは比較にならないくらい小さな扱いしか受けませんでした。これを嘆く向きもあるようですが、監督の評価というものは、時代によって変わってくるのです。映画の評価も同様です。

この昭和二九年（一九五四年）に、木下惠介は『二十四の瞳』を発表し、黒澤明は『七人の侍』を発表していますが、『映画の友』の映画ランキングの投票数は『二十四の瞳』が四三二九票、『七人の侍』が一〇六一票でした。比較にならないくらい、『二十四の瞳』に多数の票が入っていたわけです。

私は、当時、両方の映画を観ています。そして、『七人の侍』は黒澤作品にしては、ものすごく良く出来た映画だと思いました。私には、『羅生門』は、あまり合いませんでした。当時、そんなふうに感じた記憶があります。しかし、今日であれば、どなたであろうと、やはり『七人の侍』のほうを、『二十四の瞳』よりはるかに高く評価すると思います。でも昭和二九年という時代は、こうだった。小津安二郎の映画なんかは、ベスト5はおろかベスト10にも出てこないんです。もちろんある程度の評価は受けていましたが。

今日、世界で優れた監督の投票をしたら、日本の監督では小津安二郎が第一位になるでしょう。次が、黒澤明ですね。この十年ぐらい、日本の映画監督で、小津ほど高い評価を受けている人は、他にいないと思います。

黒澤が初めて世界的に認められるようになった頃、インドのサタジット・レイという優れた監督が、後に三部作〈アプーの世界〉となるシリーズの中の第一部『大地のうた』を完成して、これが世界的に話題になりました。どちらかと言うと、黒澤よりも高く評価されました。この人は、今も、もちろん、世界的に高い評価を受けていますが、日本では、昔も今も、あまり高い評価を受けていません。日本では岩波ホールで上映し、評価はあまり高くありませんでした。このように、映画や監督の評価は時代によって、人によって、バラバラです。

ただし、稀には、ほぼすべての時代を通して高い評価を受けている監督がいます。その一人が、ハリウッドの監督ではワイラーではないかと私は思います。芸術的知識人の評価から言っても、一般のお客さんの人気から言っても、ワイラーは非常に高い評価を受け続けていると言えましょう。

フランスのヌーヴェル・ヴァーグからの影響もありまして、ヒッチコックの評価は、この『女相続人』が公開された一九四九年当時よりも、現在のほうが高くなっているかもしれません。けれども、ワイラーの評価は、一貫して変わっていません。ワイラーは、扱った映画のテーマの幅が、ヒッチコックよりはるかに広いのです。

日本で評判の良かった映画として代表的なのが、何と言っても『ローマの休日』です。これは一九五三年公開ですから、『女相続人』より後の作品ですね。

無声映画の頃には、『砂漠の生霊』や『北海の漁火』などが、日本でもかなりヒットしました。まあ、こういうのを観ている人は、今ではほとんどいないと思いますし、それほど有名なものではありません。さらに、一九三三年の『巨人登場』という弁護士の話も、日本ではわりあい当たりました。その他、有名な文学作品を映画化した『月光の女』や『偽りの花園』、戦後最初の映画『我等の生涯の最良の年』などが、日本でたいへん高い評判でした。

ワイラーは、『ベン・ハー』、『コレクター』、『おしゃれ泥棒』などと、非常に幅広いジャンルの作品を手掛けています。たとえば、ドライサーの『シスター・キャリー』を原作とした『黄昏《たそがれ》』、クエーカー教徒を主人公とした『友情ある説得』、『おしゃれ泥棒』は『ローマの休日』と似たような作品ですが、彼は文芸映画の分野にも数多くの名作を残しました。少し時代をさかのぼると『西部の男』など、多彩な文芸映画を撮っています。

英米文学科で英語を教えている立場から、ちょっと申し上げますが、私が学生の頃、まず英語をモノにしなければ、英米文学も何も話にならないということで、一生懸命英文を読んでいました。この頃、非常勤でしたが、大変優秀な英語学の先生がいらっしゃいました。宮内《みやうち》秀雄さんという方です。この方が、「そもそも英文をきちんと書くためには、やっぱり映画もきちんとしたものを観なきゃ駄目だ」と言われたんです。

「例えば、日本映画の小津安二郎のような映画を見ていたのでは、英文がうまくなるはずがない。ウィリアム・ワイラーを観るのが、英語の上達には一番役立つ。」

これは、映画の台詞が英語であるから、それで英語がうまくなるというふうな単純な話ではありません。

「ワイラーは、非常に立体的に映画を撮る。一方、小津は、カメラ据えっぱなし。畳から二尺五寸位の所にカメラを置いて、ずうっと四畳半の中……というような撮り方をする。こういう映画を観ていては、英語のダイナミズムは身につかない、ダイナミックな英語の文章を書けるようになるはずがない。ワイラーがどのように映像を切り取っていくか、そういう動きを自分の身につけることによって、初めて力のある英語が書けるようになる」という主旨のことをおっしゃいました。これは、我々には、非常に刺激になりました。

要するに、縦書きのものを、単に横書きにすればいいというものではない。いろいろな言葉を立体的に面白い構造で組み立てないと、ダイナミックな英文にはならない。つまり、一つのセンテンスの中に、一種のドラマ、強いて言えば一つのドラマが出来るような、そういう単語のつなぎ方をしなければ、いい英文は書けないのです。

当時はあまり意識しなかったのですが、今になって考えると、ウィリアム・ワイラーの映画の大きな特色は、カメラの使い方にあります。

あまりにも有名な話で、ちょっと気が引けますけれど、ソビエトのセルゲイ・エイゼンシュテインという映画監督がモンタージュ理論というものを提唱して映画を作ったのですが、『戦艦ポチョムキン』（一九二五）はその好例です。このモンタージュ理論は、サイレント映画時代の映画に、世界中で、かなり広く応用されました。

モンタージュ理論をエイゼンシュテインが考えついたのは、第一次世界大戦の頃に、シベリア鉄道の汽車の中で、偶然に日本語を教えているロシア人の先生と一緒になり、長いシベリア鉄道の旅の間に、日本の漢字の話をいろいろ聞いたことが発端だったそうです。

漢字の話ですから別に中国語でも良かったわけですけど、この時は、たまたまロシア人の日本語の先生から漢字の構造の話を聞きました。例えば、「水」の印である「さんずい（氵）」の右側に「目」という字を置くと、水と目がくっついて「泪（なみだ）」という漢字を創る。この話を聞いたエイゼンシュテインは、これを映画に応用してはどうかと思いつきました。

つまり、あるイメージを見せ、次に別のイメージを見せることによって、見ている人の心の中でイメージとイメージが重なり合い、観客の心にある種の感動を呼び起こすことができるのではないか。この手法で映画を撮っていけば、大いに観客の心を打つ映画が撮れるのではないか、と考えたのです。それは「正」「反」「合」という弁証法の応用とも考えられます。彼らは、この手法を映画に実践しました。その中の一つが『戦艦ポチョムキン』です。

特にソビエトでは、エイゼンシュテインの後に出てきた映画監督たちが、このモンタージュ理論を大いに活用しました。例えば『アジアの嵐』というソビエトのサイレント映画では、モンゴルの王様が金魚鉢にぶつかって倒れ、金魚鉢が床に落ちるという、現実の時間では一秒もかからない場面に、確か十六ショット、十六ものカットを、パッパッと切り替えて入れたとされています。これは、モンタージュの一番極端な例だと思います。そういうやり方が、昔ははやりました。そして、その名残りはずっと続いていきます。

しかし、一九六〇年代になると、フランスの「新しい波（ヌーヴェル・ヴァーグ）」の影響を受けて、世界中で、新しいタイプの映画を作ろうという気運が高まります。この時、新しい時代の監督たちが一番心掛けたことは、「モンタージュはやらない」ということだったと言えるでしょう。

モンタージュとは、謂わば、監督が世の中で起こる現象を自分で解釈し、さらにそれを自分で消化した上で、この現実はこのようにしか読めない、これが唯一絶対の解釈である、という格好にして、お客に見せる手法だと言えるかもしれません。

これに対して、一九六〇年代の新しい時代の監督たちは、画像をいくつも組み合わせて、ある種の解釈しかできないように映画を作ってしまうこと自体が、人間の認識の仕方を非常に狭くするのではないか、と考えるに至ったのです。

この結果、カメラを据えっぱなしにして、なるたけ視点を変えないで撮影し、見ているお客のほうにその映像の解釈を任せる、という手法が重んじられてきました。つまり、見る人が十人いれば、十種類の見方ができるような映画こそが、視聴者に見せるべきものである。これによって、ものの認識の仕方が訓練されれば、現実に起こっている事象に対しても、自分なりの見方ができるようになる、という立場が主流になっていったのです。

日本の映画でも、例えば、『セーラー服と機関銃』。薬師丸ひろ子主演の、なかなかの傑作映画ですが、これも長～いシークエンスが有名です。カメラを据えっぱなしにして、位置もアングルもほとんど変えないで、ずうっと撮っています。ああいうやり方ですね。

小津安二郎もカメラを据えますが、彼の場合は、例えばこの向きから二十三コマ、反対側から八十コマというように、細かく分けながら、まず向こうに坐っている人を写して、次に向こう側からこちらに坐っている人を写す、というようなリズムのある撮り方をしています。ですから、同じ角度で撮りっぱなしというのとはずいぶん違います。

さて、ワイラーはと言いますと、彼はモンタージュが嫌いですね。一九六〇年代より前、『女相続人』を撮影した一九四九年の段階でも、モンタージュはほとんど使っていません。そして、カメラは据えっぱなしですが、移動撮影はやりません。

フランスのヌーヴェル・ヴァーグは、カメラを移動させる手法を、積極的に取り入れています。ゴダールの『勝手にしやがれ』なんかで、パリの通りをずうっとカメラが追っかけていくシーンがあります。あれです。

ワイラーの場合は、カメラは据えっぱなしで、移動撮影もしないんですけれども、カメラの角度を、右左に、あるいは上下に変えるんです。このパン撮影と呼ばれる撮り方が、不思議な効果を生み出します。「パン」とは「パノラマ」の略です。ワイラーは、『女相続人』のあたりから、階段監督と言われるくらい階段を多用するようになります。例えば、『女相続人』では、始まってすぐに、階段の真ん中の踊り場みたいな所にカメラを置いて、下へ向かう方向と、上に向かう方向を、両方撮っています。終盤の非常に重要な場面にも、階段が出てきます。あの階段の撮り方ひとつを取っても、他の監督がちょっと真似できないくらい、独特な撮り方ですね。

階段の上でだけ撮って、そこで切り離し、次に下で撮る、というのではありません。カメラは同じところに据えたままで、ただカメラのレンズの向きだけをパンさせて、撮影しています。この技法は、今日見ても、技術的な新しさを感じさせる部分です。

感情の高まるところでは、クローズアップを使っています。クローズアップという手法は、アメリカのサイレント映画でD・W・グリフィスが開発したやり方で、別に珍しいものではありません。珍しくはないのですが、ワイラーは一応この手法を使っています。

一方、ディゾルヴ技法は、あまり使っていません。つまり、一つのシークエンスが終わったところで、別のシークエンスがすうーっと浮かび上がってくるような技法は、あまり用いていません。そして、これをやらないことを補うために、ワイラーの作品では、音楽の重要性が非常に高くなっています。

ワイラーは、アロン・コープランドというアメリカの作曲家を、とても上手に使っています。コープランドは、今日でも非常に評価の高い作曲家ですが、一九〇〇年生まれで、一九九〇年に九十歳で亡くなっています。彼は『エル・サロン・メヒコ』（一九三六）、『ビリー・ザ・キッド』（一九三八）、『ロデオ』（一九四二）、『アパラチアの春』（一九四四）などによって有名ですが、映画でも『女相続人』のほかに『二十日鼠と人間』（一九三九）、『わが町』（一九四〇）、『赤い子馬』（一九四九）や、ドキュメンタリー映画の作曲をしています。しかし『女相続人』に付けた彼の曲は劇映画の伴奏として最高のレベルに属すると言えましょう。この年の劇映画音楽のアカデミー賞を彼がとったのは、アカデミー賞にしては珍しくも順当なものでした。

今でも覚えていますが、一九六〇年一一月一四日の夜、何げなくニューヨークのFM音楽番組にラジオを合わせると、コープランドの六十歳の誕生日ということで、それを祝うために彼の作曲した音楽を遅くまで放送していたのです。改めてこの作曲家がアメリカにとって大きな存在であることを感じました。その頃ニューヨーク・フィルの指揮をしていたレナード・バーンスタインは、作曲家としては彼の弟子と言えましょう。

『女相続人』をご覧の際には、ぜひ、音楽にも注意しながら観ていただきたいと思います。いかに音楽が登場人物の感情を補っているか、よくお分かりいただけると思います。他の監督だったら画像で表現するかもしれないところを、ワイラーは音楽で表現しています。

音楽の効果のはっきり分かるシーンがいくつかあります。その中の一つだけ説明を聞いてください。それは観て聴いて

Excerpt from *The Heiress*, music by Aaron Copland.

いる客の意識を特定の方向へ導く音楽の能力を証明するものです。このシーンに対話はなくて、キャサリンはフィアンセが馬車で到着するのを今か今かと待っているところです。

まず家の外で馬車の音がします。キャサリンは、ほこらかに叔母に言います――「叔母さんに、手紙、出しますね」。そう言って彼女は家の外、通りに出ます。フィアンセが馬車を降りて彼女を待つだろうと思っています。音楽と音響効果とが高まり、馬車は家に近づいてくる。が、なんと、彼女の家を通り越していってしまうのです。心を打ち砕かれてキャサリンは家に入り、同時に音楽が終わります。

ロイ・プレンダーガストの説明によりますと、この映画の最初の試写では、このシーンに音楽はなく、観客はここで笑ったというのです。ワイラー監督は音楽担当のコープランドに、このシーンの悲劇的な意味を観客が意識する方向に音楽を作ってくれと依頼したのですね。プレンダーガストによれば「その結果は驚嘆すべきものだった。馬車が着く前の、キャサリンの興奮した期待感を捉えるために、コープランドはフルート、クラリネット、バス・クラリネットで速やかな装飾的連続音の交錯演奏を書いた。この音楽が挿図のようなものである。この三重奏の低音部の音楽はミュート・ホルン、ミュート・トランペット、トロンボーンが演奏し、キャサリンが状況に直面する前の状況の悲劇感を伝えるように思われる」。（挿図の楽譜の Str. は弦楽器、FL はフルート、CL はクラリネット、B.CL はバス・クラリネットを指示しています。）

こうしてワイラーの望んだ効果が得られたというのです。

この映画のその他の場面と音楽について知りたい方がいましたら、Roy M. Prendergast の *Film Music: A Neglected Art: A Critical Study of Music in Films* Second Edition (W. W. Norton, 1992) の八八～九五頁を参考にしてみてください。

この時代の映画音楽というのは、特にアメリカでは、うるさいくらいの量の音楽を入れるのが主流でした。理由には諸説ありますが、その一つは、ハリウッドで映画に音楽を付ける場合、フルオーケストラを雇わざるを得なかったというものです。演奏家を、三人とか四人とかだけ雇うわけにはいかなかったのです。そういう音楽家組合の規則があったようです。必ずフルオーケストラを雇い、その中から、必要な楽器だけ、例えば弦楽の演奏家だけに演奏させて録音していく、というような形を取らざるを得なかったのです。

フルオーケストラを雇わなきゃならないんだから、これをフルに使って、音楽をいっぱい入れようじゃないか、ということになり、例えば『キングコング』（一九三三）のように、なかなか賑やかな、むしろうるさいほどの音楽が、たくさん入れられました。場合によっては、音楽のために、映画のいいところが損なわれてしまうケースも出てきました。音があまりにも多すぎるのです。

映画の中の音楽が耳にずっと残ってしまい、映画館を出る時にも、まだ、メロディが頭の中で鳴り響いている。これは、いけません。昔から言われていることですが、劇映画の音楽が、映画館を出てからもまだ頭に残っているようなのは、失敗作です。もちろん、ミュージカルや音楽映画は別です。

そのことを特に強調したのが、フランスの作曲家ジョルジュ・オーリックです。この人は、フランスやアメリカの映画産業に多数の楽曲を提供した有名な作曲家で、後にフランス音楽著作権協会の会長を務めました。映画音楽の彼の代表作には、『オルフェ』（一九四九）、『恐怖の報酬』（一九五三）などがあります。

『恐怖の報酬』は、後にも映画化されましたが、最初のイヴ・モンタン主演の映画に音楽を付けたのがオーリックです。これらの映画は、本当に音楽が少ないですね。『恐怖の報酬』なんかは、ちょっと電子音楽みたいなのが入るところはありますが、全体として非常に音楽が少ない。最後のニトログリセリンを運んでいる運転手が崖から落っこちて死ぬところで、トラックの中でかけっぱなしになっていたラジオが、「美しく青きドナウ」かなんかを大音量で流している音が聞こえて、それで終わりになる。そういうのがまあ、オーリック流ですね。

話をコープランドに戻しますが、『女相続人』における彼の音楽はちっとも映画の邪魔をしていません。これには、多分お金がかかったと思います。アメリカ映画なのに、せっかく雇ったフルオーケストラを使っていないのです。ほんの数人、さっきも言いましたように、クラリネットとフルートとバス・クラリネットの三人だけなんていうシーンがしょっちゅう出てくるのですから。ガタガタいろんな楽器を入れたりせずに、贅沢な作り方をしています。この当時としては、これは珍しい映画ですね。映画音楽のミニマリズムとでも言いましょうか。

ただ、作曲家のコープランドは、この映画に不満もあったらしいです。私は、別にそういう意見ではないんですけれども。何が不満だったかと言いますと、映画の初めに『女相続人』というタイトルが出て、それに合わせて音楽が聞こえてきます。この音楽が、"Plaisir d'Amour"「愛の喜び」というフランスの一九世紀の流行歌なんです。この曲は、誰でも耳にしたことがある曲ですから、聴けばすぐお分かりになると思います。

この曲を、コープランドは使いたくなかった。彼は、タイトル・ミュージックとして、別の曲を作曲していたらしいのです。私は一度も聞いたことがないのですが、この曲が使われているテスト版の映画を実際に観た音楽批評家は、やっぱりこの映画には、コープランドが作曲した曲を、タイトル・ミュージックとして使うべきだった、「まことに残念なことである」と述べています。

ところが、プロデューサーも、ワイラー監督も、とにかくタイトル・ミュージックは"Plaisir d'Amour"だと言って譲らなかった。これは、もう少し映画が進行し、女主人公が恋に落ちて、相手の男がワシントン・スクエアの彼女の家へ初めて来るシーンと関連しています。彼は、そこにあるピアノを見て、「私は、フランスから帰って来たばかりなんです。フランスでは、こんな歌が流行《はや》っているんですよ」と言って、"Plaisir d'Amour"を演奏するんです。このシーンとの絡みで、ワイラーはどうしても"Plaisir d'Amour"をタイトル・ミュージックとして使いたかったんだろうと、私は思います。このあたりが、やはり人によって、いろいろと反応の仕方が違うところじゃないんでしょうか。

コープランドが、この映画で楽器を非常に少なく使っているという点には、アメリカの音楽批評家を含めて、いろんな人が注目しています。これは、ヨーロッパ映画では、ちっとも珍しいことではなかったんですが。

特に、イタリア映画。戦後、物資がない頃ですから、いわゆるイタリアン・リアリズムと呼ばれる映像作家達は、ごく少ない楽器を使って音楽を付けました。例えば、『靴みがき』(一九四六)というイタリア映画。この映画はアメリカでも評判になりましたが、デ・シーカという監督が実際にローマの靴みがきの少年を主人公に使って制作したものです。少年達の夢を象徴するように、白い馬に乗って二人の靴みがき少年が公園の中を走るシーンに、デ・シーカはフルートだけで音楽を付けています。

その頃、アメリカ映画では、フルートだけなんてことは、まったく考えられないことでした。しかし、このイタリア映画のこの場面では、フルートだけの音楽が、たいへん効果的だったのです。もっと後になりますと、『禁じられた遊び』（一九五二）が有名ですね。あれも、オーケストラは使っていません。また、『第三の男』（一九四九）にしても、フルオーケストラは使っておりません。

しかし、アメリカは、そうではなかった。ヨーロッパには例があったが、アメリカにはなかったことを、コープランドがよくやったということで、玄人筋には、たいへん評判が良かったのです。

しかも、その音楽があまり荒っぽい音楽ではなくて、テクスチャが柔らかい雰囲気の音楽です。少数の楽器と柔らかい音楽という二つの部分が、ふつうのハリウッド映画の映画音楽とはずいぶん違っています。ふつうのフルオーケストラの大袈裟な、例えばワーグナーの音楽のようなものとはまったく違います。

もちろん、小さいオーケストラや少数の楽器を使うことが、必ずしもいつも優れているとは言えません。反対の意見がないわけではありませんが、この映画を観る上で、音楽については、このあたりに注意していただきたいと思います。

コープランドは交響曲「アパラチアの春」や「ロデオ」、またピアノの「エル・サロン・メヒコ」などが有名ですが、映画のための作曲もやっていて、それがいつも『女相続人』のように禁欲的というわけではありません。『女相続人』がむしろ例外的に音を少なくしているという印象を私は持っています。

## □質問に答える――ヘンリー・ジェイムズの女性の見方

聴講者　ヘンリー・ジェイムズは、生涯独身を通した作家として有名ですが、妹のアリス・ジェイムズを生涯愛し続けたんでしょうか。

講演者　愛し続けたか、と言われますと、ちょっと返答に困りますが、異性としての意識を以て愛した、というのではなく、兄が妹に対して、妹に対するものとしての愛情をそそいだことは確かでしょう。僕はジェイムズ家の伝記的な研究をしたことがありませんので、今までの常識的な伝記的研究を多少読んでの感想しかないんですが、ヘンリー・ジェイムズ・シニアには長男ウィリアム、次男ヘンリー（ジュニア――のちに小説家になる）、三男ウィルキンソン、四男ロバートソンの四人の息子がいて、最後に末っ子として、初めて娘のアリスが生まれているわけですね。生まれた年を申しますと、ウィリアム・ジェイムズは一八四二年、ヘンリー・ジェイムズ・ジュニアは一八四三年、ウィルキンソン・ジェイムズは一八四五年、そしてロバートソン・ジェイムズは一八四六年に、それぞれ生まれ、アリスは一八四八年に末っ子として生まれているんです。伝えられるところによると、のちに心理学者、哲学者になるウィリアムはアリスとほとんど無関係に成長し、ウィルキンソンとロバートソンはお互いのみを相手に遊ぶような少年時代を送り、この男の子ばっかりの兄弟の最後に末っ子の女の子として生まれたアリスをいちばん気にかけてくれたのはヘンリー・ジュニアだけだったと言われています。それは、しかし、性的な愛情なんかではなく、純粋に兄としての気遣いであった。

　やや性的な含みのある愛情をヘンリー・ジュニアがそそいだのは従妹《いとこ》のミニー・テンプルであったとは考えられます。ミニーが「もし私たちが従兄妹《いとこ》の関係でなかったら、私はヘンリーと結婚していたでしょう」と手紙に書いていることは間違いありません。しかし従兄妹の結婚がタブー視されることは、日本よりも米国で遥かに著しいように思われます。（従兄妹の結婚についてヘンリー・ジェイムズの気持ちを知るには、彼の大作

『ある貴婦人の肖像』を考えるのも悪くないように思います。ラルフ・タチェットが、「もし従妹でなかったら僕はイザベル・アーチャーに求婚しただろう」と言うのと結びつけて考えていいかと思うのです。現実の次元ではミニーが肺結核患者であり、小説の中ではラルフ・タチェットが肺結核患者でありまして、互い違いになっていますけれども。）

時間がありますので、もう少し『女相続人』について触れておきましょう。

この映画の中でドクター・スローパーを演じているサー・ラルフ・リチャードソンは、英国のシェイクスピア役者です。演技のうまさは折紙付きです。他の俳優陣も、皆、芸達者な人たちです。モリス・タウンゼント役のモンゴメリー・クリフトなんかも、非常にうまいですね。

さて、このドクター・スローパーについて、さまざまな批評家がさまざまな評を加えています。いわく、ドクター・スローパーは、ヘンリー・ジェイムズの兄、ウィリアム・ジェイムズであるとか、あれはヘンリー・ジェイムズ自身だとか、いやそうではなくて、ヘンリー・ジェイムズ・シニア、お父さんのほうだとか。いろいろ言われていますが、私は、ヘンリー・ジェイムズ自身というのが一番近いんじゃないかという気がします。

原作のドクター・スローパーは、娘に対して非常に冷酷で、その心理は、どうも、ふつうの父親の心理とはかなり違っているように思えます。一方、映画の中では、もう少し柔らかく、温かみのある父親として描かれています。これがリチャードソンの解釈によるものか、ワイラー監督の意図によるものかは、定かではありませんが。

ドクター・スローパーの奥さんは、非常に才能があり、また、金持ちの娘でもありましたが、一人娘のキャサリンを出産して一週間後に産褥熱で亡くなってしまいます。彼女の遺言により、キャサリンは年一万ドルという多額の遺産を受け取っています。

しかし、ドクター・スローパーの心の中には、「私の愛《いと》しい、美しい、才能のある妻が、この娘のために殺されてしまった。こんな娘は生まれなければよかった」という、非常に冷たい意識が強く存在しています。

だから、モンゴメリー・クリフト演じるモリスに捨てられた後、ドクター・スローパーに「まだ、これから、お前を愛する人が出てくるかもしれない」と言われたキャサリンは、父親に向かって「私は、あなたに二十年間だまされてきた。あなたは、私をちっとも愛していない。今まで、私はそれに気がつかなかった」と言い放ちます。

このドクター・スローパーの冷たさは、映画よりも、小説のほうにずっと色濃く出ているのです。リチャードソンは、冷たい男を演じるのがうまい役者ですが、この映画ではドクター・スローパーを、原作よりは温かみのある、人間性のある男として演じています。

ドクター・スローパーの遺産の扱いも、原作と映画では違っています。原作では、彼の遺産はすべてクリニックや慈善団体などに寄付されています。つまり、ドクター・スローパーは、娘の手元に遺産が一銭も渡らないように手配して、死んでいくのです。これは、父親として、ちょっと考えられないことです。

ふつう、父親は娘が結婚するとなると、娘を奪われたような気になるものですが、ドクター・スローパーにはその意識はありません。ただ、モリスが自分の金目当てでキャサリンに求婚していると考えて、結婚に反対します。この「金目当て」というのは、当たっているわけです。モリスは確かに金目当てでキャサリンに近づきましたが、ドクター・スローパーは娘の幸福を考えて結婚に反対したわけではないのです。あくまで、自分の財産をこんな男に奪われたくないという冷たい心から、この結婚に反対したのです。

作者のヘンリー・ジェイムズは、女性を描くのがうまい作家ですが、実生活では一度も結婚していません。彼は、なぜ、一生結婚できなかったか――その理由が、この作品の登場人物の背景に垣間見られるような気がします。つまり、女性に対する見方が、ふつうとは少し違うのではないか、ということです。従妹を愛したと伝えられていますが、これも男女の愛というよりは、性的な関係を抜きにした愛情であったろうと思えます。

一説に言われるような近親相姦的な愛情ではまったくなかったと私は想像しています。

一九九九年一〇月九日講演

原　題：*Breakfast at Tiffany's*
監　督：Blake Edwards
公開年：1961
原　作：Truman Capote, *Breakfast at Tiffany's* (1958)

# 『ティファニーで朝食を』

私はこの映画をマンハッタンでロードショーの時に観ましたが、私と同じ一九二九年生まれのオードリー・ヘップバーンはその時、映画撮影時でもだいたい三十になっていたわけで、この原作をお読みになった方はお分かりでしょうが、主人公は十九歳ですよね。いくら女優であっても三十歳で十九歳を演じるというのはちょっと無理なわけで、誰もこの映画を観て十九歳だと思わないでしょう。しかしヘップバーンという人の人気が大変にありますから、それに助けられてこの映画もわりと好評裡にニューヨークでも上映されたわけであります。簡単に言いますと、原作のヒロインのホリー・ゴーライトリーという女性を演じるのには、本当はヘップバーンは向いていなかったと思うんですね。と言うのは、ヘップバーンという人は非常に洗練された都会的な持ち味の人ですから、アメリカの田舎で孤児《みなしご》、そして百姓の家、動物のお医者さんである男と結婚したというふうな過去を持ち、しかしそれを捨ててニューヨーク市へ出てきて非常に洗練された女性の行動などもしてみるという、そういう役柄にはちょっと無理があるような気がするんですよ。そういうことはこの映画の関係者はみんなよく知っていたんだと思うんですけれども。

私はこの映画は主題歌が非常に優れていたと思います。「ムーン・リバー」という主題歌。これが非常に当たったわけです。この映画が一九六一年に公開されますと、アカデミー賞候補になったのは主演女優、助演女優、それから監督賞、それからまだ何か二つくらいあったと思いますが、しかし実際にアカデミー賞をもらったのはこの主題歌で、映画音楽賞と歌曲賞をとっているわけですね。まあアカデミー賞の決定なんて当てにならない時もいっぱいあるんですが、これは非常に当たっている、しかるべき賞の与え方であったような気がします。で、この「ムーン・リバー」という曲が当たったために今日に至るまで繰り返し演奏されています。作曲したのはヘンリー・マンシーニという作曲家です。ここらへんがヘンリー・マンシーニの最初の映画のための作曲で、この映画が終わった後もこの曲をヘンリー・マンシーニ楽団なんかが長期にわたり演奏していたわけです。この映画の中で、オードリー・ヘップバーンが「ムーン・リバー」を歌っているという場面が出てくるわけですね。

監督のブレイク・エドワーズという人の映画がどんなものであるかというのを、すべてではありませんが、並べました。◆のものは日本で公開された映画、◇のものは日本では公開されなかったものですから日本語の題名を書きません。

◆Operation Petticoat (1959)『ペティコート作戦』
◇High Time (1960)
◆Breakfast at Tiffany's (1961)『ティファニーで朝食を』
◇Experiment in Terror (1962)
◆Days of Wine and Roses (1962)『酒とバラの日々』
◆The Pink Panther (1963)『ピンクの豹』

◆A Shot in the Dark (1964)『暗闇でドッキリ』
◆The Great Race (1965)『グレートレース』
◆What Did You Do in the War, Daddy? (1966)『地上最大の脱出作戦』
◇Gunn (1967)
◆The Party (1968)『パーティ』
◇Darling Lili (1970)
◇Wild Rovers (1971)
◇The Carey Treatment (1972)
◆The Tamarind Seed (1974)『夕映え』
◆The Return of the Pink Panther (1975)『ピンク・パンサー2』
◆The Pink Panther Strikes Again (1976)『ピンク・パンサー3』
◆Revenge of the Pink Panther (1978)『ピンク・パンサー4』
◆10 (1979)『テン』
◇S.O.B. (1981)
◇Trail of the Pink Panther (1982)
◆Victor/Victoria (1982)『ビクター／ビクトリア』
◆Curse of the Pink Panther (1983)『ピンク・パンサー5　クルーゾーは二度死ぬ』
◆The Man Who Loved Women (1983)『グッバイ、デイヴィッド』

◆の五番目、A Shot in the Dark（ア ショット イン ザ ダーク）という、これも有名なエドワーズの映画ですが、『暗闇でドッキリ』というなかなか面白い日本題名も付いているので、題名だけ眺めていても英語の勉強になるということがあるわけです。ですから日本で公開されたものは、日本語の題名と英語の題名と両方載せました。

このブレイクという人は、プロデューサーもやれば脚本も書く非常に多芸の人で、そしてイギリスの女優ジュリー・アンドルーズの夫ですが、どうも第一級の映画監督というわけには、ちょっといかないような気がします。いつも、まあまあという映画を作るんです。ただこの人が大変有名になったのは、「ピンク・パンサー」のシリーズですね。先のリストの中で『ピンクの豹』というのが、◆の四番目にあります。一九六三年、これを最初として全部で七本ピンク・パンサー物があるんです。これ、イギリスの有名な俳優であるピーター・セラーズという人が、あまり役に立たない、無能という評判の探偵だけれども、犯人を捕らえるのは結構うまいという面白い役柄で六本に出ています。セラーズという人は大変うまい人ですから、したがってこの映画は何回も繰り返してシリーズになりました。

結局『ティファニーで朝食を』で当たったものですから、この監督の映画にはずいぶんヘンリー・マンシーニが曲を書いています。ピンク・パンサー・シリーズも全部ヘンリー・マンシーニが曲を書いています。

『ティファニーで朝食を』では、ある意味では統一して、「ムーン・リバー」のメロディを利用していますが、一、二カ所そうではないところもあります。しかし、なんと言っても、この「ムーン・リバー」が重要なんでありまして、これがアカデミー賞をとりましたが、映画の中でその主題歌を歌っていた人がアカデミー賞授与式で歌うことになっているのが慣習です。ところが、オードリー・ヘップバーンは、この映画の中で歌っているのを聴けば、我々でもそう感じると思うんですけれども、あんまりうまくないんです。テキサスの田舎から出てきて、今はニューヨーカーとしてもソフィスティケイトされているという感じの女性が歌う設定だとすると、意外にアメリカの田舎にはフォーク的な歌のうまい女性が多いんで、アメリカ国内的には有名じゃないただの人なんだけれども歌だけはうまいという、そういう人の持っている魅力は、出てこないですね、この人は。それはともかく、まずヘップバーン自身が歌を拒否したんです。アカデミー賞の主題曲の賞をもらったんですが、「私は歌いたくない。映画の中でもあれだけ恥をかいた」と。「これ以上歌いたくない。私に恥をかかせるな」というふうなことで、そこで、アカデミー賞の当局はとりあえずアンディ・ウィリアムズという人に例外的に歌わせようということで、ウィリアムズが歌った。それがまた大変評判になって、以来、ウィリアムズの持ち歌の一つのようになって、彼のテレビ番組で番組の始まる前にこの曲を流すというふうなことまでありました。この「ムーン・リバー」をアンディ・ウィリアムズが歌ったものを、皆さんご存知でしょう。

新潮文庫の『ティファニーで朝食を』の終わりのほうでも一応訳者の龍口直太郎さんが説明しておられますが、そう難しい歌ではないけれども、初めて聴く方には分かりにくいというところもあるかもしれません。わりと歌詞が曖昧なんですよね。「ムーン・リバー」というのだって「月の川」というのは、月が照ってキラキラ輝いている、幅が一マイルもある川ということでしょうけれども、「月」「ムーン」と「川」「リバー」というのが二つくっついて、割合イメージとしてははっきりしているようでありながら、論理的な繋がりは必ずしもはっきりしない、というところがかえってまた訴える。メロディは大変覚えやすいからなんとなく気分にのって歌えると。昔、NHKラジオで『ハックルベリー・フィンの冒険』の解説放送をやりました時に、この「ムーン・リバー」に「ハックルベリー」という名前が出てきますから、この歌を最後の回に聴くように私は番組を組んだんですが、そのNHKのディレクターが、「要するに日本で、その演歌を例えば、飲み屋でサラリーマンが会社の帰りに一杯飲んで歌うというふうな、そういうような情緒が非常にたっぷりあって、意味はあんまりないという、これはそういう類の歌じゃないでしょうか」と言われました。どうも私もそういう気がします。そういう歌にしちゃずいぶん垢抜けてはおりますけれども。

Moon river, wider than a mile
I'm crossing you in style some day
Old dream maker, you heart breaker
Wherever you're going

I'm going your way

Two drifters, off to see the world
There's such a lot of world to see
We're after the same rainbow's end
Waiting round the bend
My Huckleberry friend
Moon river and me

二行目の"I'm crossing you in style some day"というのは、映像としては、『ハックルベリー・フィンの冒険』に出てくるミシシピー川を思い出しますが、そういう感じでよろしいわけで、『ハックルベリー・フィンの冒険』という小説は、だいたい夜のシーンが多いんですよね。いつも夜です。子供が主人公なのに、なんでいつも夜なんだという疑問を持たないのが不思議みたいなものなんですけれども、逃亡奴隷と一緒に生活しておりますから夜が多い。月が出てくるシーンもあります。「ムーン・リバー」は、その月影を映してキラキラ輝いている川のようなイメージでよろしいんだと思います。それが幅一マイル以上もあるような川。「私はあなたを渡りつつある」。"you"とはもちろん「ムーン・リバー」を二人称で呼びかけている。「あなたを」と言っているわけですね。横切りつつある。"in style"というのは「立派な格好で」、「そこそとじゃなくて、豪勢な形であなたを渡っていく」と、現在完了になっていますけれども、その後へ"some day"と付きますから、結局この現在完了は実は未来なんですね。今渡っているんじゃなく、"some day"「いつの日か」ということになる。"in style"と言って"some day"とつながる。"some day"はもちろん五行目の"your way"と韻を踏んでおりますけれども、この"some day"の前の"in style"というのが非常にうまいところだという気がします。なぜかと言うと、一行目の“wider than a mile”の“mile”とこの“style”がまた、韻を踏んでいるわけなんですね。こういう意外に凝った作り方をしているんです。三行目の“Old dream maker”“you heart breaker”これももちろん、「夢を作ってくれる存在」また「夢が叶わなくて悲しい思いをさせる存在」というふうな意味で呼びかけているわけですね、「ムーン・リバー」という「川」に。そして、「あなたが行くほうへ、どこへでも私は行く」というのは四行目ですけれども、「あなたが行くほう」というのは、もちろん川が流れていくほうという意味です。

ところで『ティファニーで朝食を』は文学作品を原作にした映画ということで、原作者にちょっと触れなきゃなりません。トルーマン・カポーティは一九二四年に生まれ、一九八四年に亡くなりました。新潮文庫から『ティファニーで朝食を』という翻訳が出ています。この本は今も絶版じゃなくて、今年（二〇〇〇年）出ている版は平成一二年一月、第六十五刷。六十五回目のプリンティングですね。結構売れているわけでしょう。本学に来年から専任になって来られる予定の國重純二先生が「この小説の訳は、あまりにひどい」と言っておりましたが、私はこれがそんなに悪い訳だとも思わないですね。あんまり僕、龍口直太郎さんの訳を高く評価はいたしませんけれども、全般的に。でもこれもまあまあ悪くはない。だいたい Breakfast at Tiffany's という題名を「ティファニーで朝食を」なんて訳すのはしゃれています。「ティファニーの朝食」じゃ具合が悪いですよ。まあそんなことはどうでもいいですが。

このカポーティは、一九四八年に『遠い声 遠い部屋』という日本語訳の題名の *Other Voices, Other Rooms* という長編を出して一躍有名になるわけです。この作品は日本でも早い頃に河野一郎さんという方が訳して、今も新潮文庫に入っています。河野一郎さんは日本における名訳者という評判が大変高い人です。しかし、不思議なことに龍口直太郎さんが第二次世界大戦後、翻訳工場と呼ばれるような形でいろんな人を雇って、さまざまな翻訳をやっている時のメンバーの一人だったと聞いています。しかし、龍口翻訳工場を出てからの彼の翻訳には大変定評があります。私と昔、同級生でございました。で、二人とも学校では、非常勤講師で来ておられた龍口直太郎という当時法政大学教授だった方に、実はアメリカ文学を習ったわけです。その頃は、専任でアメリカ文学をやる人は私たちの学校にはいなかったんです。

カポーティは一九四八年に『遠い声 遠い部屋』を出す前に、雑誌やなんかにはいくつか短編を発表しているんです。その中で有名なのは「ミリアム」という一九四五年に出た短編です。そういう短編をいくつか集めて『夜の樹・他』(*A Tree of Night and Other Stories*)という題名で一九四九年に短編集を出しています。つまり長編を出した翌年に出している。一九四〇年代、五〇年代というのは、六〇年代もそうですが、長編小説を出さないと一人前の作家としては認められないというふうな暗黙の了解がありました。一九七〇年代後半から現在に至ると、処女作が短編集という作家がかなり出てくるんです。七〇年代後半にミニマリストなどという名前で呼ばれるレイモンド・カーヴァーなんていう作家がその中の一人ですけれども、カーヴァーという人は長編小説を一つも書かず、短編ばかり書いており、処女作も短編という人ですが、カポーティが出た頃はそういう時代じゃなかったわけです。ですから、本当から言えば短編のほうが先に出てもよかったわけですが、やっぱり長編を出さないことには作家として認められないという風潮が強かったわけですね。

この『遠い声 遠い部屋』というのが四八年に出ると、非常に話題を呼んだ。第二次世界大戦後、アメリカでデビューした新進作家というのは、一人は『裸者と死者』(*The Naked and the Dead*)という作品で文壇にデビューしたノーマン・メイラー、もう一人は、ゴア・ヴィダルという、アメリカ大統領候補にもなったアル・ゴア(元副大統領)の親戚です。かなり政治的にも関わっている人ですね。で、このヴィダルとメイラーとカポーティという三人が第二次世界大戦後、最初に話題を呼んだ作家たちですが、ほかの二人の作家がリアリズムを基準とした作品を四〇年代、五〇年代に発表していたのに対して、カポーティはそうではありません。特にこの処女作の『遠い声 遠い部屋』というのは、その自然主義的なもの、写実主義的な文学の伝統に対する解毒剤として動くのではないかということで、むしろ嘱目された、そういう作品です。科学的というか、リアリズムの物差しではかると全然はずれちゃう。現実の世界では起こり得ないようなことが平気で起こる世界という感じを与えたわけですね。

だいたい、この二〇世紀の始め頃から、アメリカではリアリズムの流れが非常に色濃く続いてきました。だけど、もうそろそろみんなリアリズムに飽きてきた。ここらでなんか新しい風が吹かないかという気持ちのところにカポーティが出た、ということで大変魅力的であったということもあります。けれどもその後ですね、『草の竪琴』（*The Grass Harp*）が一九五一年に出たわけですが、そんなに長いものではないし、それから五八年に出た『ティファニーで朝食を』も、他の短編三つ、四つと一緒にしてようやく一冊になるという形で出版されたものでありますし、大した重さのある作品では実はないいんです。ロバート・ネイサンというもう一代古い小説家の作品に似ているような要素が『草の竪琴』とか『ティファニー』にはちょっとあります。ところが一九六六年に突如 *In Cold Blood*（日本語訳はやはり龍口直太郎さんで、『冷血』という題名で出ました）という作品を発表してまた一躍有名になります。で、この『冷血』を、カポーティはノンフィクション・ノヴェルというジャンルなんだと申しております。

ノンフィクションの小説。一九七〇年代になってニュージャーナリズムというものが、アメリカの文学では流行するんですね。トム・ウルフなんていう人がその中の最も有名な一人ですけれども、新聞記事とか雑誌記事みたいなノンフィクションの形のものを、小説の技法を大いに利用して書くという主張なんです。そのニュージャーナリズムとはちょっと違いますけれども、だいたい似た手法ですね。カポーティはいち早くノンフィクション・ノヴェルという名前で出した *In Cold Blood* を書く際に、二人の相当残虐な殺人を犯した男のことを詳しく調べ、その二人が入っている刑務所へも何回となく行って話をし、死刑執行のときの処刑場にまで入っているわけです。そういう形でずっと二人の男の軌跡を追い、小説の形にしたわけですね。これも映画化されてまあ有名になる。だけどとにかく小説として、それほど大きいものは、本当は、ないんですね。亡くなってから、これもまあ、小説というよりはやっぱりノンフィクションなんですけれども、自伝的な作品が出たりしましたし、短編集もカポーティが死ぬ頃出たりしていますけれども、なんて言うんですか、アメリカ文学史の真ん中にいるようなそういうタイプの人じゃないわけです。

このカポーティという人は、しかし映画には関係が深くて、自分が役者として出ている映画もありますが、日本でも公開された有名な映画にも本人が出ています、探偵映画みたいなのにね。ですが、映画のシナリオも書いているというのが面白いところで、特にその中でも本人も自信を持っているのが、ジョン・ヒューストンという大変優れた、文芸映画としては第一級の映画監督が作りました *Beat the Devil*（『悪魔をやっつけろ』）という一九五三年の映画。このシナリオを全部カポーティが書いているのですが、その書き方がまた非常に面白いんですね。この映画はハンフリー・ボガートとかジーナ・ロロブリジーダとかジェニファー・ジョーンズとかロバート・モーレイとかピーター・ローレとか、非常に面白い役者がいっぱい出る映画ですが、監督のジョン・ヒューストンはイタリアでこの映画を作りました。毎朝、カポーティが「あっ、今日の分はこれだけです」と言って渡したのに準じて映画を撮っているわけです。明日どうなるんだかよくわからないというふうな書き方で、ある意味では非常に実験的な映画の作り方をしたのです。

カメラがちょっと高い所から、イタリアの田舎町の十字路を見下ろしている形で撮り、その十字路の所に浮浪者のような、楽器を持ったおっちゃんが五、六人集まってきて、「んじゃ、始めるか」というようなことを言ってプカプカとやるというところで映画も始まるという、そういう不思議な、また面白い映画です。日本ではあまり評判にならなかったのですが、今見直しても非常に面白い。カポーティはそのシナリオを書いているわけですが、そこで、映画の、なんて言うんですかね、微妙なシーン、作り方というのを彼はマスターしたと思われる。で、そういう技法をこの人は小説の中にもだんだん利用するようになったというふうに私は思っています。

映画『ティファニーで朝食を』の中でポールとホリーの隠された夫が一緒に話しているところは、セントラル・パークの中の、夏には無料音楽会などをやる屋外の会場のベンチです。そういう、わりといい場所ですから、有名なフリック・コレクションという美術館も同じ七十番台のストリートにあります。フリックという大変な金持ちが住んでいて、しかもヨーロッパの、主に一七世紀、一八世紀の非常に優れた絵が自分の住んでいる屋敷の中に飾ってあり、それを無料で（現在は有料になりました）一般公開してまして、中に入ると、まず最初に室内庭園があってそこに噴水なんかありますけれども、その近くで例えば、イ・ムジチ室内楽団が黙ってバロック音楽を演奏しているというふうなこともある、ちょっと日本じゃ考えられない、やっぱり資本主義の国の、もしいいところがあるとしたらそういうところだと思うんですけれども。この映画が公開された一九六一年にイ・ムジチは日本に来ると言って来られなかった。原作では、確かフリック・コレクションが出てくるんですが、この映画では出ません。

次にひとつだけ、私は英語の教師ですから、英語のことを申しますけれども、パーティの中で、体の大きなおばさんが、やけ酒みたいに飲んでバタッと倒れるところがありますが、倒れる時に、ホリー・ゴーライトリーがティンバー（Timber）と叫ぶわけですよね。ここは非常にうまい所なんですよ。つまり彼女は田舎の出ですから、「ティンバー」と叫んだら、周りの人がみな避《よ》けなきゃならないということをわかっているわけです。木こりやなんかが太い大きな木を下から電気ノコギリやなんかを使って切っていって、倒れる方向を一度引っ張っておくわけですよね。鋼鉄の綱かなんかでね。引っ張っておいてこっち側へ倒れるというふうにしてあるわけですが、それでもなかなかその方向へ木が倒れるとはかぎらない。危険だから「ティンバー」と言われたら、林の中で何人も働いている木こりたちはその木のそばから逃げるわけです。ホリーは田舎で育った女ですから、田舎の山の中の日常で使われている言葉、「ティンバー」と言ったらみんな周りの人が避ける、という気持ちで発作的にこう出てくる。そこに彼女がいくらしゃれた格好をして、マンハッタンの洗練された女のふりをしても、地金《じがね》が出る、ということです。

ハリウッドのエージェントをやっている人が最後に弁護士を付ける場面で、電話先で彼女が「フォーニーなんだけどリアル・フォーニーだ。ただのフォーニーとはちょっと違って、リアル・フォーニーだ」と言う、あそこのところもなかなか面白いところで、フォーニーであるかないかということはもちろんサリンジャーの *Catcher in the Rye* の中のキーワードの一つですね。この映画のシナリオを書いた人はかなりサリンジャーを意識しているんだと思うんですね。この作家の男（この脚本家のジョージ・アクセルロッド）が出版した本も『ナイン・アイズ』という題名。サリンジャーは『ナイン・ストーリーズ』という短編集を初期に出しているわけですけれども、それに引っ掛けていると思います。まあ、そんなことをちょっと気がついたんで付け足しておきましょう。

二〇〇〇年一〇月七日講演

原　題：*Portrait of Jennie*
監　督：William Dieterle
公開年：1948
原　作：Robert Nathan, *Portrait of Jennie* (1939)

# 『ジェニイの肖像』

### ▽小説

ロバート・ネイサン（一八九四―一九八五）はベストセラー級の中編作品をたくさん書いている作家で、その得意とするところはファンタジー――時には例えば『司祭の妻』（一九二八）〔映画版の日本題名は『気まぐれ天使』〕のように風刺的な、時には『ジェニイの肖像』（一九三九）のように抒情的かつ黙想的なファンタジーだと言われています。

簡単にストーリーを申し上げますと、マンハッタンに住む若い画家（エバン・アダムズ）が「彼の才能の命、彼の作品の命のエキス」を溶かすようなインスピレーションを求めて苦闘しています。

ある日、セントラル・パークでジェニイ・アプルトンという名前の少女に出会います。話をしていると、エバンは、ジェニイが別の時代からやってきたように感じます。彼女の謎めいた歌が彼女の神秘さを印象深いものにします。

私はどこから来たのか　Where I come from
誰も知らないけれど　Nobody knows;
私の行くところへ　And where I'm going
なにもかも行くのです。　Everything goes.
風が吹きます、　The wind blows,
海が満ちます——　The sea flows—
でも誰も知らないのです。　And nobody knows.

歌は不意に僕の心をとらえた、あまりに予想していたものと違ったのである。何が出てくると思っていたのか——何かマザーグースの童謡のようなものか、それとも流行歌のようなものか。両親が芸人だという小さな女の子たちは、ときどき愛の歌を歌うこともある。「誰がそれを教えてくれたの?」と僕は驚いて尋ねた。しかし彼女はただ首を振るだけ、そこに立って僕を見つめていた。「誰も教えてくれたんじゃないの」と彼女は言った——「ただの歌だもの」。(*Portrait of Jennie*, Chapter 1)

ジェニイの歌は、この小説の終わりまで主題歌のように、しかし低音で響きます。小説はこのあと、ジェニイがしばしばエバンに不思議な現れ方で現れ、逢うごとに歳を取り、成熟してゆくのをエバンは感じます。そして、ついに、ジェニイはエバンの最愛の人となります。

しかし《時》とジェニイの不明な居場所が邪魔して、二人は再び別々になってしまいます。ニューイングランド(マサチューセッツ州ケープ・コッドのトルーロ)での長い夏の終わりの嵐の晩にエバンは、もう一度ジェニイに会いますが、たちまちにしてハリケーンが彼の腕から彼女をもぎ取り、彼女の姿を見失ってしまいます。エバンは過去の同じ日にジェニイがヨーロッパと米国を結ぶ定期船で遭難し、このケープ・コッド沖で姿を消したことを知ります。ジェニイは時と所の限界を逃れている者のようです——ただひたすらエバンと最後の逢いだけのためにもせよ。

エバンは、彼とジェニイが永遠に一緒になるという確信を深くするのです。彼はすでに「ジェニイの肖像」という傑作を描いてその才を認められた存在になっています。

▲ジェニイの肖像画を描くジョーゼフ・コットン演じる語り手のエバン（© 1948, U.S.A.; SELZNICK/THEATRE COLLECTION, FREE LIBRARY OF PHILADELPHIA）

### ▽映画

デイヴィッド・O・セルズニックは『風と共に去りぬ』（一九三九）や、ジェニファー・ジョーンズ主演の『聖処女』（一九四三）のプロデューサーとして有名でしたが、ネイサンの小説『ジェニイの肖像』を、彼の秘蔵っ子であり、まもなく妻に迎えようと考えているジェニファー・ジョーンズのために、またとなき傑作映画にしようと考えました。しかし、いろいろな問題が重なって（例えばカメラのジョーゼフ・オーガストが心臓麻痺の発作に苦しんだり）、この映画は四百万ドル以上の赤字を出し、セルズニックは彼のスタジオを競売に出さざるをえなくなったりしたのです。

映画は多少のムラはあるにしても、まことに美しい、心に残る映像がたくさんあります。カメラのオーガストと監督のデターレは数多くの、めったにない映像効果を中に入れることができたのです。例えば、画家のキャンバスの織り地がショットに重ねられて、このフィルム全体が一種の肖像であると暗示したりします。この効果は、映画の最後のショット（メトロポリタン美術館の中に飾られた「ジェニイの肖像」）がテクニカラーで示されることによって強化されます。

セルズニック版は、ネイサンの思索的な小説をロマンティックなハリウッド型ファンタジーに変えてしまったと批判する向きもありますが、もともと原作にその要素はあるのです。しかし、むしろ映画は原作の清らかな抒情性を巧みに移したことを評価すべきでしょう。映画版は原作のアーン（エバンの友人の画家で引き立て役）を省略し、エバンが部屋を借りている強圧的、略奪的な女家主をかなり控えめな性格にし、タフだが哀愁のあるオールドミスの画商ミス・スピニーを原作よりもはるかに目立つ存在にし、エバンを忠実に待つ、という原作での姿勢を変えて、エバンを追跡します。例えば、小説の終わりでは、エバンはジェニイの次の出現を、宿命論的な超然たる姿勢で待ちます。映画では対照的に、エバンはジェニイが何年も前にハリケーンに遭って溺死したことを知ります。それからエバンは、ハリケーンと競って（《時》と《所》を超越して）灯台に到着します。そして灯台の辺りでジェニイの姿が見えるのです。

一説によると、なまぬるい試写の結果を見て、セルズニックが付け足させたという、辻褄の合わないような白熱した局面になって、映画はもとのセピアのプリントに、グリーンを配色して、嵐に『オズの魔法使』のエメラルド・シティ的な様相を少々与えます（大きい劇場では「サイクロフォニックス（熱帯性低気圧音発声器）」というものをセットして観客を嵐の音で囲み、同時にズーム・レンズが投射映像を拡大しました）。こうした特殊効果がアカデミー賞をもらったのですが、しかし残念ながら米国での視聴率はあがらなかったのです。

しかし今日では、多くの観衆が『ジェニイの肖像』を愛しています。その映像の美しさ、そのとびきりの配役（ジェニファー・ジョーンズ、ジョーゼフ・コットン、エセル・バリモア、リリアン・ギッシュ）、そしてそのドビュッシーの曲、こうした要素が多くの観客に喜びをもたらすのです。

映画『ジェニイの肖像』（一九四八）は日比谷の有楽座でロードショーされました。一九五〇年代始めではなかったかと思います。私はそれまでに原作を読んでいました。気味の悪いテーマだという人がいるようですが、私には澄んだ、きれいな、軽い抒情詩のように読めましたし、その役にジェニファー・ジョーンズは適しているなと思いました。

映画の終わりのほうのハリケーン襲来の場面で、スクリーンが突如四倍に拡がり、それまでブラック&ホワイトだった映像がダーク・グリーンになって荒れる空と海の光景を捉えるというのも、まだシネラマが上映される以前のことですから、それなりに興味を惹くことでした。

映画は私の期待を満たしてくれました。記憶に残るものでした。長期上映にはなりませんでしたから、興行的には成功とは言えなかったでしょうが、それにもかかわらず、記憶に残るものでした――ジェニファー・ジョーンズも、ジョーゼフ・コットンも。悪名高いティオムキンの音楽もこの映画では控えめで、ドビュッシーの「亜麻色の髪の乙女」が軽く響くところなど、ティオムキンらしくない都会的なエレガンスを感じさせたりするのでした。

この映画は世界中の人々をアッと言わせるような巨編でも感動作でもありませんが、慎ましやかなラヴ・ストーリーとして、その愛の描き方が少々リアリズムの範疇を超えるところがある、というくらいの受け入れ方で観ていただければいいと思います。過大な期待をもって、構えて観るような映画ではありません。しかし、ちょっと忘れがたい抒情性があるのです。

### ▽監督と主演者

米国での公開は一九四八年。上映時間は一時間二十六分。監督はウィリアム・デターレです。

デターレはドイツの俳優、映画監督でしたが、ハリウッドに来てからは監督として有名になりました。彼の監督作品は多いのですが、日本で公開されたものは比較的少ないようです。日本で知られているものを挙げますと、メンデルスゾーンの曲を使った『真夏の夜の夢』(一九三五)、フランスのルイ・パスツールの伝記映画『科学者の道』(三五)、文学者エミール・ゾラの伝記映画『ゾラの生涯』(三七)、チャールズ・ロートンの名を日本でも有名にした『ノートルダムの傴僂男』(三九)(私は小学校四年生の頃、この映画が近くの映画館で上映されていたのを憶えています)、ジェニファー・ジョーンズとジョーゼフ・コットン主演の『ラヴレター』(四五)、クルト・ワイル作曲の「セプテンバー・ソング」が聴ける『旅愁』(五〇)、ホレス・マッコイ原作の『黒い街』(五一)、リタ・ヘイワース主演の『情炎の女サロメ』(五三)、エリザベス・テイラー主演の『巨象の道』(五三)。一九五〇年代末に故国ドイツに帰り、まもなく隠退しました。

主演のジェニファー・ジョーンズについて少し調べましたのでご紹介します。ジェニファー・ジョーンズは芸名で、本名はフィリス・リー・アイズリー。一九一九年オクラホマ州タルサ生まれ。プロデューサーのセルズニックが彼女を創造し、彼女を破壊したという世評がありますが、セルズニックが名付けたこの芸名で知られることになります。彼女は熱心な若い女優でしたが、セルズニックなしでは名声を得ることはできなかったに違いありません。

父親はオクラホマ州でショウ・ビジネスに関わっていました。フィリス・アイズリーとして彼女がリパブリック社のB級映画に出演したのは一九三九年。その年、(後にヒチコックの映画『見知らぬ乗客』のブルーノ役を演じる)ロバート・ウォーカーと結婚、二児をもうけました。

しかし、一九四一年、セルズニックのニューヨーク・オフィスで行われた『クローディア』という映画出演者募集に応募したとき、クローディア役は不合格でしたが、セルズニックの目にとまり、ハリウッドに呼ばれ、サローヤンの一幕ものの舞台に短期間ながら出演しました。セルズニックは彼女に芸名を付け、契約を結び、教育し、かつ恋愛関係に陥りました。

セルズニックは当時、ヴィヴィアン・リー、ジョーン・フォンテイン、イングリッド・バーグマンなどと契約を結んでいました。こうした女優たちと比べると、ジョーンズは純情で、柔順で、未知数の、細工を待つ材料のようなものです。セルズニックはまず彼女をフォックス社の『聖処女』の主役にし、彼女はこの映画(一九四三年公開、監督はヘンリー・キングク)でアカデミー賞主演女優賞を獲得しました(彼女はカトリック系の学校へ行っていたので、『聖処女』のカトリック的な雰囲気に合っていたのでしょう)。

この頃、セルズニックもジョーンズも結婚生活が危機に瀕している最中でした。次にセルズニックは彼女に『君去りし後』（一九四四年公開、監督はジョン・クロムウェル）の年上のほうの娘の役を演じさせました。次に『ラヴレター』のプロデューサー、ハル・ウォリスに彼女を貸し、彼女は主演の記憶喪失者の役を好演しました。

一九四五年夏にセルズニック夫妻は離婚。セルズニックはますますジョーンズをコントロールするようになります。ジョーンズは異常なほど内向的で、自信が欠如していたために、二人は相思相愛ではあるものの、ジョーンズは、罪の意識、不安、混乱、自殺衝動などの中にいたのでした。『白昼の決闘』（四六年公開、監督はキング・ヴィダー）の混血娘の役は適役ではなかったのですが、好演と評されました。

次に『ジェニイの肖像』で子供から大人までを演じ、その後『ストレンジャーズ6（*We Were Strangers*）』（四九年公開、監督はジョン・ヒューストン）、『ボヴァリー夫人』（四九年公開、監督はヴィンセント・ミネリ）に出演、商業的にはこの頃が彼女のピークだったと言えましょう。

彼女とセルズニックは一九四九年に結婚し、その後セルズニックと英国のコルダが共同してのプロダクションが制作した『女狐《めぎつね》』（五〇年公開、監督はマイケル・パウエルとエメリック・プレスバーガー）で好演しましたが、五一年、ロバート・ウォーカーが医師の不手際もあって他界、彼女は罪の意識に駆られるようになります。

彼女のベストは英国のロレンス・オリヴィエと共演した『黄昏《たそがれ》』（ドライサーの『シスター・キャリー』の映画版、五一年公開、監督はウィリアム・ワイラー）だと言われますが、次作『悪魔をやっつけろ』（五三年公開、監督はジョン・ヒューストン）では彼女は、意図しなかったかもしれないユーモアを発揮し、また『終着駅』（五四年公開、監督はヴィットリオ・デ・シーカ）の無力さにも捨てがたいものがあります。

『慕情』（五五年公開、監督はヘンリー・キング）で彼女は初めて興行的に大当たりとなり、それはセルズニックの支配力の衰えが原因だとも考えられています。『美わしき思い出』（五五年公開、監督はヘンリー・コスター）ではかなり老いを感じさせますが、『灰色の服を着た男』（五六年公開、監督はナナリー・ジョンソン）では、それがさらにはっきり見えます。

『武器よさらば』（五七年公開、監督はチャールズ・ヴィダー）では、彼女の老いは明らかで、制作中に次々と問題が生じました。この映画は失敗で、セルズニックのプロデューサーとしての履歴はこれで終了しました。彼が準備したプロジェクトで、彼女にニコルの役を演じさせようとした、F・スコット・フィッツジェラルドの『夜はやさし』が原作の『夜は帰って来ない』（六二年公開、監督はヘンリー・キング）は、実際にジョーンズがニコルを演じたわけですが、セルズニックの手は離れていました。

セルズニックは一九六五年に亡くなり、ジョーンズには借財と、若い娘と、キャリアの挫折が残されたのです。その後も彼女は『タワーリング・インフェルノ』（七四年公開、監督はジョン・ギラーミンとアーウィン・アレン）その他に出演もしましたが、やがて彼女は裕福なコレクター、ノートン・サイモンと結婚、彼の麻痺症状を介抱し、彼の仕事の代理人を務めるようになりました。

それから後のことについてはデータがありません。


語り手の画家を演じるのはジョーゼフ・コットン（一九〇五–九四）で、ヴァージニア州ピータースバーグ生まれです。天才児として騒がれたオーソン・ウェルズがコットンをハリウッドに引っぱり出してきたと言われますが、それ以前から舞台には出ていたようです。一九三〇年以来、彼はブロードウェイで『郵便配達は二度ベルを鳴らす』や『フィラデルフィア物語』などの舞台に出ていたということです。

しかし、オーソン・ウェルズの『市民ケーン』（一九四一）に出演して以来、二人は結ばれていると言っていいでしょう。ウェルズ監督第二作『偉大なるアンバーソン家の人々』（四二）の主演でもあります。同じ頃、フランスのジュリアン・デュヴィヴィエが監督した『リディアと四人の恋人』（四一）にも出演し、『恐怖への旅』（四二年公開、監督はノーマン・フォスター）では、コットンはオーソン・ウェルズと脚本を共同執筆しています。やがてウェルズの圏外に出て、デイヴィッド・セルズニックの勢力圏内に入ります。コットンは、ヒチコックの『疑惑の影』（四三）で殺人者を巧みに演じましたけれど、セルズニックはオーソドックスなロマンティック・ヒーローとして、ジェニファー・ジョーンズと組ませたのです。そうして、『ガス燈』（四四年公開、監督はジョージ・キューカー）の警官、『君去りし後』（四四）の模範的海軍大尉、『ラヴレター』（四五）の英軍将校、『白昼の決闘』（四六）の善良な兄弟、そして『ジェニイの肖像』の画家などを演じることになります。

コットンのもう少し違う才能は少々ながらヒチコックの『山羊座のもとに』（四九）で発揮され、また英国のキャロル・リード監督のもと、ウィーンに来た間抜けな米国文化人としてオーソン・ウェルズにからかわれる『第三の男』（四九）に出演しています。これも占領下の日本に来た米国文化人の講演の姿勢などにも似ているところ、巧みな演技です。『旅愁』（五〇）あたりから後は、また少し変化して、例えばマリリン・モンローの尻に敷かれる夫を演じる『ナイアガラ』（五三年公開、監督はヘンリー・ハサウェイ）、もっと元気のよい役で『脱獄囚』（五六年公開、監督はヘンリー・ハサウェイ）などに出ています。

六〇年代からの出演作品で日本に来たものを挙げると、『華麗なる情事』（六八年公開、監督はディック・レスター）、『ソイレント・グリーン』（七三年公開、監督はリチャード・フライシャー）、『エアポート'77／バミューダからの脱出』（七七年公開、監督はジェリー・ジェイムソン）、『合衆国最後の日』（七七年公開、監督はロバート・アルドリッチ）、『コンコルド』（七九年公開、監督はラゲロ・デオダト）、『天国の門』（八〇年公開、監督はマイケル・チミノ）などです。

コットンは必ずしもセルズニックが考えたようなロマンティック・ヒーロー型ではありませんでした。その優雅さと慇懃さは、必ずしもロマンティックなものではなくて、超然として焦点を結ばないものでした。ヒチコックは、その皺の寄った顔が容易に陰鬱な影を帯びるのを彼の映画で利用しました。彼の勝れた演技は、ハリウッドの伝統を離れた映画に多いようです。

なお、画面のクレジットには出ませんが、オーソン・ウェルズ監督の『黒い罠』（一九五八）では酔っ払い検死官を演じています。

### ▽原作小説が出版された時代

ロバート・ネイサンはユダヤ系の作家ですが、彼が作家（詩人・小説家）として活動を始めた一九三〇年代は、一般的に、ユダヤ系だからユダヤ的な作品を書くということは、あまりありませんでした。当時は米国社会全体がアングロ・サクソン系中心の時代ですから、特にユダヤ系という旗を掲げずに書き、読むしきたりだったと言えましょう。ましてニューヨーク市という、さまざまな人種が共存している町で生まれ、小さい頃をスイスで暮らし、米国に帰ってハーヴァード大学に入るというふうな経歴であるネイサンの生活にはユダヤ的な要素はあまりなかったんだろうと思います。

それよりも彼の文学の特性がしばしばファンタジーの要素を持っていることのほうが意味深いかと思います。この人の作品が殊に人気があったのは一九三〇年代、四〇年代で、米国が不況時代と言われた時期に重なります。この不況時代が終わり始めるのは、米国が日本と戦争を始めた頃からで、戦争のために経済的不況が鎮まっていったのです。

その時代の米国を知らなかった者にとっては、なかなか実感の持てないことですけれども、三〇年代というのは米国の庶民にとって、非常に苦しい時代で、未来への夢もない人が多かったわけです。ローズヴェルト大統領は「ニューディール」という革新的な政策を実行し、失業者を救う努力を続けたのですが、なかなか効果はあがりませんでした。その状態の一端はスタインベックの小説『怒りの葡萄』（一九三九）、その映画版、ジョン・フォード監督の『怒りの葡萄』（一九四〇）で知ることができます（戦勝国アメリカの、このような惨状を日本人に見られたくないために、この映画の日本公開は米国で公開後二十年以上も遅れたと思われます）。

そういう苦しい時代に生まれ育って、そして復員した兵隊は、戦後特別な待遇で大学で勉強することができました。そういう人が大学で勉強もしたけれど、米国の現状に満足できないというふうなのがビート世代と呼ばれました。この人々の特色は、少年・少女時代から成人になる間に不況の社会の中で苦労して育ったということでしょう。皮肉なことに、戦争の景気でようやく貧困階級の人々の生活が浮上したわけですが、帰還した兵士たちが特別待遇で大学に入ることができたという幸いな結果も生じたわけです。

そういう困窮生活の続く一九三〇年代から、一方に現実生活の苦しさをリアリスティックに反映する文学があり、しかし他方、苦しい生活を忘れて、しばしファンタジーの世界に遊ぼうという文学も生じたわけで、ネイサンは後者に入るでしょう。

さて、日本の場合はと言えば、一般庶民にとって、真に苦しい生活は太平洋戦争が敗北に終わったところから始まったと言えるでしょう。しかしインテリや学生にとっては、それまで手に入らなかった欧米の図書が少しずつ輸入され、読めるようになったという、ささやかな喜びもありました。完全な自由化はだいぶ後になりますけれど、その前に私たち米国文学関係の学生にとってありがたかったのは、俗に「兵隊文庫」と呼ばれた Armed Services Edition が入手できたことです。これは多少サイズに変化がありますが、私の書斎に一冊だけ残っているそれは、エレン・グラスゴウの作品で、タテ十一センチ、ヨコ十六・五センチの横長の本で、左右二段組になっているのですが、そういう小さいサイズながら、ダイジェストではなく原本そのままで、ヘミングウェイ、スタインベック、フォークナー、その他、米国の現代作品がいろいろあって、私たちの一世代前の研究者から、私たち学部学生に至るまでの飢えを充たしてくれるものでした。これは米軍の兵士に配給されるものですが、どういうルートを経てか、新品同様のものが神田神保町辺りの道端に、ゴザを敷いた上に並べられ、一冊二十円、三十円で売られていたのです。

その中に我がロバート・ネイサンの作品も、『ジェニイの肖像』を始め、『魅せられた航海』やら『いまひとたびの春』などが入っていたため、映画を観る前に、私はこの版で『ジェニイの肖像』を読んでいました。

まだ旧制中学（五年制）を出たばかりで、ロクに英語力もないのに『ジェニイの肖像』を何とか読んだのは、一つには英語雑誌に龍口直太郎さんの書いた紹介があって、ストーリーを知っていたせいもあります。また原文が当時の私の英語力でもほぼ掴めるような平易さだったこともあるでしょう。さらにこの小説の扱うファンタジー的ラヴ・ロマンスが、清らかな簡潔さをともなって、日本人の美学に訴えるものであったということだろうと思います。

この映画はかなり原作に手を加えてはいますが、原作からの私の印象を壊すことはしていません。あるいは原作の印象に包まれたままで観たので、映画も、すっと入ったのではないかと言われるかもしれませんが、私は今回の上映のために数回見直して、気になるところがないではありませんけれど、全体として優れた作品になっていると感じます。

この原作は映画が日本に来てから、米国文学者ではない山室静による訳が出たと記憶しますが、あまり評判にならず、その後ハヤカワ文庫で井上一夫訳が出ています。

## □質問に答える

聴講者　ジェニイが死んだ近くの灯台はどこにあるんでしょうか。

講演者　マサチューセッツ州の南西部に東へ突き出てグルッと左巻きの輪のように巻いているのがケープ・コッド（＝鱈岬《たらみさき》）ですが、その巻いている先端の近くにプロヴィンスタウン市があります。そこから岬の、少し南のほうに戻ると、トルーロという漁村があって、そこに家を借りて語り手のエバン・アダムズは夏から秋にかけて暮らしているのです。七二頁の挿画を参照して下さい。（ここは避暑地なのですね。）さて、灯台ですが、小説では灯台は出てこないのです。従って、トルーロに灯台があるのかどうか、わかりません。私は六年近く米国に住んでいましたけれど、避暑にニューイングランドへ行くなどという身分ではありませんでしたから、その付近の景色はまったく知りません。現実に灯台が無くとも、映画製作者たちは灯台の高みからエバンが海を見下ろしてジェニイを見つけるという状況にしたかったのかもしれません。灯台があって、その中の螺旋階段が視

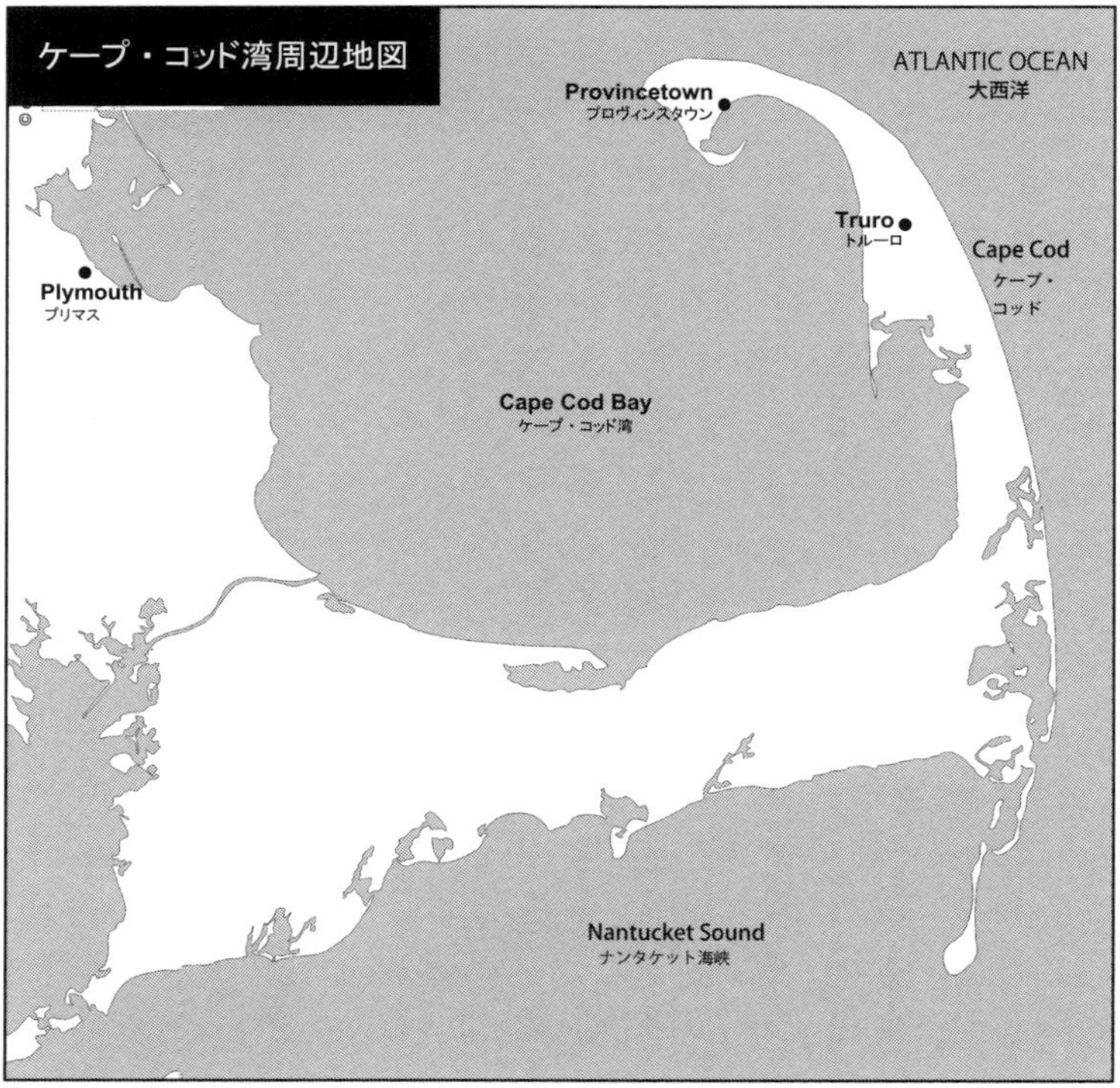


覚的に面白いから、それを使いたいということになったのかもしれません。（現にヒチコックは、この灯台の階段シーンから『めまい』の階段シーンを思いついたということです。）

しかし、プロヴィンスタウンの辺りは米国史では重要な場所です。長くなりますけど、簡単に説明します。英国のキリスト教を内部からピュアなものにしようとするピューリタンと呼ばれる人々がいて、保守派と衝突していました。一七世紀に入るまでにピューリタンの一部には教会の内部からの改革をあきらめ、英国教会から分離し、自分たちだけの教会を作ろうという分離派（セパラティスト）の人々がいました。その分離派の一グループがブルースターという人の指揮の下にスクルービーという村に集まったのですが、官憲に迫害されたために一六〇八年、イングランドから逃げ出してオランダのライデンに定住しました。

けれども分離派は都市生活よりも農民生活を好み、子孫が都会化し、オランダ化することを恐れ、またオランダがスペインに対して戦端を開くのではないかという心配もありました。彼らは自分たちの礼拝の仕方を維持しながらイギリス的な生活に戻りたいと願いました。アメリカという新大陸で自分たちなりの生活をしたいという彼らの希望に対し、英国商人たちがアメリカへの航海の資金を出してくれることになり、一六二〇年七月、ブルースターの指揮の下、分離派グループは一旦イングランドに戻り、九月にメイフラワー号という船に乗ってアメリカのヴァージニア植民地に向かって出帆したのですが、折から、東洋なら「台風」に当たる暴風「ハリケーン」の季節、それに出くわして、目的地よりもずっと北のほうに流され、今日のマサチューセッツ州コッド岬のプロヴィンスタウン辺り（当時はインディアンしか住んでいません）に到着したのが一六二〇年一一月二一日です。そこから海沿いに生活の場を探しつつやがてプリマス植民地をつくることになります。

まあ、この辺りはそういう、古い歴史を背負ったところ、しかし今は避暑地として有名な漁村、それをエバンがジェニイと出会う最後の場所に設定したのには多少意味があるかもしれません。しかしネイサンの作品にはトルーロ辺りを舞台にしたものが他にもあるので、土地勘があって地形に詳しいという便宜的な理由が大きいのではないかと私は思います。

＊＊＊＊＊＊＊＊＊＊＊＊＊＊

聴講者　個人的に修道院に関する本を翻訳したいと思っているんですが、ちょうど、この映画に出てきましたけど、カトリックの修道院のシステムが分からないのですけれど、修道院の中で孤児を集めて、中学、高校、カレッジまで過ごすという機能があるのでしょうか？

講演者　そう言えば、映画に出てくる修道院のことを言うのを忘れていました。ご質問は、ちょっと後回しにして、忘れないうちに言わせていただきますけど、修道院長という役で、有名なリリアン・ギッシュ（一八九三―一九九三）が出て参りました。この映画鑑賞シリーズの最初の回にホーソーン原作の『真紅の文字』（一九二六）を上映しましたけれど、主人公を演じたのはこの人であります。ギッシュという人は十歳になる前から舞台の女優としていろいろ苦労していて、百歳ぐらいで亡くなるわけですけれど、最後に出演したのが一九八七年の『八月の鯨』という映画です。

九十三歳になるまでのたくさんの彼女の映画を振り返ってみますと、それぞれの年齢でよくやっている。九十三歳になってもなかなか活発な、一番動きの多い役を演じていましたけれど、非常に勉強家の女優なんですね。小学校とか、そういうところに、一切私は行けなかった、ずっと旅回りをやっていたと自伝に書いてありますけど、自伝もなかなかいいものです。子供の読者のために彼女が書いた絵本形式の自伝もあります。九十歳になった頃に書いたものです。

サイレント映画時代の最も有名な監督と言えばグリフィスですが、例えば『東への道』（一九二〇）のような、グリフィスと共同で作った映画が多いですね。『イントレランス』（一九一六）という映画は、人類の歴史を不寛容（イントレランス）という観点から見たいくつかのエピソードで成り立っているのですが、そのエピソードとエピソードの間に揺りかごを揺すっているだけという、そういう女性としてギッシュが出てきます。短い出演だけれども、それだけ重要な役だとグリフィスは考えていたのでしょう。

さて、ご質問の件についてお答えします。まず申し上げたいことは、この映画（そして原作）のジェニイは両親の没後、伯母さんの世話でカトリックの学校に通っているので、貧困者のための学校ではありません。日本でも、家の宗教がカトリックというわけではないのに、特権階級的な家庭では娘をカトリック系の学校（小、中、高、大など）へ通わせる傾向があるのではないかと思います。他意なく申し上げるのですが、例えば、聖心女子大とか、清泉女子大とか、大学でも女子大学は何となくカトリックの学校が中流以上の家庭に好まれるように感じます。カトリック系でも、かつて男子の大学であった上智大学とか、名古屋の南山大学にはそういうことはありませんがね。私の住んでいる町でも、小学校は（カトリック系の）白百合へ行かせなくちゃ、というオクサマが多いようです（私の連れ合いは新教なので、旧教の背景がある小学校なんてモッテノホカだと感じているようでした）。日本人には普通、そういう宗教的感情はありませんからね。

アメリカ合衆国の場合、伝統的には新教の国ですから、歴代の大統領は、ジョン・F・ケネディ以外にカトリックの人は一人もいません。私は一九六〇年から米国（ニューヨーク市）の大学院にいたのですが、カトリックの学生たちが（ということは、アイルランド系の、と言ってもいいのですが）本当に熱心に選挙運動をやっていました。何とかして初めてのカトリックの大統領を！ということでした。

その点から考えますと、原作では違うのですが、映画版での、エバンが食堂の壁画にアイルランドの英雄を描くという設定は、彼の人間関係にカトリックの人が多いことを暗示しているのかもしれません。

だいぶ余計なことを申したかもしれませんが、今のご質問では、修道院の中で孤児を集めて教育するということをやるのか、ということでした。カトリックと言っても、いろいろな教団があるわけで、例えば織田信長の時代に日本へ入ってきたのはイエズス会の坊さんたちでした。そのイエズス会が東京の上智大学を運営しています。私はキリスト教の現在に詳しくありませんが、知っている範囲で申しますけど、ドン・ボスコという一九世紀イタリア司祭が孤児の教育に熱心で、私の知っている範囲では（東京都ということになりますが）小平市に孤児のための小学校、中学校がドン・ボスコ会によって運営されています。定員は一〇六名でサレジオ学園という校名です。共学ではなく男子のみの学校です。礼拝堂をはじめ、すべての建造物が武蔵野の自然の中に目を見張るようなユニークな姿を見せていて、ある時、それを見学しに芸術家の友人と訪問し、尼僧の方の案内を私たちは受けたのでした。孤児のための学校ですが、あまりに良い環境で学べるというので、一般家庭の男子の希望者にも一定数の入学を許可しているということでした。このキャンパスの設計はすべて都立大学の建築科に所属する若い建築家の共同作業であると説明され、このような見事な環境づくりに改めて敬意を表したことでした。この建築設計については建築雑誌が特集を組んだこともあって、私はその雑誌も持っているはずですが、書庫を探して見つけるのは容易ではありませんので、おぼろな記憶だけでしゃべっている次第です。

もう一度映画に戻りますが、修道院、修道院長は原作にも同じように出てくるんですけれど、その修道院のカレッジを出たというまでにはなっていないのです。ジェニイは両親が亡くなって伯母に引き取られ、その伯母が保護者として彼女を修道院の学校に行かせるという設定で、しかしその後まもなく二年間パリへ留学する、パリへ行って、二年間の予定なんだけど、後の出会いの場面では八年間滞在したということで、八年後のハリケーンの季節にフランスから帰ってくるのですが、その客船がケープ・コッドのところで遭難して、船から投げ出された彼女が岩場に泳ぎ着く、しかし波にさらわれて結局溺死してしまう、そんな設定なんですね。そこらが映画では変えてあります。映画ではジェニイはフランスではなく、このケープ・コッドの付近に暮らしており、ヨットみたいな舟で沖に出ていって天候が急変し、ハリケーン襲来となります。映画の嵐の場面で、灯台から沖を見ているエバンの目に帆が一瞬見える。帆を張った小舟というイメージを出したかったんでしょうか。

修道院での教育について申しますと、この講演シリーズで『ある貴婦人の肖像』というヘンリー・ジェイムズ原作の映画を観ましたが、その中に出てくるパンジーという女の子は修道院に預けられ、そこで暮らしていて、その修道院がやっている小学校と中学校を併せたようなところに通っており、夏休みなんかに許可を得て父母のもとへ帰ってくるという設定でした。これはイタリアというカトリック国の話で、プロテスタントの米国とはちょっと違うんではないでしょうか。イタリアやフランスの場合、特に女性については、修道院に附属している小学校、中学校みたいなところへ行かせるというのが上流階級に多かったのではないかと思います。

ところが米国の教育というのは決して一元的ではないですから、さまざまなものがありまして、例えば現代でも、男子学校ですが、ハミルトン・カレッジなんていうのは、ニューヨーク州の北西部にあり、今でも学校規模の小さいことを誇りにしています。そういうリベラル・アーツの大学ですが、昔、エズラ・パウンドという大詩人がそこのラテン語の先生をしていたという、文学のほうでは有名な話がありまして、この大学を創ったのはハミルトンという元の副大統領で、純粋に英国のまねをしたいという気持ちから創ったようです。イギリス風に全寮制で学生は男子だけ、昔の男子大学、女子大学がみな共学になってしまっても、ハミルトン大学は断固として一九六〇年代には共学になっていませんでした。というわけで、そういう不統一さが米国は面白いと思いました。六・三・三制にみな一斉に変わるなどということは米国にはない。もともと六・三・三制というのは、トマス・ジェファソンが大統領の頃でも、反対する、そんな、教育の民主主義なんてナンセンス、むしろ英国でパブリック・スクールと呼ばれる私学を米国も必要としているのだ、というので、全寮制のプレップ・スクールができる、というふうなことは日本ではなかなか起こりにくいのです。少し脱線し過ぎました。

＊＊＊＊＊＊＊＊＊＊＊＊＊＊＊

聴講者　『ジェニイの肖像』の原作や映画が日本文学に影響を与えたということはないのでしょうか。私のように、昭和三〇年代、四〇年代に少女だった者は、『ジェニイの肖像』とは知らずに、少女マンガで皆で夢中になって読んだ覚えがあるんですね。後で『ジェニイの肖像』って小説があるのよって、皆で話し合った記憶がありまして、こういう世代が大きくなって、文学なんかに関わると、そこに影響が出てくるのかなと思ったんです。浅田次郎の『鉄道員《ぽっぽや》』ですが、あれを読んだ時に、娘がどんどん大きくなって、ちょうど『ジェニイの肖像』に似ているなという記憶があったんで、何か、もしかしたら、あると面白いな、なんて思いましたので……

講演者　十五、六年前でしたか、ある学校で、*Portrait of Jennie* を一学期の間だけ学部の一年生に教科書として使ったことがあるんですが、その時に少女マンガで読んだ女子学生が多かったので驚いたことがあります。だけど、私はそのマンガを見たことがないんです。それは明らかにこの小説を漫画化したものだと聞いて、原作も映画もあまり問題にされなかったけれども、実は、そんな形で意外に影響力があったのかなと私は思いました。小説『ジェニイの肖像』にしても、その前に翻訳が出ていた『いまひとたびの春』にしても、はっきりした形で、それの影響というものを私は聞いたことがないんです。だけど、もしかすると、マンガにもなるくらいだから、一種の地下水流みたいに、アンダーグラウンドでの流れのようなものがあって、作者は意識しないけれど、どこかで影響を受けているんだ、というふうなことがあったら面白いですね。

この間からさまざまな関連文献を読んでいたら、英国の映画評論家トム・ミルンが「ルイス・ブニュエルはこの映画を観て大いに気に入り、『これは私のために大きな窓を開けてくれた』と言った」と書いてあります。私に言わせれば、二〇世紀最高の前衛的映画作家であるスペインのブニュエルにこう言わせるほどの映画ですから、地下で繋がっている映画や文学があって不思議はありません。

二〇〇一年七月七日講演

原題　: *The Wizard of Oz*
監督　: Victor Fleming
公開年: 1939
原作　: L. Frank Baum, *The Wonderful Wizard of Oz* (1900)

# 『オズの魔法使』

映画『オズの魔法使』は一九三九年に完成し公開されました。『風と共に去りぬ』の公開と同じ年です。どちらも、昔の言葉を使えば、「天然色映画」（正確に言えば『オズの魔法使』には黒白の部分がありますが）で、どちらも、その評判だけは早くから日本にも聞こえましたが、それを実際に観ることのできた日本人はごく少数でした。『オズの魔法使』は製作会社がＭＧＭ社。『風と共に去りぬ』はセルズニック社。ところが監督はどちらもヴィクター・フレミングになっています。実際には『オズの魔法使』は三人の共作シナリオに基づいていろいろな監督（しかも有名な監督です）が関わっているようです。始めと終わりのカンザスの農場地帯を舞台にした黒白撮影のシーンはキング・ヴィダーが監督していることははっきりしています。そのほかにも、二人ほど有名監督（ジョージ・キューカーとリチャード・ソープ）が関わっていると言われています。それが最終的には一本に繋がって違和感がないということは、フレミングの力もあったかもしれませんが、何よりもシナリオがしっかりしていたということでしょう。フレミング監督は、やはり、なかなかスムーズに事が運ばない『風と共に去りぬ』のほうにエネルギーを使うことが多かったようです。『怒りの葡萄』（一九四〇）が描くような不況の時代に派手な色彩を使った『風と共に去りぬ』や『オズの魔法使』が着手され完成されたことは驚嘆すべきことだと思います。

▲『オズの魔法使』（MGM配給）のタイトル画面

一九三九年度のアカデミー賞の作品賞——つまりアカデミー賞で一番大きな賞——は『風と共に去りぬ』のほうが獲ってしまいます。それから、他の部門の賞も『風と共に去りぬ』がいろいろと獲得しました。『オズの魔法使』は、有名な主題歌「オーヴァー・ザ・レインボウ」にしても、異論があって、「この歌ははずせ」と言うプロデューサーに対して副プロデューサーが非常に強く主張してはずしませんでした。結局それが『オズの魔法使』のアカデミー賞作曲賞、歌曲賞を与えられることになります。もしも『風と共に去りぬ』と同じ年の公開でなければ、こちらのほうがほぼ全部門のアカデミー賞をもらったのではないかという説があります。

挿画は、映画『オズの魔法使』のタイトルが出てくるところです。これを見て不思議に感じられるかと思いますのは、この The WIZARD of OZ という文字の始めと終わりに引用符（“——”）がくっ付いていることです。普通、映画の始まりで題名だけが出る時、その題名に引用符なんか付けません。この映画について誰かが「The Wizard of Oz は面白い」などと言う時、あるいは「The

Wizard of Ozのジュディ」などと言う時、この題名に引用符を付けるか、題名の活字をイタリック体にする。しかし独立して映画のタイトル自体をその映画が引用符で囲むということは普通ありません。なぜ引用符が付いているのでしょうか。

実は、この映画の原作になっているのは一九〇〇年、つまり一九世紀の最後の年に出版された童話で、その題名は *The Wonderful Wizard of Oz*——wonderfulという単語が入っています。そのwonderfulという形容詞をたいがい省いてしまって、俗に人々は"The Wizard of Oz"と言っていました。そういう気持ちが一つにはあって、引用符を付けたのだろうと私は思います。まだ他にも解釈はあるかもしれませんが、一つにはそれでしょうね。

一九〇〇年に出版された *The Wonderful Wizard of Oz*。なぜ「ワンダフル」なのか。このワンダフルは今日の口語的な「すばらしい」の意味よりも、むしろ「不思議な」という意味を込めた形容詞のそれでしょうけれど、なぜそう言ったかというと、これは作者ボーム——先ほど、鶴見大学文学部・短期大学部同窓会の事務局長さんが「ライマン・フランク・ボーム」と言われましたが、実は本人がライマン（Lyman）という名前が嫌いなんですね、親が付けてくれた名前ですけど。それでライマンとなるべく人から言われないようにと、Lという大文字だけに省略してしまっているのです。ですから、自分としてはフランクというミドル・ネームのほうはいいんだけど、ライマンとは言ってもらいたくないという気持ちがあったのです——がこの童話を書いた頃は『不思議の国のアリス』（一八六五）が英国で読まれて大変評判が高くて、米国でも読まれている、そういう時代でした。イギリスの童話に対し、自分はアメリカ的な童話を、という気持ちが作者にありました。けれども、イギリスのものと対抗する上で、『不思議の国のアリス』——つまり普通は、*Alice in Wonderland*と言っていますが、正確に言うと *Alice's Adventures in Wonderland*（『不思議の国のアリスの冒険』）となりますから——と対比的に見られるようにwonderという言葉を使いたかったらしく、それで、Wonderful Wizardとしたわけです。

それが正確な題名ですが、wonderfulという単語を人々は面倒臭いから省いて、*The Wizard of Oz*と言っている。それで引用符付きで「いわゆる」という気持ち、映画のほうも皆が俗に言っているほうの題名を使いますよ、という気持ちでおそらく引用符を付けたという見方ができます。したがって、この映画のタイトルは原作のままのタイトルではないということです。

もう一つ題名で気になるのはOzという名前ですが、なぜ作者はOzという名前を使ったのか、昔からいろいろな説があります。一つは、ボームは元来NY州（ニューヨーク州）に住んでいました。その略字NYのNの次に来るアルファベットの文字がOで、Yの次がZだから、という説。もう一つは、こちらのほうがよく言われますが、カードなどの分類でA―Nが一かたまり、次の一かたまりがO―Zだから、という説です。

ボームには娘がおらず、四人の息子がいたんですが、その男の子たちが十歳前後の頃、彼らにオズの話を即興的に始めたというのです。そんな折に、名前を考え出して、ふと自分の机の上のカードを整理してあるのを見ます。（この頃ボームは広告雑誌の編集をやっているんですね。）整理されたカードがA―Nまでは一つの引き出しに入っていて、O―Zがもう一つの引き出しに入っている。話をしながら、なんとなく引き出しに貼っておいたO―Zの文字を見て、Ozというのを名前に使おうとその場で決めたというのです。真偽の程は不明です。

ボームは娘に恵まれませんでしたが、四人の息子にせがまれて話を作っては語り、何回も語ったあげく、話をまとめ、整理してこの本を仕上げました。先に、英国のルイス・キャロルの『不思議の国のアリス』の刺激もあったと考えられていることを申しましたが、どちらにも「ワンダー」の語が入っていながら、違う点が誰の目にも明らかでしょう。まず『アリス』のほうは、そもそもの聴き手が女の子たちです。その女の子たちは近所の教授の娘たちで、自分の娘ではありません。（そして語り手キャロルには少々ロリータ趣味があります。）

それに対して、『オズ』のほうは聴き手が男の子ばかり四人、そして物語の主人公は女の子です。つまり、家に女の子がいない家庭で芝居好きな商人の父親が語るのと、自分の同僚の娘たちに大学教授が語るのと、持ち味が違うのは当然でしょう。ボームの英語は伸び伸びとして飾りっけがなく、それでいて広々と豊かな創造力を感じさせます。（「味気ない」

という読者もいるかもしれませんが。ヘミングウェイのハードボイルドな文体を「詩的」と感じる読者もいれば、味気ないと言う読者もいることでしょう。）キャロルの英語はかなり小味《こあじ》で、ひねくれたところが目立ちます。ここでボームの『オズ』の第一章で、ドロシーのおじさんを紹介する部分を見ましょう。

Uncle Henry never laughed. He worked hard from morning till night and did not know what joy was. He was gray also, from his long beard to his rough boots, and he looked stern and solemn, and rarely spoke.

ヘンリーおじさんは笑ったことがない。朝から晩まで一生懸命働いて、喜びというものを知らなかった。彼もまた灰色だった。その長いヒゲから粗末なブーツに至るまで灰色で、顔つきはさびしくて、いかめしくて、めったに口を開いて喋ることがなかった。

こんな具合です。とても解りやすくてサッパリしています。プレーリー（大平原）の風を感じます。（「一生懸命働く喜び」という少し非アメリカ的な言い方には別な伝統の考え方があるのではないでしょうか。キリスト教神話ではアダムとイヴが「禁断の木の実」を食べたために、罰として働かなければならなくなったのですから、労働が喜びになるはずはありません。）

Wizard。これはご存じのように、女性の魔法使 witch に対する単語ですね。Witch の語は「魔女」という言葉が日本語で対応、成立しています。でも魔女というのは女の人だけに限られてしまって、男の人の場合、「魔男《まだん》」という日本語がないので、困ってしまうんですね。女性と男性両方を含めて「魔法使（い）」という言葉があるから、それを使うというようなことでしょう。

米国の歴史で「魔女狩り」というのは、非常に大きな一七世紀末の事件でありましたから、したがって、witchとかwizardという言葉を使いますと、どうしても連想がそこへ行ってしまいがちです。一七世紀末のアメリカのピューリタンの時代にセイラムという町で、魔女と言われた人々（男性も入っていますからwitchとwizardの両方ですが）が裁判され、その中のかなりの数の人々が処刑されていくわけです。現実には、それらの人々はなんら魔術を使ったわけではなかったのに、処刑されてしまったという悲惨な大事件ですね。今日でも一七世紀の米国の魔女狩りというのは、歴史家の研究がすっかりは済んでいないような歴史分野ではあります。しかし例えば米ソ冷戦の最中、マッカーシーという米国上院議員が魔女狩り的に政府内の親ソ的人物を強引に摘発するという時に、一七世紀の、あの魔女狩り的な姿勢がそうした形で二〇世紀に頭をもたげてくる、そして罪のない人が処刑されるというような事件を想起せざるを得ません。

それはともかくとして、wizardやwitchというのは、もともとは、キリスト教の神に仕える代わりに、サタン、悪魔に仕える人々のことですよね。この映画の中でも主人公のドロシーが「魔女っていうのは、悪いのだとばかり思っていた、そんな良い魔女もいるの？」というようなセリフを発するところが出てきます。

セイラムの魔女狩りの少し後、現代に近くなってからですが、魔術と言っても、黒魔術（ブラック・マジック）と白魔術（ホワイト・マジック）と二つあって、前者は悪い魔術、後者は良い魔術であり、ウィッチ、ウィザードと言っても良い魔法使いもいるんだという考え方がだんだんと出てきたりします。それでも、男女はウィザード、ウィッチで区別されたり、場合によっては「ウィッチ」で男女両方を含めたりしています。

Wizardという単語は、witchという単語よりは、「サタンに仕える者」という響きは強くありませんが、この作品の中に出てくるwizardは「詐欺師」（humbug）だと言われているわけで、やっぱりあんまり良い存在だとも思えませんね。本人が映画の中で「私は悪い人間じゃない、詐欺師ではあるけれど」と言っていますが、何かこう、積極的に良い方向という含みはありませんよね。

私がなぜ、このようなことを言うのかというと、少し長くなりますが、次のような関連を申したいからなのです。

まず、この童話は出版されるや否やベストセラーになります。作者も出版社も思っていなかったほどのベストセラーになるのです。その売れ行きの良さの理由の一つは挿絵が非常に良かったことにあると私は思っています。この挿絵を特に褒める人がいなかったのはなぜか、私には理解できません。初版の挿絵の見本として第一章を開いた冒頭二ページをご覧ください（本書八六～八七頁）。活字は黒いインクで印刷されていますが、挿絵は茶褐色のインクを使っています。他の章でも、ポピーの花が咲いている野原では朱色のインク、オズのいるエメラルド・シティでは緑色のインク、というふうにさまざまな色が使われています。

こういう挿絵を担当したのは、ボームの友人で、ボームと同年齢のW・W・デンズロウという人です。第一章の扉のページを見てください。文字は「第一章。竜巻。」とあり、平野をわたってきた竜巻がドロシーの家を巻き込んで空へ吸い込んでいく状態が茶褐色で描かれています。下のほうにカンザス州の平原。そこから、ぐるぐる竜巻に巻き込まれて舞い上がっていくキャビン。ドロシーの家が舞い上がる感じは映画でも、そっくり取り入れられています。第一章の冒頭のページは竜巻が来る前のカンザス州の平野を見つめるドロシーの姿です。ここで注意していただきたいことは、挿絵と本文が入り組んでいることです。ドロシーは Dorothy のDにもたれてさびしい平原の向こうに沈む太陽を見ています。よく見ると、雑草が彼女の足もとから右下へかけて、少しテキストの文字と重なりながら散らばって、その方向を追うと、右下にいる彼女の愛犬トトに至ります。（後のほうの章では、時に挿絵とテキストの文字がからみついて少し読みにくくなったりもします。）

第一章の扉ページの左下にデンズロウのサインがあります。DENとしているのは、デンズロウが好んで自分を「デン」と呼んでいたからだと言われます。その左は、竜の落とし子を図案化したものです。デンズロウはなぜか好んでDENというサインの左もしくは右に竜の落とし子を描いていて、ちょっと日本の江戸時代の画家の落款のようにも見えます。デンズロウは正規に美術を学んではいないようですが、『オズの魔法使』の一九〇〇年版で見る限り、東洋趣味やアールヌーヴォーの影響が見られ、それも挿絵の魅力に貢献しています。この版の売上収入は二分してボームとデンズロウが同額

▲ *The Wonderful Wizard of Oz* 第1章の扉
（Published by George M. Hill Company. Copyright © 1900）

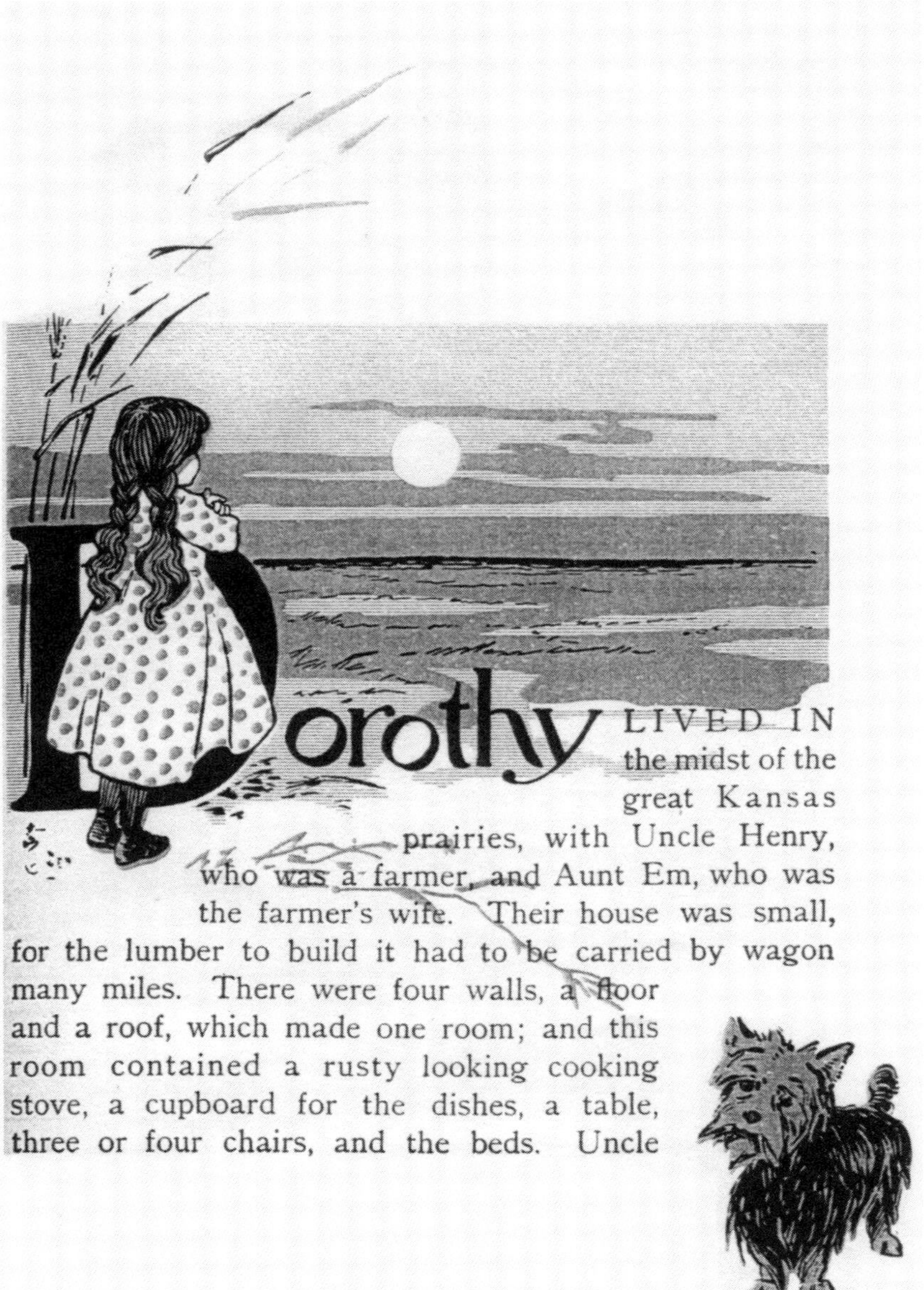

Dorothy LIVED IN the midst of the great Kansas prairies, with Uncle Henry, who was a farmer, and Aunt Em, who was the farmer's wife. Their house was small, for the lumber to build it had to be carried by wagon many miles. There were four walls, a floor and a roof, which made one room; and this room contained a rusty looking cooking stove, a cupboard for the dishes, a table, three or four chairs, and the beds. Uncle

▲ *The Wonderful Wizard of Oz* 第１章の冒頭のページ
（Published by George M. Hill Company. Copyright © 1900）

を受け取ったというのは当然だと思われます。それほどデンズロウの挿絵は見事だと私は思います。

ところで、この本は発売と同時に大いに売れたのですが、不思議なことに、教育関係者、学校の先生とか、文芸評論家とか、それから公立図書館、そういった方面には不評でした。またちょっと横道に入りますが、米国には、どんな小さい町にも公立図書館があって、その図書館が発達していますから、二〇世紀前半、あるいは中頃にかけて、日本に比べるとはるかに図書館の利用価値がありました。この伝統は今でも日本より強いと思います。ついこの間も私が訳していた仕事の中に、図書館のライブラリアン、小さな町の図書館に最近雇われている人の話が出てきまして、夏休みになると、子供の質問がしょっちゅう来て、この質問に答えるのが大変なんだとありました。本当に気軽に図書館に電話を掛けてきては、いろんなことを訊いてくるんですね。で、ライブラリアンはそのことを調べたければ、この本を見れば出てきますよ、というふうに子供たちに教えるのです。例えば、人口二、三千人の小さな町の図書館で、そこの図書館にその本がなければ、すぐにその本がある図書館から送ってもらって、本人の所へ届けるというサービスも実によくできています。

さて、そういう図書館――アメリカじゅうの図書館――が一冊ずつ買い入れたって、ものすごい量になるわけですが、この『オズの不思議な魔法使』は図書館司書が嫌い、どこの図書館でもあまり入れようとしなかったのです。こうした図書館の問題は、米国の文学の世界の（表のほうにはあまり出てきませんが）裏ではしょっちゅう存在します。

例えば、マーク・トウェインという作家が、『ハックルベリー・フィンの冒険』という小説を書きましたが、この中で、少年ハックルベリー・フィンと同じ筏で逃亡している黒人のジムという奴隷の男も、やっぱり自分と同じ血のかよった人間なんだ、たとえ神の掟に背こうとも、地獄に落とされようとも、この男を救ってやろうと、ハックが決心する場面が出てきます。

奴隷を認めるほうの人々は、奴隷制というのは神に認められているのだと信じきっていますから、執拗に奴隷を廃止しないわけで、そこらへんの複雑な気持ちを、マーク・トウェインはハックルベリー・フィンという浮浪児に託して書いているのです。しかし、そのために（他の理由もありますが）『ハックルベリー・フィンの冒険』を置いた公立図書館は少ないのですね。特にニューイングランドのような宗教的な基盤のきついところでは、どこの図書館もこの本を入れませんでした。それで、一九四八年にノーベル文学賞をもらった詩人のT・S・エリオットは五十歳を過ぎるまで、この本を読んだことがなかったと言っています。

『オズの不思議な魔法使』についても、キリスト教徒の子供たちに読ませるのであれば、キリスト教の神に背くようなテーマが入っていてはならない、というふうな気持ちがアメリカという国にはやはり強いのです。そういう感情があるから、最近まで小学校で神の名を出して国旗に誓うという行事を毎朝やったりしているようなことがあるわけです。

実際にはこんなにも子供たちに読まれながら、なぜ図書館に入れられなかったのか。それは図書館に置くには、この本の製本が粗末だったからだという説があります。米国の図書館は確かに日本の図書館に比べると製本についてはウルサイんですね。製本がきちんとしていない本は受け入れない。ペーパーバック・エディションなんか入れません。もし入れるんなら、図書館で金を出してハードカバーに作り直して入れるわけですね。製本が悪かったことも確かに原因の一つかもしれません。『オズの不思議な魔法使』の初版は粗末に扱うとすぐにページがばらばらになってしまうような綴じ方であったと言います。あまり知られていない小さい出版社ですから、そういうこともあったかもしれません。

いずれにしても、事実として私たちが知っていたほうがいいと思うのは、この映画の原作が、現実には子供たちに愛読され、ほとんどのアメリカ人が知っているにもかかわらず、例えば公の場で教育者が褒める、公立図書館が置いておく、などということはなかったということです。そこにアメリカという国の性格が関わっていると私は思う次第です。

以上のようなことが、原作の初版の第一、第二ページ辺りまでで、映画と繋げて言うとすれば言うべきことかなと思います。

映画について少し説明しておきます。この映画で一番重要なのは、何と言ってもドロシーを演じるジュディ・ガーランドです。彼女は一九三九年度アカデミー特別賞というのをもらいます。ガーランドは、この映画に出演した時、十六歳。この映画には原本の挿絵の影響が大きいのですが、しかし挿絵のドロシー(この名前はもともと「神の贈り物」という意味です）は十歳くらいです。この邪気のない十歳の女の子の弱さ強さを十六歳のガーランドはよくこなして演じています。両親が役者でしたから、本人も前から舞台に立っていたし、映画にも小さい役で二、三出ていたんですが、こんなに大きい役が来て、しかも見事にこなしたという、ある意味でアメリカの女の子の剛《つよ》さみたいなもの——例えばライオンが怖いと言っておきながら、しかし自分の犬（トト）をいじめるような素振りを見せたライオンに猛然と食ってかかるというふうな——を具えている、そういう女の子のイメージを非常によく出しています。

こうした出演のそもそもからして、良かれ悪しかれ、この人の悲劇の始まりだったと言う向きもあります。ご存じのように、ガーランドは、日本に来た映画も含めて、大人になってからも映画に出演していますが、最終的には自殺をしてしまう人です。有名になったことでかえって、自分の名声を辱めないような演技を何とかしてやり抜こうとするが、なかなかそれに追いつけないという苦しみがずっとあったと思われます。

この映画のドロシー役については当初、シャーリー・テンプルにやらせたい、その次には『オーケストラの少女』（一九三七）の主演で有名なディアナ・ダービンという女優を使いたい、という二つの意見が非常に強かったようです。（ちなみに、シャーリー・テンプルは一九二八年、ディアナ・ダービンは一九二一年、そしてジュディ・ガーランドは一九二二年生まれです。）

私は第二次世界大戦の前、小学校に入るか入らないかの頃、シャーリー・テンプルの映画を東京で観ています。ディアナ・ダービンの『オーケストラの少女』が日本に来たのはそれより後のことです、私は新潟市の小学生になっていましたから。太平洋戦争が始まってからでも、新潟市古町六番町辺りの喫茶店へ大人に連れられてアイスクリームなどを食べに行きますと、ダービンの写真が大きく飾ってあったのを覚えています。大変人気のある、歌唱力のある女優でした。

そういうベテラン子役に対して、ほとんど新人とも言うべきガーランドに決まった。テンプルやダービンのような有名な女優たちは忙しく、よその会社の映画にまで出るわけにはいかないと言って断ったわけですが。結果的にはガーランドゆえにこの映画は成功したのです。テンプルのような都会的洗練さが光らない、少しモタッとした彼女こそ観客にアピールしたのです。

出演する他の俳優たちを見ますと、特に「臆病者のライオン」を演じるバート・ラーという人なんかは、いや、カカシを演じる人も、ブリキの木こりの役の人も（みんな舞台の喜劇役者です）非常にうまいですよね。特にライオンがうまい。ライオンを演じたこの人は、他の映画に出ても、このライオンのイメージが強すぎて、他の役はあまり受けが良くなかったと言われています。

このバート・ラーの息子が有名な演劇批評家のジョン・ラーで、この人の書く劇評は実にすばらしいものです。現在も『ニューヨーカー』誌などに劇評を書いていますが、この人が父親のバート・ラーの伝記を書いております。


少しばかり、アメリカ文化に関わる大事な点を申し上げたいと思います。

一九〇〇年出版の『オズの不思議な魔法使』よりも二十数年前、マーク・トウェインが共著者としてでなく単独の名前で出版した最初の小説は『トム・ソーヤーの冒険』ですが、トム・ソーヤーはおばさんの家で暮らしていて、両親のことはまったく出てきません。トム・ソーヤーほど有名な児童小説ではないんですけど、他にもアメリカの子供向けの本で子供を主人公にした小説はあるのですが、私の読書範囲内では、どうもみな両親と一緒に暮らしてはいません。それどころか、親がいなくてさびしいなどという心象風景も見えてこないのです。ふるさと、故郷と言えば、日本なら、親、祖父母が住んでいるところに行きたいという気持ちがあるのではないでしょうか。しかし、そんな気持ちは、トム・ソーヤーにもドロシーにもありません。トムは自分の意志でおばさんのところを家出して河の中の無人島へ行ってしまったりします。ドロシーも、どっちみち何もかも灰色がかっているカンザスの農場なんかに両親なしで暮らすよりは、色鮮やかな「オズの国」へ行って暮らしたら、そのほうがずっと楽しいのではないかなあ、などと思ったりしてしまいそうです。

もっとも、この映画の最後の黒白の場面は There is no place like home! という言葉でまとめられます。「ホーム」というのは、もちろん「家」「家庭」であり、「故郷」「ふるさと」「故国」であります。日本には故郷を想う詩歌がたくさんありますが、米国の詩歌で日本人のような情感を込めて故郷を歌う例はそんなにありません。あってもそれは英国、スコットランド、アイルランドなどの民謡、あるいは黒人の歌謡ではないでしょうか。映画のエンディングと同じ言葉は原作にはありません。原作の最後の言葉は I'm so glad to be at home again! で、これでは I'm so glad to be here again! というのと、さして違いが感じられません。「ふるさと」が伝統的日本人と同じような価値を持っているためには、土と結びついた農民文化が前提になるのではないかと思います。ドロシーのおじさん、おばさんも農民ではありますが、先祖代々カンザスの土を耕してきたという人たちではありません。私たち日本人も今、都市化の進行とともに急速に故郷感覚を失いつつあるのですが。

原作と映画の違いで大きいのは、映画ではオズの国がドロシーの夢まぼろしの中に出てくる世界だという枠組みです。原作にはない新しい設定として、ヘンリーおじさんの農場で働く三人の作男、犬のトトのことで文句を言ってくる地主のおばさん、近くの川原にワゴンをとめて野宿している自称「プロフェッサー」などが、ドロシーの夢の世界では、それぞれ、カカシ、ブリキの木こり、ライオンに、地主のおばさんが「西の魔女」に、「プロフェッサー」はエメラルド宮殿のオズの魔法使その他に変容して出てくるわけです。

竜巻が近づいてきて、ドロシーは急いで帰宅しますが、家のみんなはすでに家のそばの竜巻避難用の穴のような壕の中に入って内側から扉を閉めた後。仕方なくドロシーはトトと小屋に入りますが、小屋は竜巻に吸い上げられます。（その様子はすでに申し上げたように、原作の第一章の扉ページのデンズロウの挿絵［八六頁］の通りです。）ただその後映画が原作と相異なるのが、空飛ぶ小屋の窓からいろいろなものが外を飛んでいるのがドロシーの目に見え、そこには、例えば地主の意地悪ばあさんが自転車に乗って飛んでいるのが見えます。その姿が魔女に変わります。ここらから、ドロシーが見ているのは彼女の夢の中の景色なんだと勘のいい人は理解するかもしれません。（私は最初観たとき、そんな勘は働きませんでしたが。）そうして、最後の黒白フィルムのシークエンスで、それ以前のカラー部分はすべてドロシーの夢の中の出来事であったと観客は納得するという仕組みであります。

しかし、これは当時の童話によくあるパターンで、ボームはそれを避けたのだと、ボームの伝記作者であるマイケル・パトリック・ハーンは言っています。つまりドロシーが行ったカラフルな国は原作では夢の中の存在ではないのです。それは、もしかして、カンザスから西へ西へと行った先にあるハリウッドのような地域かもしれないのです。さまざまな珍奇なものが蠢いている地域。そんな想像も読者に任せられるように書かれているのが原作のオズの不思議な国です。派手な冒険に満ちた日々に倦きて、灰色の日常に戻りたくなるドロシーという解釈も成り立つとすれば、必ずしも故郷恋しやの話ではあるまいと言えましょう。故郷と言えば、そもそも米国人というのは、さまざまな国から故郷を捨てて新しい土地を求めてやって来たという人々の過去が現在にも繋がっていて、ついには、この地球が面白くなくなったら、地球外の惑星へ……などというＳＦやＳＦ的感覚も現代の米国人、いや地球人にないとは言えません。

次に、やはり映画が原作と違う部分ですが、ドロシー、カカシ、木こり、ライオンがオズの魔法使（実は現実の灰色世界、カンザスの河川敷で出会ったプロフェッサーの投影）と話し合っているシーンのセリフです。「大学を出たからって、脳みそは、カカシ君、あんたと変わりないんだ」と世のインテリを皮肉って、「違いはディプロマ（学位免状）があるかないか、だけだ。だから私がユニベルシタタス・プラリバス・ウナムの学長として、あんたにＴＨＤの名誉博士号を授けよう」と言います。傍線のところは、この映画の字幕に出る翻訳文ですが、オズの言葉をそのまま書くと、

… by virtue of the authority vested in me by the Universitatus Committeatum E Pluribus Unum, I, hereby confer upon you the honorary degree of Th. D …

と言っているのです。このセリフは十歳くらいの少年少女に理解できるとは思えませんが、彼は自分が「プラリバス・ウナムの学長」だとは言っていません。まず「ユニベルシタタス・コミッティアタム・エ・プラリバス・ウナム」とは何でしょう？　これは、ユニベルシタタス・コミッティアタム以外は、完全なラテン語です。E Pluribus Unum は研究社の

『リーダーズ英和辞典　第二版』では「多数からできた一つ。多くの州の連合でできた一つの政府」とあり、英語に直せば one out of manyということだと説明しています（e=out of / pluribus=many / unum=one）。実は、これは米国の国璽（Great Seal）のオモテ印のモットーで、十五の植民地が一つの国家（すなわち合衆国）として振る舞うことを、ベンジャミン・フランクリン、ジョン・アダムズ、トマス・ジェファソンがモットーとして一七七六年に選んだ言葉です。もとはローマ帝国の詩人ホラティウスの言葉だそうです。これを一八七三年以降は米国の貨幣に必ず刻み込むようになったのですね。それで一般庶民にも知られるラテン語になったというわけです。

　ことのついでに申しますと、マーク・トウェインの『ハックルベリー・フィンの冒険』の中でのハックのセリフにも出てきます（第二十八章）。現実には存在しないのに、悪質なオタフク風邪の一種として the dreadful pluribus unum mumps（「あの恐ろしい万一《まんいち》オタフク」とでも訳しますか）という架空の病気をハックは考え出すのです。

　つまり、オズの魔法使は「米国」という代わりに、E Pluribus Unum と言っているのです。ラテン語ですから、いかにも学があるように聞こえますが、実は当時の一セントの銅貨にも書いてある言葉なんですね。しかし、彼がいかにペテン師でも、映画の字幕の翻訳のように、自分が学長だとは言っていません。学長が何年間も大学を留守にしていられるものか、ぐらいのことは子供でもわかるでしょうね。「エ・プラリバス・ウナム（米国）の大学委員会によって私に付与された権限の効力によって」「あんたにＴｈＤの名誉博士号をここに授与するものである」と言っているのです。Universitatus Committeatum というのは、University Committee という英語にラテン語くさい語尾をくっつけて尤もらしくした、ということです。

　いずれにしても、映画のこの部分は、子供に了解できようはずはありません。大人の観客に対する皮肉ですね。これをしゃべっている俳優（フランク・モーガン）は、撮影中もウイスキーをちびりちびりやっていて、セリフにもそれが影響して、時々発音も不明瞭だと言われています。アドリブが入っているかもしれません。なお、字幕では「ＴＨＤの名誉博士号」と出ていますが、「ＴｈＤ」とすべきでしょう。なぜなら、これは PhD（=Philosophiae

Doctor=Doctor of Philosophy）をもじったもので、Doctor of Thinkology の略だとオズが説明しているのですから。「考え方博士」とでも訳しましょうか。

それからオズは気球に乗って別れる時にもラテン語のような言葉をもう一度使っています。それは ad astra per aspera（=to the stars through difficulties）「星をめざして困難な道を行く」というカンザス州のモットーをもじったかと思われるもので、per ardua ad outer「困難を通して気圏外《アウター》をめざす」と言っているように聞こえます。

あと一つ、申し上げたいことがあります。それは二〇世紀後半からのことですが、作者ボームの奥さんのお母さんがマダム・ブラヴァツキーの神智学に凝っていたので、彼女と親しかったボームも神智学的要素を物語の中に入れているという解釈が生じました。私は神智学に精通していませんので断定はしませんが、この説を信じていません。例えばブラヴァツキーは主著『ヴェールを脱いだイシス』の最後、まとめの部分でこう言っています。

> 彷徨するアストラル体［注　人間の霊的な様態］の運動に対しては、時間も空間も邪魔にならない。オカルト科学に完全に熟達した魔術師は、自分（つまり物理的な身体）を消えたように見せること、あるいは自分が選ぶいかなる形をも取ることができそうに思われる。彼は自分のアストラル体を目に見えるようにすることができる。あるいは、それに変幻自在な外見を与えることができるだろう、どちらの場合にも。こうした結果は、すべての目撃者たちの感覚の催眠術による幻覚を同時にもたらすことで達成されよう。この幻覚はまったく完璧で、その主体は一つの実態を見たのだ。命を賭けてもいいというくらいである。実際は、催眠術師の意志によって、彼の意識に印刷した、彼の心の中の絵に過ぎないのだが。（傍点は原文ママ）

こんな部分が『不思議の国のオズ』におけるオズ対ドロシーとその仲間に適応されると言うのかもしれませんが、私にはそれはマダム・ブラヴァツキーの主張をおちょくっている、としか感じられないということです。

もう一つ、誰も言っていませんが、私が指摘しておきたいことは、カカシ、木こり、ライオンが求めているものが、一九世紀後半の心理学の分類における「知」「情」「意」の三分法に呼応していることです。日本人なら多くの人が知っている夏目漱石の『草枕』の主人公が冒頭で考える有名な七五調の言葉――「智《ち》に働けば角《かど》が立つ。情に棹《さお》させば流される。意地を通せば窮屈だ」――は、知・情・意のマイナス面を並べたのですが、そもそも一九世紀の主な心理学書が知・情・意をその順序で人間の心理について論じているのです。

日本でも「心理学」という言葉を初めて書名に使ったとされる文部省刊行の本として、西周《にしあまね》訳、ヘヴン著『心理学』上・下巻（一八七五―七九）が知られていますが、その原題は、*Mental Philosophy: Including the Intellect, Sensibilities, and Will* というのです。

井上哲次郎抄訳、ペイン著『心理新説』全四巻（一八八二）、原題 *Mental and Moral Science* の内容は次の通りです。

Book I: Movement Sense and Instinct.
Book II: The Intellect.
Book III: Emotions.
Book IV: The Will.

この邦訳は、巻一『総論』、巻二『知力論』、巻三『情緒論』、巻四『意志論』となっているようです。そういうふうに心理学とは知・情・意の学なのですね。

坪内逍遥が『美辞論稿』（一八九三）で、「智の文」、「情の文」、「意の文」という分類をしたのも、この心理学に基づいています。

元良勇次郎は一八九七年に「現今　心理学ヲ論ズルモノ、知情意ノ三分法ヲ用フルヲ常トス」と断定しています。

ボームは童話を書くようになる前、商品の展示がいかにあるべきかなどを研究していたのですから、当時の心理学も心得ていたに違いありません。そういうことを意識しながら、カカシ、木こり、ライオンのトリオを考えたらよいかと私は思っています。ライオンくんの「勇気」とは意志の強さと同じに私は考えます。

## □質問に答える

聴講者　『オズの魔法使』は日本ではいつ頃上映されたのでしょうか。

講演者　［私はこの質問には直ちに答えることができませんでした。「もちろん戦後（一九四五年以降）ですよ」とは申しましたが、正確な記憶は頭にありませんでした。後で調べた結果と意見を以下に述べます］

『オズの魔法使』を日本で最初に上映したのは一九五四年です。私は、それよりもずっと後になって観たようです。正直、あまり記憶がありません。と言うのが、一つには、この映画の日本における評価が当時の批評家の間で低かったせいでしょう。（同じ一九三九年に米国で公開された『風と共に去りぬ』は一九五二年に日本で初公開、これは好評でした。）

なお、『キネマ旬報』によれば、『オズの魔法使』が日本で公開された一九五四年、日本における洋画全般について三十数名の映画批評家の投票によるベスト・テンは次のようになっています。

第一位　嘆きのテレーズ（フランス、一九五三）
第二位　恐怖の報酬（フランス、一九五三）

第三位　ロミオとジュリエット（イギリス・イタリア、一九五四）
第四位　波止場（アメリカ、一九五四）
第五位　エヴェレスト征服（イギリス、一九五三）
第六位　ローマの休日（アメリカ、一九五三）
第七位　裁きは終りぬ（フランス、一九五〇）
第八位　陽気なドン・カミロ（フランス・イタリア、一九五二）
第九位　しのび逢い（フランス、一九五四）
第十位　偽りの花園（アメリカ、一九四一）

驚くべきことに、私はこの十本をだいたい観ています。この時代の学生はよく映画を観たものだと思います。しかし『嘆きのテレーズ』がベスト・テンに入ろうとは、まして一位に選ばれようとは、呆気にとられます。そして『ローマの休日』が六位というのは低すぎるのではないかと感じます。

この調査の第十位以下から拾うと、次のような作品があります。『裸足の伯爵夫人』（米・伊、一九五四）、『狂熱の孤独』（原作はサルトル、仏・墨、五三）、『第十七捕虜収容所』（米、五三）、『アスファルト・ジャングル』（米、五〇）、『アンリエットの巴里祭』（仏、五二）、『バンド・ワゴン』（米、五二）、『悪魔をやっつけろ』（米、五三）、『掠奪された七人の花嫁』（米、五四）、『ケイン号の叛乱』（米、五四）、『月蒼くして』（米、五三）、『ダンボ』（米、四一）、『グレン・ミラー物語』（米、五四）、『麗しのサブリナ』（米、五四）、『ダイヤルMを廻せ！』（米、五四）などが、この順位で並んでいます。

意外なのは、フランス映画でも『アンリエットの巴里祭』（監督はジュリアン・デュヴィヴィエ、主演はダニー・ロバン、ミシェル・オークレール）のような、いかにも日本の「おフランス」好みに訴えそうな作品が十六位であるとか、ジョン・ヒューストン、カポーティによって作り上げられた、普通の観客ならばおそらくもっと下位であると想像しそうな『悪魔をやっつけろ』が第十九位に入っていることです。おそらくは、キネマ旬報という雑誌に関係したハイブラウなコメンテーターの趣味が表れているのでしょう。

本題に戻りまして、『オズの魔法使』はベスト30の中に入っていません。「その他多数」の中に埋没しているのでしょう。当時の日本人の好みに合わなかった。時代の嗜好ということは大いにあると思います。その意味で同じ一九五四年の日本映画のベスト30順位表を一瞥しますと、これまた意外にも、第一位が『二十四の瞳』、第二位が『女の園』と、どちらも木下惠介の監督作品です。第三位が黒澤明監督の『七人の侍』で、今日の評価なら疑いもなく第一位になるであろう作品が第三位というのは、ちょっと驚くに足ることだと私は思います。しかし当時の客の『七人の侍』に対する反応は私の周りでもさして高くはありませんでした。

この前年、一九五三年の洋画の第一位は『禁じられた遊び』（仏）、第二位『ライムライト』（米）、第三位『探偵物語』（米）、第四位『落ちた偶像』（英）、第五位『終着駅』（米・伊）という順序で、西部劇の『シェーン』（米）が第七位、ちょっと意外なのがルイス・ブニュエル監督の『忘れられた人々』（墨）で、第九位に入っていまます。花田清輝というアヴァンギャルドやドキュメンタリーの映画に熱心な批評家がこれを見逃してしまい、数年後に関西の、小屋としか言いようのない映画館で『十代の性典』とかいう題名で、かなり痛めつけられたフィルムの状態で上映されているのを観ることができた、などという告白がありましたから、世の評価はもっと下位、ひょっとすると三十位以内に入らなかったのではないかと私は思っていたのですが。

二〇〇二年八月三日講演

## □追記

最近になって私は、サルマン・ラシュディが英国のＢＦＩクラシックスの一冊として発表した『オズの魔法使』（一九九二）を読んで感心しました。ご存じだと思いますが、彼は一九四七年にボンベイのイスラム教徒のインド人法律家の家に生まれ、英国のラグビー校、ケンブリッジ大学を卒業した小説家です。小説『真夜中の子供たち』（一九八一）で世界的に有名になりましたが、一九八八年に『悪魔の詩《うた》』を発表し、ムハンマドを思わせる予言者マハウンドや、マハウンドの妻を名乗る売春婦を登場させたことが原因で八九年にイランの宗教界の指導者ホメイニ師は信徒にラシュディを処刑せよと指令しました。ラシュディは英国当局の保護のもとに逃亡生活を送らざるをえなくなり、十年近い逃亡生活ののち、死刑指令は宗教的には解除されないものの、イラン政府は、国家としては彼を追求しないと決定、ようやくラシュディは作家として復活し始めたのでした。

そういう状況の中での著作の一つがこの本で、彼がボンベイで十歳の時に書いたという、その後失われた物語『オーヴァ・ザ・レインボウ』以来の自分と映画『オズの魔法使』との密な繋がりと解釈を書いた第一部と、映画でジュディ・ガーランドが履いたルビーの靴の競売についてのルポルタージュである第二部から成る、小冊子ながら、ラシュディ研究者のみならず、『オズの魔法使』に関心ある向きのための必読書だと思います。この Salman Rushdie, *The Wizard of Oz* (British Film Institute) には、翻訳はないようですが、かなり易しい英文ですから、原文で読むことをお薦めします。

原　題：*The Golden Bowl*
監　督：James Ivory
公開年：2000
原　作：Henry James,
*The Golden Bowl* (1904)

# 『金色の嘘』

ヘンリー・ジェイムズは一九世紀後半から二〇世紀初めにかけての、作家としては長生きをした人です。初期の作品、中期の作品、後期の作品と分けて考えますすと、それぞれ文章の感じがかなり違います。中期の作品には『ある貴婦人の肖像』があります。晩年になってから、つまり二〇世紀になってから出版された三大傑作は『使者たち』『鳩の翼』そしてこの『黄金の盃』です。昔は『黄金の盃』と紹介する日本の研究者が多かったのですが、映画では『金色の嘘』という日本題名で上映されました。

映画『金色の嘘』は米国のヘンリー・ジェイムズが存命中、最後に出版した長編小説『黄金の盃』を映画化したものです。日本での公開は二〇〇二年でした。映画が出来たのは二〇〇〇年です。映画も小説も英語では *The Golden Bowl* という同じ題ですが、『金色の嘘』という、日本で映画として公開する題名もまんざら悪くない題名だという気が私はしています。

ジェイムズは小説の中で、いくつかの国にまたがる背景を設定し、文化の違いによって生じるドラマを描くことで、今日のグローバル化した世界の人々の間に起こることを先取りしたところがあり、今もその点が注目されますが、他方、ジェイムズは心理主義的手法の作家で、登場人物の心のすみずみまで取り上げて描くというタイプです。（一歳年上の兄ウィリアム・ジェイムズは心理学者で、文学にも関連の深い「意識の流れ」ということを問題にした人です。）

小説『黄金の盃』を読む人は、ほんの一部分でも原文を読んでいただければと思います。英語では分かりにくいかもしれませんから、青木次生さんという京都大学の名誉教授になっていらっしゃる方が訳されたものを読まれるといいと思います。『金色の盃』の題名で講談社文芸文庫に入っています。

昔からよく言われていますのは、ジェイムズは小説の中の重要人物、特にヒーローとかヒロインと呼ばれるような人のそばに、その人が気を許して話すことのできる友「腹心の友」を設定して、その人との会話を通じて読者が、実は主人公はそんなことまで心の底では思っているのかと知りうるような、腹心の友との会話の中から自然に読者に実態が浮かび上がってくるような、そういうやり方をしている。そういうところが分かりにくいところでもあります。

つまり、作者自身の意見がまったくないわけではない。作者自身が意見を述べるところもないわけではない。ですが概して言えば、主人公の考えていること、特に心の奥深い部分は、「腹心の友」というふうに名付けられている人物を配置することによって、その人とのやり取りから読者が推測する。つまり、探偵小説風に読まないと面白くないというようなところもあります。

ジェイムズは、私の作品が難しいという人があるけれども、一回読んで分からなかったら、もう一度読み直して下さい、それでもまだ分からなかったら、もう一度読み直して下さい、そうすれば必ず読み直すごとに面白くなるはずだと言っています。大変な自信なのですが、それに我々読者がついてこられるかというと、たいてい一回読んで懲りてしまって、二回目は読み直さないということになります。けれども確かに、我慢して二回目に読んでみると一回目よりは面白いというタイプの小説家であることは分かります。

ところが映画でそういうことをやるのは不可能に近い。けれども、それをこの映画ではどうにかやっているように感じます。

ストーリーについてお話しましょう。英国に住む米国人の大富豪アダム・ヴァーヴァーと娘マギーは仲むつまじく暮らしている。アダム・ヴァーヴァーの奥さんはすでに亡くなっていて、ずっと独身でいます。米国人だが英国に住んでいるという状況設定がジェイムズに多いことは皆さんご存じの通りです。またジェイムズ独特なのは、「アダム」という名前を米国人の大富豪に付けていることです。

二〇世紀の小説家へミングウェイは、ニック・アダムズを主人公にした短編をいくつか書いていますけれど、そのアダムズというのも、聖書の『創世記』に出てくるアダムとイーヴのアダムにかけている。抽象的ではありますが、人間の基本的な性格を原型的に持っている人、という気持ちがどうもあるようです。

アダムはその巨大な富でヨーロッパの古美術を収集しています。マギーはイタリアの没落貴族アメリーゴ公爵と結婚し、子供も生まれます。マギーは、再婚しないでいる父を心配して、自分の旧友のシャーロットと再婚するように計らいます。実はかつてシャーロットとアメリーゴは愛人関係にあったことをイノセントなアメリカ娘のマギーは知らなかったのです。ちなみに、「イノセントなアメリカ娘」というのはジェイムズ好みの性格で、デイジー・ミラーも、『ある貴婦人の肖像』のイザベル・アーチャーもこのタイプです。

シャーロットとアメリーゴは、二人とも貧しくて、結婚を断念せざるを得なかったという過去があったのです。マギーは父と息子と三人で時を過ごすことが多く、元の愛人たちはよりを戻します。マギーは次第に二人の関係を疑うようになり、ついに真実を知ることになります。あまりにもイノセントなアメリカ娘が、次第にイノセンスを失うことによって成長し、最終的にはすべて円満におさまる叡智を身に付けるという、ジェイムズには珍しい、ヨーロッパと米国の融合するハッピー・エンディングの物語です。

アダム・ヴァーヴァーはヨーロッパで古美術を収集して、やがてはその収集品を、郷里の米国の大都会に美術館を建ててそこに飾り、米国人が親しめるようにすることを考えている。このタイプの実業家は実際にアメリカには何人もいて、このヴァーヴァーのモデルには三人くらい候補者がいます。その中の一人については、あとでお話したいと思います。

マギーと結婚するアメリーゴというのもやや寓話的で、もちろんアメリーゴ・ヴェスプッチというイタリア人にひっかけた名前です。コロンブスがアメリカ発見をしたときに、当時はアメリカ発見とは言わず、なぜならコロンブスはインドだと思ったわけで、それゆえに住民をインディアンと呼んだわけですが、アメリーゴは後になって、あれはインドではなくて新しい大陸であろうと言った。その人のファースト・ネーム「アメリーゴ」から「アメリカ」という固有名詞がその大陸に付けられるようになったわけです。イタリア人だけれどアメリカとは縁があったという含みをもった名前ということなのでしょう。

名前に象徴的な意味を含ませるというのは、ヘンリー・ジェイムズがアメリカの作家では一番好きだと言っていたナサニエル・ホーソーンの作品に見られます。俗に言う寓話的というのでしょうか。冷たい人にチリングワース（チリング＝冷たい、寒気のする）、人前に出ることを好まなかった牧師にディムズデール（ディム＝薄暗い、人に知られぬ／デール＝谷間）と、意味のこもった名前を付けている。こうしたことがずっと受け継がれた流れが米国にあるのですね、米国文学には。たとえば、メルヴィルも捕鯨船の船長の名前をエイハブと付ける。これも聖書の中の人物（アハブ＝古代イスラエルの王）から取られたものです。現代文学で見ますと、例えばヘミングウェイの『日はまた昇る』のジェイク（聖書の「ヤコブ」）。サリンジャーの『ライ麦畑でつかまえて』の語り手ホールデン・コールフィールドは少しばかり「寒い野原でつかまえろ」（Hold in Cold Field）のように響きます。

日本の文学で考えますと、江戸時代末期の小説にはそういうものが多く、子どもだましの名前のように聞こえるわけですが、アメリカ文学の流れの中では大真面目にそういう名前を付けています。そうした名前の付け方の特性はアメリカ文学独特のものだと、たいがいの人が言っています。

アメリーゴ公爵と結婚したマギー、やがてアメリカの大富豪であるアダム・ヴァーヴァーと結婚することになるシャーロット、この二組の奇妙な夫婦の話がたどられ、そして昔のよりが戻ったような具合でシャーロットと公爵の不倫が行われる。昔のヘンリー・ジェイムズの作品であれば悲劇になっていくところですが、この小説では結局は破綻はなく、二組の夫婦がそれなりに平穏な生活に戻っていく。

その流れの中でもう一組の夫婦が出てくる。この夫婦がいたために、この二組の夫婦もできたという設定なのです。ある意味で大変世話好きなアシンガム夫人という人がいまして、やや喜劇的なこの人の御主人アシンガム大佐がいて、この夫婦に二組の夫婦が交じり合うことになります。先ほど話しました「腹心の友」の役割を果たすのはこのアシンガム夫人で、この人にはアダム・ヴァーヴァーもマギーも公爵もシャーロットも心の中を知らず知らずのうちに見せるという設定になっています。

映画は、クレジットと同時に、ルネッサンス時代のイタリアのウゴリーニ城の中で、不義密通した城主（アメリーゴの先祖）の妻と義理の息子（正確には、城主の二男）が、長男の密告によって、不義の寝室から引きずり出され、惨殺される短いシーンから始まります。実は、一九〇三年にローマ近郊のウゴリーニ城で、シャーロットがアメリーゴの案内で荒れた城内を歩き、先祖に起こった惨劇の話を聞いている、その話の映像化なのですが、現在の二人がやがて陥るかもしれない状況の予告でもあります。このシーンは後にもう一度繰り返されます。

俳優についてですが、アシンガム夫人を演じるのがアンジェリカ・ヒューストンという個性のある女優でして、名映画監督と言われるジョン・ヒューストンの娘です。ジョン・ヒューストンのお父さんがウォルター・ヒューストン。彼が出演した『黄金』（一九四八）という映画のなかで、その映画を監督しているジョン・ヒューストンも一回だけ顔を出します。ただし、まだその時にはアンジェリカ・ヒューストンは出ていない。まだ生まれていなかったかもしれない。やがて彼女はアカデミー賞を取るような名演技をする女優になります。難しい役をこの『金色の嘘』でもこなしていて、貫禄から言いますとほかのどの出演者よりもあるような気がします。

監督のことにここで触れておきます。ジェイムズ・アイヴォリー監督はカリフォルニア州バークレー市の生まれです。この人の特異なところは、いつも、組んでいるプロデューサーと脚本家が同じ人であるところです。プロデューサーはイスマイル・マーチャントという、インドのボンベイで生まれた人です。脚本家はルース・プラウアー・ジャブヴァーラ。ジャブヴァーラというのはインド系の名前ですが、インド人と結婚しているのでそういう名前になっています。この人自身は北欧系で、ドイツで育ったという話です。この三人は非常に国際色に富んでいる。同じようなアメリカ人ではなくて、色々な国の色々な要素が入っています。

この三人は合作してE・M・フォースター原作の映画なども作っています。フォースターはあまり自分の作品が映画化されることを好まず、遺産執行人たちも映画化をなかなか許さなかった。ところがこの三人には納得して映画化を許したのです。それがフォースターの作品が映画に作られるようになった始まりだと言われています。ついでですが、フォースターはイギリスの作家としては、ヘンリー・ジェイムズの影響を受けた部分が多い作家のように私には感じられます。作品によってはかなり似た感じがあります。

アイヴォリーのトリオに問題があるとすれば、どの文芸作品も——というのはこのトリオは文芸作品を映画にすることが多いからなのですが——同じようなトーンで品良くまとまって、多くの観客にいかにも「文学的」と感じさせることにある。これは良いところでもあると同時に欠点だと言う人もいるのです。つまり無難である。セリフにしても強烈な力を持ったものではなくて、誰にでも納得がいくような英語で、もちろん原作の英語を重んじるのだけれど、それをさらに現代の客に分かりやすい英語にする。『金色の嘘』はそうではないと思いますが、フォースターのある種の作品で、会話を、誰が聞いても分かるような易しいものにし過ぎてしまっているのではないかという気が少ししました。

出演俳優のなかで最初にクレジットに出るのはユマ・サーマンです。この Uma は英語ではウーマと発音するのが正しいのでしょうが、北欧系の名前です。英語の伝統がある名前ではありません。この人がシャーロットを演じています。父親は大学教授で仏教学者で、あるいは比較文学も時々教えているそうです。母親はスウェーデン人でモデル出身で、後には精神分析医になったという知的な環境で育ちました。モデル出身のお母さんの血を受け継いだ美人女優なのですが、意外に変な役も演じる人です。

私にはそれが障害になりました。『バットマン＆ロビン　Mr.フリーズの逆襲！』という映画が一九九七年にありましたけれど、ご存じかもしれませんが、昔テレビで毎週やっておりました『バットマン』、もともとはマンガですが、それを劇化したものです。バットマンとロビンのコンビが、ニューヨークをモデルにしたゴッサムという町の悪者を退治するわけです。この映画でMr.フリーズを演じるのは有名なアーノルド・シュワルツェネッガーですが、ユマ・サーマンもやはり悪の側のポイズン・アイヴィー（毒うるし）という名の役を演じています。ポイズン・アイヴィーというのはふつう漆の木のことを言います。ユマ・サーマン演じるポイズン・アイヴィーは色仕掛けの毒が入っている真っ赤な息を吐きます。日本の美人女優などはあまり変な役はやらないと思うのですが、この人はかなり変な役でもどんどんやるものですから、私は『金色の嘘』を観る前にたまたまこの映画を観てしまったもので、先入観があったせいか、『金色の嘘』をはじめは素直に観られませんでした。こうした映画の出演の仕方を見ましても、不思議な人です。

また、アダム・ヴァーヴァーを演じるニック・ノルティは、演じる役よりも、彼の実人生のほうが面白いと言われます。成人するまで読み書きができませんでした。一九六二年には兵役免除証を売ったかどで執行猶予になりますが、懲役四、五年の刑を宣告されます。アメリカン・フットボールをやりたいばかりに、南西部の大学から大学へと放浪し、三十五歳で初めてテレビに出演します。荒っぽい、愚鈍な、あるいは残忍な役を演じることが多かったのですが、ようやく最近になって勇気と叡智を示す役柄に彼の才能が力強く現れるようになったと言われています。『金色の嘘』の映画評ではこの人が一番高く評価されました。一番良い演技をしているということですが、たしかにそういう感じはいたします。その点から言うと、イタリアのアメリーゴ公爵を演じますジェレミー・ノーザム、この人はイギリス人ですが、あまり役に合っていないのではないか、もっと美男俳優でないと無理なのではないかという気が私はしました。アシンガム大佐を演じるジェイムズ・フォックスは、昔のイギリス映画で日本でもよく知られた俳優です。私などは一九六二年や六三年あたりの映画の記憶しかなくて『金色の嘘』を観たものですから、同じ人と思い当たらないくらい歳を取っていました。

映画では、マーチャント・アイヴォリー・プロダクションと出ていましたけれど、もちろんマーチャントというのはプロデューサーの名前です。アイヴォリーが監督の名前ですね。ふつうは二人の名前をくっつけるにしても監督の名前が先ですが、これは逆にしてある。アイヴォリー・マーチャントだと「象牙商人」という意味になって勘違いされる恐れがあるということで、この二人は名前を逆にしたようです。

この映画が始まって三十分ほど経ったところの場面「ロンドンのランカスター家における仮装舞踏会で」において、ファニーの夫のボブ・アシンガムが最初に公爵とシャーロットを認めます。この二人があまり親しくするのはけしからんというので、ファニーはシャーロットが話している後ろへ来て、扇子を開いて注意を引くと、シャーロットが振り返って「ファニー!」と言う。するとファニーは「あなたのご主人は欠席なさるほどに病気ですか?」と訊く。「いいえ、それなら私も来ていませんわ」とシャーロットが答える。「でもマギーは心配していたのでしょう?」と言うと、シャーロットは「彼女は心配症なの、少なくとも父親に関して」と言う。「娘より妻のほうが心配すべきじゃないの?」と言うと、シャーロットは「うちは事情が違うの。父娘《おやこ》水いらずが一番幸福なのよ」と答える。

これはほんの十秒ほどのシーンですけれど、そこに描かれている部分が小説でどのように書かれているかを見れば、小説と映画の違いがかなりはっきりするのではないかと思います。ここで先に触れた青木次生さんの訳を見てみましょう。ほかの訳もありますけれど、今のところこれが一番良い訳のようです。映画では十秒ほどのものが、小説だと長くなります。小説を読んだ場合の注意もあわせて、見ていきたいと思います。

パラグラフが長いので、途中からの一部の引用になります。

……「彼女がいなくなったのに、お二人［シャーロットと公爵］だけで残っていらっしゃったのですか？」と年上の女性［ファニー］は尋ねたのだった。二人がシャーロットの予期した通りどこか人目につかない場所を必要とし、彼女の連れ［ファニー］がソファーに飛びついたのは、この問に対してシャーロットが答えた結果であった。彼女は公爵と二人だけであとに残り、父親がいつもの通り来ずに済ませたのを理由に、マギーは――そう、みんなが見ている前で――ただ一人馬車で帰ってしまったのだった。「『いつもの通り』――？」とアシンガム夫人は不審げに見えた。（中略）

「御主人がご病気だと言われるのですか？　ご病気で、お見えになることができなかったのですね？」

「いいえ――わたくしはそうではないと思います。本当に病気なら、わたくし、主人を置いて出てはこなかったでしょう」

「でもマギーは心配していたのでしょう？」とアシンガム夫人は尋ねた。

「彼女は心配性なのです、ね。インフルエンザを恐れているのです――ひどい目に会ったことは一度もありませんが、これまでもいろんな時に幾度かかかっていますから」

「でも、あなたはその心配はないと思っていらっしゃるのですね？」

（青木次生訳『金色の盃』〔講談社文芸文庫、二〇〇一年〕第一部「公爵」第三章の（一）より）

「『彼女がいなくなったのに、お二人だけで残っていらっしゃったのですか？』と年上の女性は尋ねたのだった。」小説ですから過去の時制で書いてあるんですけれど、そこからもう少し過去へさかのぼって説明する癖――つまり文法で言うと過去完了を使う癖――がジェイムズの晩年は非常に強いので、「年上の女性は尋ねたのだった」とあるわけです。

「二人がシャーロットの予期した通りどこか人目につかない場所を必要とし、彼女の連れがソファーに飛びついたのは、この問に対してシャーロットが答えた結果であった」。ここは映画とは少し違うところです。話が人に聞かれてはまずいというので、周りに人がいないソファーのところで二人だけでの話が続きます。この「答えた結果」というのは何かというと、その後なんですね。

「彼女は公爵と二人だけであとに残り、父親がいつもの通り来ずに済ませたのを理由に、マギーは――そう、みんなが見ている前で！――ただ一人馬車で帰ってしまったのだった」というのは、作者が客観的に描写しているのではないのです。シャーロットの答えを直接話法ではなく間接話法に近い――この頃は自由間接話法という言い方が一番広く使われているようですけれど――書き方をしている。ですから、その後二重カッコで『いつもの通り――？「ファニーの言葉」』というのは、シャーロットに対して「あなた、今、いつもの通りと言ったわね？」という意味で言っているのです。ここは注意をして読まないといけないところで、前の部分を作者の説明であると考えると意味が通じなくなってしまいます。前の部分に戻りますと「彼女は公爵と二人だけであとに残り、父親がいつもの通り来ずに済ませたのを理由に、マギーはただ一人馬車で帰ってしまった」というふうに、シャーロットがファニーに対して言っているわけです。

こういうところが晩年のジェイムズの書き方の難しいところですね。間接話法と直接話法の中間のような特殊な話法を大いに使う。したがって、そういうことに注意をしながら読まないといけない。引用符に入っていない言葉であっても、シャーロットあるいはファニーの言葉であると考えて読み進めていかなくてはなりませんから、かなりゆっくり丁寧にまわりを考えながら読む必要があります。そういうことを作者は意図してやっていて、だから作者は一回読んで分からなければ、もう一回読んでくれと言っているわけです。

自由間接話法をたくさん使った文章というのは、もともとはフランスで発達したもので、それが一九世紀にイギリスとアメリカに入ってきて、しきりに使われるようになります。ヘンリー・ジェイムズと、文壇では一種の競争相手のようであった人――ジェイムズよりもっと高い原稿料を取って、そしてジェイムズよりもはるかにたくさんの読者に人気があった――マーク・トウェインなども、共著でなく一人で書いた最初の小説『トム・ソーヤーの冒険』ではかなりたくさん自由間接話法を使っている。そういう時代なんですね。

それがずっと時間がたって最近の二十年くらい、二〇世紀の終わりになりますと、もう少し違うやり方ですが、自由間接話法の応用というのが非常に盛んになる。その理由は大きく言うといろいろあるのですけれど、はたして作者が言っているのか、登場人物が言っているのかが分からないような書き方がやっぱり必要だという、そういう風潮ができてきたのです。

ところが日本語では、厳密に言えば直接話法だけで小説を書くべきで、間接話法だとうまくできないですね。それは中学や高校で習った英語を考えてみればお分かりになると思いますが、ヨーロッパ語のような形で日本語でも間接話法が成り立つかと言えば、成り立たないのです。まして自由間接話法は日本語にするにはとても面倒くさい。どちらかと言えば全部を直接話法に直してしまえばいいわけですが、それでは原文の面白味を減らすという場合もたしかにあります。訳者は苦労するところです。

もう一つここで青木訳を引用します。ファニー・アシンガムという人が結構人のことを知りたがる性分だということが分かります。そういう部分は映画では出てこないのですが。「彼女の若い友人の一人がもう一人のほうと『派手にいちゃついていた』というような報告を、この骨、小さいけれども美味いからしゃぶってごらん、といった調子で彼女［ファニー・アシンガム］に投げ与えたに違いない。」亭主のアシンガム大佐は彼女に、この骨小さいけれどしゃぶると美味しいよ、と人の表から隠しているようなところを妻の好奇心に訴えるように、そういう具合に言いかねない。ここらへんは結構ユーモラスなところです。

一つにはジェイムズにはユーモラスな比喩が多く出てきたりしますし、もう一つは映画ではどうしてもファニーという女性にしても平たい人物になってしまっているために、いろいろな面があり、その中には必ずしも好ましくない、人の隠していることを何事につけても知りたがってうがった解釈をしたがる、どちらかと言えば欠点となるような部分というのは、映画ではあまり出てこないような気がします。

そういう意味で、原作はそこにある人間のさまざまな細かい点を読者に知らせる、また読者もそういう点を味わいながら時間をかけて読む。昔の人は暇でしたから、ゆっくり読めました。長い小説ほど良い、終わりへ来るのが残念だ、読み終えてしまったら面白くない、少しずつゆっくり読んでいこうというような読み方をしたわけです。私は今そういう読み方はできないですが、昔の人は平均寿命が短いのに時間が豊かでしたから、ゆっくり読んでいたのですね。その時代に合わせた小説だと考えて間違いないと私は思います。

ところでアダム・ヴァーヴァーのモデルになったと言われる人は三人ほどいますが、その一人にフリックという人がいて、私の記憶ではこの人はペンシルヴェニアの鉱山で色々な工場を経営して大金持ちになって、ヨーロッパのほうから、ラファエロなどのルネッサンスの頃から新しいフェルメールあたりまでの美術品を集めていました。ニューヨークのフィフス・アヴェニューを北のほうへのぼっていきますとセントラル・パークへぶつかりますが、セントラル・パークに沿って右へ曲がって、さらにまた左へ（つまり北へ）行くと、フィフス・アヴェニューは続いていて、その七十丁目あたりにフリック・コレクションというのがあります。

その美術館はフリックが自分の豪勢な家に美術品を飾っていて、私がニューヨークにいた一九六〇年代には無料で入れましたが、ＮＨＫテレビの特集番組で見ますと、今は少し入場料を取るようです。家はその金持ちが住んでいた一九二六年か二七年頃のままにしてあります。絵ばかりではなく、テーブルや椅子なども凝ったものを使っていましたから調度品もそのままにして、入口を入るとすぐに室内庭園があって、天井がガラスで明るく、池や噴水がしつらえてあります。そのあたりで見ている人は一人か二人くらいで、五人もいたことなどないくらいでした。ある時、有名な室内楽団（「イ・ムジチ」）が池の脇でバロック音楽を演奏していたのですが、数人くらいが適当なところに腰掛けて聴いている。そういう贅沢な美術館です。

だいたい美術館というのは、本当はそういうものでなくてはいけないと思うんですよね。よそから借りてきた作品を並べた特別展ばかりやって、人の頭ばかりで、借りてきた絵がまるで見えないという展示をやって、やれ入場者が十万人を突破、早くも記録を破ったなどとわめく美術館や博物館が日本では多すぎるように思います。大金持ちというのがそういう贅沢な美術館を作るというのは、アメリカの場合は税金の関係もあるのでしょうが、少なくともある時期、一九世紀の末あたりには非常に多かったようです。フリック・コレクションに行っていただくと分かると思います。ヴァーヴァー氏の場合は、もう少し規模が大きいかと思います——ワシントンD・Cのナショナル・ギャラリーほどではないにせよ。

二〇〇三年七月二〇日講演

原　題：*The Grapes of Wrath*
監　督：John Ford
公開年：1940
原　作：John Steinbeck, *The Grapes of Wrath* (1939)

# 『怒りの葡萄』

スタインベックの作品で最初に日本で訳されたのは *Of Mice and Men*（一九三七）、『廿日鼠と男たち』（三笠書房）です。『二十日鼠と人間と』（大隣社）とも訳されていますが、これらは一九三九年に早ばやと訳されたのです。*The Grapes of Wrath*（一九三九）は翌年一九四〇年に『怒りの葡萄』（第一書房）として出版され、新居《にい》格《いたる》という有名な人が訳しています。この人はパール・バックの小説なども訳しています。

アメリカ文学で太平洋戦争前に訳されているものは、もちろんかなりの数があるのですが、それにしてもスタインベックは日本に早くから紹介されています。関西学院大学の先生だった方が、昔、なぜスタインベックが日本で早くから読まれたのかについて、日本人に訴えるような情緒があるからだと言っています。たとえば『天国の牧場』（一九三二）のなかで、百姓の夫婦が屋根に降る雨の音を聞きながら「また今年も雨の季節になったね」などと話している。夫婦がこうい

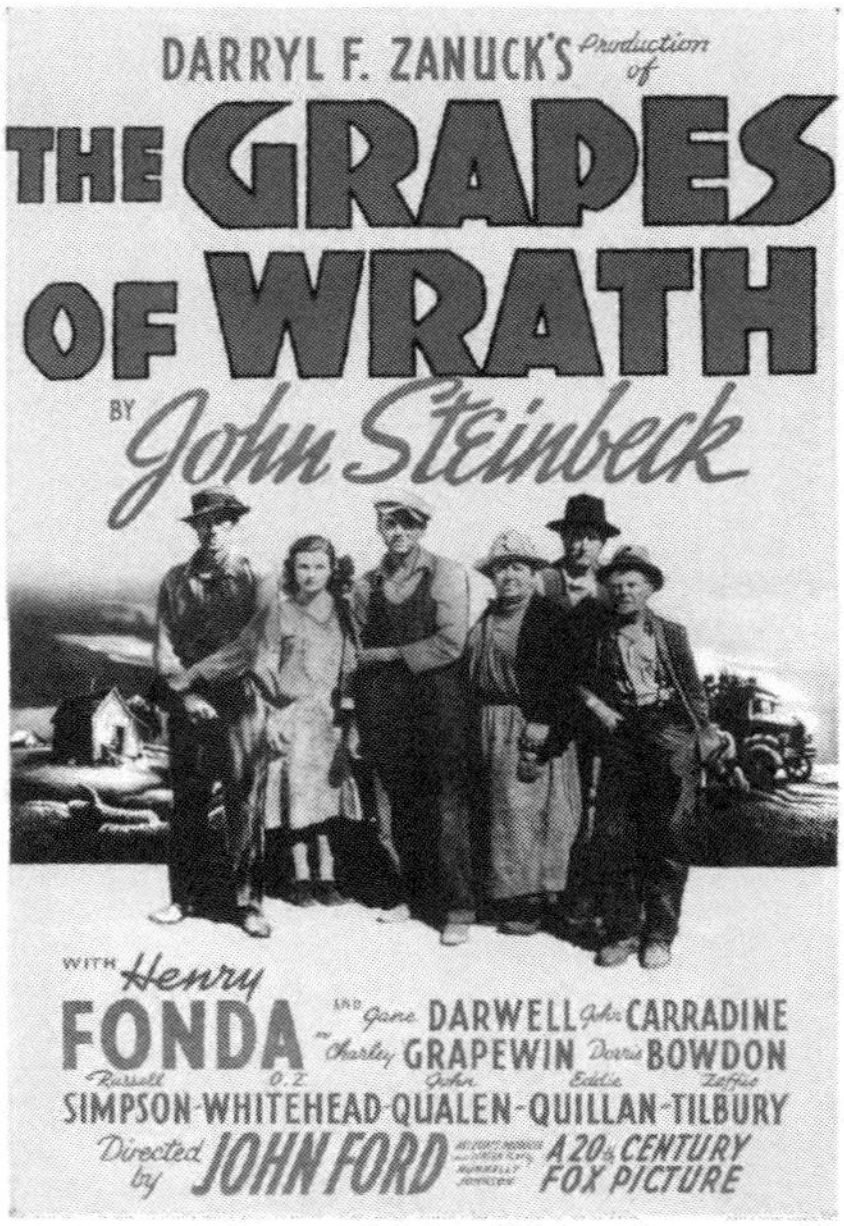


▲*The Grapes of Wrath* のポスター

うふうに自然について話している様子が、いかにも日本の小説にもあるような場面ではないかと言うのです。この意見が正しいかどうかは分かりませんが、そういうふうに感じた日本人が多かったのだろうと思います。ですから『怒りの葡萄』にしても、ロードムービーの要素もあるのですけれど、オクラホマからカリフォルニアへ追われていくジョード一家が旅のなかで互いに思いやる様子などが日本人には好かれたのかもしれません。

映画『怒りの葡萄』は、文学作品として持っていた問題点がきちんと整理されてうまく作られていると思います。同時に原作が持っていた良い点も少し削られてしまってはいますが。このシナリオを書いたのはナナリー・ジョンソンという人ですが、いちいちシナリオをスタインベックに見せて、了承を得ていたといいます。スタインベックは相当に映画の細かい部分にまで意見を出して、監督のジョン・フォードはそれをなるべく取り入れるようにしたようです。

スタインベックは映画と関係が深い人で、自分でも映画のシナリオを書いています。彼のシナリオが必ずしもいつも良いとは限らないのですが、大方の人が一番優れていると思うのはたぶん『革命児サパタ』でしょう。メキシコの革命家であるサパタを扱ったものです。サパタを演じたのはマーロン・ブランドです。第二次世界大戦後、日本に最初に入ってきたスタインベック原作の映画は『真珠』（一九四八）で、舞台はメキシコ、漁師が主役になっています。東京では一九四九年九月から有楽町のスバル座で上映されました。その次に上映されたのがミシェル・モルガン主演の『田園交響楽』（一九四六）だったと記憶しています。

これほどまでにスタインベックは日本で人気がありながら、なぜアメリカで一九四〇年に公開された『怒りの葡萄』が一九六三年まで日本では公開されなかったのか。

第一に、太平洋戦争の間近にアメリカ映画の輸入は減少していた、ということがあります。それでもヘンリー・コスター監督の『オーケストラの少女』(一九三七)とか、ジョン・フォード監督の『駅馬車』(一九三九)、フランク・キャプラ監督の『スミス都へ行く』(一九三九)などは、すでに戦前に日本で公開されていたのです。特に『駅馬車』のジョン・フォードは日本に人気があり、黒澤明もその影響が大きいと言われている人です。そのジョン・フォードの『怒りの葡萄』がなぜ、と思うのがふつうです。

私の想像はこうです。戦前の日本では貧しい人々の結束を扱うような映画は輸入が難しかった。戦後は日本の映画ファンが噂を聞いて見たがっていた米国映画――『白雪姫』(一九三七)、『オズの魔法使』(一九三九)、『風と共に去りぬ』(一九三九)、『ファンタジア』(一九四〇)など――が次第に入るようになりました。日本は一九五二年まで連合国占領軍に支配されていました。文化的事業も占領軍総司令部の許可が必要でした。映画関係で私の経験したことを申しますと、新宿にヒカリ座という映画館がありまして、ここでフランス映画『双頭の鷲』(一九四七)を上映する予告が映画館脇のボールドに出ました。ところが、予定の日になってもそれが上映される気配はなく、占領軍が上映を禁止したということを伝え聞きました。理由はその映画がアナーキストが女王を殺そうとするストーリーだから、ということでした。『双頭の鷲』は政治的な映画ではありません。コクトオが書いた芝居をコクトオ自身が監督した映画であることのほかに、当時フランス第一の舞台女優ニドウィージュ・フユイエールが女王を演じるということで私たちは期待したのでしたが。一九五〇年にはウィリアム・フォークナー原作、クラレンス・ブラウン監督の『墓場への侵入者』(一九四九)が日本でも上映されるという噂はあったのですが、アメリカ南部の恥部とも言うべき黒人リンチ問題を扱うこの映画が占領軍のメガネにかなうはずもなく、これはいまだに公開されていません。黒人がリンチされそうになるのを白人の少年と老婆と少年の友人の黒人少年が救うというストーリーで、フォークナーの協力を得て作った傑作です。なにしろ『勧進帳』を映画化した黒澤明監督の『虎の尾を踏む男達』でさえ上映禁止になった時代です。『怒りの葡萄』は当時のハリウッドとしても、巧みに「左翼的」という批判を免れた映画でありました。それが日本での上映を許されるはずはありません。戦勝国の米国としては、なるたけ日本人に米国はスゴイ、スバラシイと思わせる映画を見せたいのですから。

先に挙げた『オズの魔法使』などの、戦前の四本の映画はどれも豪華な「天然色映画」でした（日本ではまだカラー映画は作られていませんでした――木下恵介監督の『カルメン故郷に帰る』が出来るまで）。

ところで、「怒りの葡萄」とはどういうブドウかと申しますと、この小説『怒りの葡萄』の中では、第二五章の終わりにその表現が出てきます。小説は奇数章が広いテーマをルポルタージュ風に書き、偶数章がオクラホマ州からカリフォルニア州へと仕事を求めて移動するジョード一家を小説風に書くのです。従って第二五章はルポ風な章です。それはカリフォルニアの風景の美しさ、土地の豊かさを述べた後、大資本家によって、値段を下げないために余計な収穫は棄てられ、貧しい農民の貧しさはますますひどくなる、というふうな叙述の後です。

人々は網をもって河岸へ馬鈴薯をすくいにくる。すると番人がそれをさえぎる。人々は山と捨てられたオレンジを拾いに、がたつく車でやってくる。しかし、それには石油がまかれている。人々は、じっとたたずんで、馬鈴薯が流れていくのを見まもる。穴のなかで殺される豚どもの叫びをきき、その穴に生石炭をかぶせられる音をきく。腐ってくずれていくオレンジの山を見まもる。そして人々の目には失望の色があり、飢えた人たちの目には湧きあがる怒りの色がある。人々の魂のなかには怒りの葡萄が実りはじめ、それがしだいに大きくなっていく。

（大久保康雄訳、新潮文庫、一九六七年）

「人々は網をもって河岸へ馬鈴薯をすくいにくる」とありますが、これは飢えている人々が河岸へ棄てられる馬鈴薯を何とか拾おうとやって来る状況を書いているのです。飢えている人がいるのに、値段が下がるのを防ぐために食物の余ったものを棄てていく資本家側に対する貧しい人々の感情を描いて、「人々の魂のなかには怒りの葡萄が実りはじめ、それがしだいに大きくなっていく」とスタインベックは書いています。

しかし、これだけでは「怒りの葡萄」の意味がピンとこない読者がいるかもしれません。それで『怒りの葡萄』の初版の表紙裏に「リパブリック讃歌」(The Battle Hymn of the Republic) が印刷されていたそうです。ここでは、「リパブリック讃歌」の第一連だけ紹介しておきましょう。

Mine eyes have seen the glory of the coming of the Lord;
He is trampling out the vintage where the grapes of wrath are stored;
He hath loosed the fateful lightning of His terrible swift sword;
His truth is marching on.
Glory! Glory! Hallelujah! Glory! Glory! Hallelujah!
Glory! Glory! Hallelujah! His truth is marching on.

わが眼は主が輝かしくやって来られるのを見た
主は怒りの葡萄が取り入れられている倉を踏み潰していられる
主はその恐るべき、敏捷な剣となる致命的な稲妻を放った
主の真実が進撃している
輝き、輝き、主を讃えよ！　輝き、輝き、主を讃えよ！
輝き、輝き、主を讃えよ！　主の真実が進撃しているのだ

「リパブリック讃歌」は、もとは賛美歌ですが、Battle Hymn とあるように戦いの歌です。スタインベックは資本家との戦いの書として『怒りの葡萄』を書いたと言っていいでしょう。

「リパブリック讃歌」の譜面を見ますと、下に WORDS とあって、そこには「第一連から四連の歌詞はジュリア・ウォード・ハウという人が一八六一年に書いた」とあります。そのあとセミコロンがあって「第五連は誰が書いたのか分からない」とあります。後から足したものなのでしょう。メロディは「一九世紀の、説教のために野外に集まった人々が歌う歌である」となっています。

「リパブリック讃歌」のメロディは日本では「おたまじゃくしは蛙の子」として親しまれているもので、ちょっと讃美歌を冒涜している感じもあります。そのメロディはもともと「ジョン・ブラウンの遺骸」という歌のもので、それをジュリア・ウォード・ハウという女性が借りて「リパブリック讃歌」に使いました。北部の陸軍が首都のワシントンDCで訓練しているのを見に行ったときに、彼女はこの讃歌の詩を作って、このメロディにのせるようにしたのです。しかし実はさらにその前があって、このメロディは元来はウィリアム・ステフェという人が「さあ、兄弟よ、カナンの幸いなる岸辺で会おう」という歌詞に合わせて、キリスト教野営集会のために作曲したものでした。

ジュリア・ウォード・ハウは作家であり講演家、社会改革論者で、「母の日」を考え出した人です。夫は医師です。「リパブリック讃歌」は南北戦争後に彼女が作りましたが（「リパブリック」というのは北部のことで、この歌は北軍の代表的軍歌となりました）、それを『アトランティック・マンスリー』誌にその編集者であるジェイムズ・ラッセル・ロウエルが載せたのです。この当時、ロウエルというのは大変有名な文学者でした。自分でも詩をたくさん書いていますし、家柄も非常に良い人です。日本ではロウエルの詩は大正の頃は読まれたのですが、今ではほとんど読まれていないのではないでしょうか。結構おもしろいものを書いていますが、小説ではないので、それで読まれないのかもしれません。

このロウエルの子孫にあたるのがエイミー・ロウエルという女流詩人で、日本の文学の影響も受けています。イマジズム運動の中心人物にもなりましたが、それは少し後のことであって、最初に中心人物だったのはエズラ・パウンドでした。

太平洋戦争後に有名になった詩人にロバート・ロウエルがいますが、この人もこの一族に属する人です。

ところで、「リパブリック讃歌」の中で「怒りの葡萄」という言葉が出るのは先に訳した一連だけです。それは聖書の(『イザヤ書』にも出てくるようですが)『ヨハネの黙示録』が出典だと言えるでしょう。『ヨハネの黙示録』には、この世の終わりの「さばきの時」が来たことを神の「御使《みつかい》」(英訳聖書では"angel")が中空を飛んできて宣言します。「神を恐れ、神に栄光を帰せよ。神のさばきの時が来たからである。天と地と海と水の源とを造られた方《かた》を、伏し拝め」。また、ほかに第二の御使が、続いて来て「倒れた、大いなるバビロンは倒れた。その不品行に対する激しい怒りのぶどう酒を、あらゆる国民に飲ませた者」という主旨のことを言います(以上は第一四章第七節、第八節)。黙示録には、ほかにも出てきますが、長くなるのでここでは省略します。なお、日本では「怒り」と書いていますが、anger と wrath とは違います。神の激しい怒り、相手を罰する気持ちが強く働いたときに"wrath"を使います。

この映画のなかで繰り返される基本的なメロディは「リパブリック賛歌」ではなくて"Red River Valley"という民謡です。映画の中に出てくる最後のキャンプは国営のものなのですが、そこで土曜日にダンスが行なわれます。そのシーンでトム・ジョードと母親がダンスを踊るときに、この「赤い河の谷間」という歌をトム自ら歌います。河野一郎さんの『英語の歌』の解説を読むことをお薦めします。

From this valley they say you are going,
We will miss your bright eyes and sweet smile,
For they say you are taking the sunshine
That has brightened our pathways a while.
Come and sit by my side if you love me.
きみは出て行くそうだね、この谷間から
きみの輝く瞳《ひとみ》と頬笑《ほほえ》みが消えるなんて
きみは陽差《ひざ》しまで持って行ってしまうと人は言う
村の小径《こみち》を明るく照らしてくれた陽差しまで
もしもぼくを愛してくれるなら、ぼくのそばにすわっておくれ

Do not hasten to bid me adieu.
Just remember the Red River Valley,
And the boy who has loved you so true.

いそいでさよならを言わないでおくれ
どうか忘れないでおくれ、赤い河の谷を――
きみを心から愛していたカウボーイのことを
（河野一郎『英語の歌』岩波ジュニア新書、一九九一年）

特に注意したいのは、これに対する河野さんの解説です――「valley は一応「谷間」と訳しておいたが、アメリカでは川の「流域平野」を指す」と書いてあるのです。日本語で「谷」というと、両側から山が急に下がってきて、その一番下を川が流れている様を考えてしまいます。スタインベックには *Long Valley* という短編集があります。彼が生まれ育ったサリーナスは海の側にある町で、そこにはサリーナス川があって、その両側の流域地帯は西から東へと伸びている肥沃な平野になっています。そこの産物にはいろいろなものがあるのですが、レタスが有名だそうです。ある方が *Long Valley* を「長い盆地」と訳されましたが、少しおかしいような気がします。盆地とは字が表しているように丸いのですから、長いというのは変です。いずれにせよ valley というのは「谷間」というよりは「流域」に近いということです。

この映画にはいくつか印象に残るエピソードがありますが、今日の日本の私たちに刺激的なシーンを一つ取り上げたいと思います。西へと旅するジョード一家が、ハイウェイ沿いのレストランのところで停車し、トムの父親とトムの一番下の妹が、カウンターの女性と交渉しているシーンです。ここはパン屋ではないのですが、トムの父がパンを売ってくれと頼む。カウンターの女性は十五セント払えと言う。私たちは旅の途中で十五セントは払えないから十セント分だけ切ってくれと父親は頼みます。女性は困惑のていですが、調理場にいる彼女の亭主が「十セントでやれよ」と声をかける。「じゃ、全部どうぞ。彼がいいって言うから」と女性が言います。けれどもトムの父親は、空腹で旅行しているけれど、私たちは乞食ではないのだから金は払う、十セント分だけ売ってくれと言います。そのあとで子供たちがキャンデーを見つけて欲しそうな顔をするので、この飴はいくらかと訊ねると、この女性は実際の値段よりもずっと安い値段を言うのです。そしてその値段を払って二人は店を出るのですが、そのあとにいかにもスタインベックらしい話が出てきます。これは原作では第一五章に書かれています。

その前に、アメリカの警察組織について少し説明したいと思います。一つの州の中にいくつかのカウンティ、すなわち郡があります。シェリフはそれぞれのカウンティで選挙して選ばれた警察官です。それとは別に中央政府ワシントンDCが任命する地方警察官もいます。米国の州の警察には二種類あるわけです。中央政府が任命する警察は主に都市にあります。シティと言っても日本の市とは少し違うのですが、そのシティの中にはマーシャルというのがいて、マーシャルは中央政府に仕えています。人事異動なども中央政府から発令されます。一方、シェリフはその土地（郡＝カウンティ）の住人たちが選挙し、土地の人々と密着しており、彼らの感情を良かれ悪しかれ反映してしまうのです。ですから、住人たちが他の地方から人が来ることで職が無くなると訴え出れば、彼らはそれに応えるということになります。

先ほどのシーンに戻ります。「全部どうぞ。彼がいいって」と言う女性は、原作ではメインという名前です。そして原作ではこのシーンに登場するのは、ジョード一家ではない別の家族です。

子どもがキャンデーを欲しがり、本当は二個で一セントではないのだけれど、今度はこの女性が夫に言われなくても値段を安く言ってあげます。店にはすでに二人の客がいるのですが、彼らはトラックの運転手です。彼らははじめから行きがかりを見ています。そして店が気の毒な人たちに無理をしてでも慈善的行為をしているのを見て、店を出るときに二人とも黙って五十セント銀貨を置いていくのです。

映画では、そのとき、この女性が“Truck drivers!”と言うのです。字幕には「ニクいことを」と書いてあります。人の名前の後に感嘆符がついている場合は、けなすか誉めるかのどちらかの意味です。原文では「メインは“reverently”（うやうやしく）言った」とあるので、読者にも間違いなく、感嘆符が敬いの気持ちであることが分かります。

ここにトラックの運転手に対するアメリカ人の見方が窺えます。それは日本人の見方とはずいぶんと違います。アメリカのトラックの運転手は一種のプロで、給料も良くて、立派な人々なのです。昔の騎士のようだという気持ちがある。中世の騎士は馬に乗っていたが、現代の騎士はトラックに乗っているという感覚があります。特にスタインベックはそれが強いようです。晩年にもトラック運転手のことを取り上げて、いかに彼らが立派な人間であるかを語っています。

トラックの運転手が尊敬の念をもって扱われているのですが、スタインベックは足を使って実際に調べており、その記録も残っています。ジョン・フォード監督も映画化に当たりドキュメンタリー式のやり方をしています。ですから事実に近かったのだと思います。

私は米国で一度だけトラックを運転したことがありますが、その運転台からは一般の乗用車がずっと下のほうに見え、何となく自分が偉くなったような気がします。それは生まれて初めて乗馬学校で馬に乗った時、自分が意外に高い所にいる驚きと似ていました。米国人の場合、トラックの運転をすることは騎士になったような気持ちで〈ノブレッス・オブリージュ〉（高潔な義務感）を感じるようになるのではないでしょうか。日本のトラック運転手には縁のない感覚です。

一九三〇年代にアメリカは苦労してニューディール政策をとるのだけれど、飢える人がたくさん出てくるような事態がおさまったのは、なんと言っても太平洋戦争のおかげでしょう。日本が戦争を始めてくれたので失業者も職にありつけるようになり、助かったという説のほうが強いし、本当のような気がします。いずれにせよ、今日では想像もつかないような三〇年代の不況の様子が、この映画で非常によく伝えられているのではないかと思います。

映画の終わりのほうで、ヘンリー・フォンダが演じるトム・ジョードが母親に対して「自分はいつだっているんだ。民衆が警官に暴力をふるわれているとすれば、自分はそこにいるんだ」と言います。これはジム・ケーシーの考え方を受け売りしているわけです。ジム・ケーシーの考え方というのは、簡単に言うと、アメリカ独自の神秘主義だということになっています。それがトムにもそのまま感化されています。また、最後に母親（「マー」）がお説教じみたことを言います。

Ma: Rich people come up an' they die, an' their kids ain't no good, an' they die out. But we keep acomin'. We're the people that live. Can't lick us. We'll go on forever, Pa, because we're the people.

マー：金持ちの人々がやって来て、その人たちが死ぬと、その子供たちはロクデナシで、一族は絶えてしまう。だけど私たちは絶えない。私たちは生きていく民衆なんだ。私たちを打ち負かすことはできない。私たちは、いつまでも進んでいくんだよ、父さん、なぜって、私たちは民衆なんだから。

Ma: Well, Pa, a woman can change better'n a man. Man lives—well, in jerks. Baby's born or somebody dies, that's a jerk. With a woman, it's all in one flow, like a stream—little eddies, little waterfalls—but the river, it goes right on. Woman looks at it that way.

マー：ねえ、父さん、女は男よりも変化するのがウマイんだよ。男は——なんて言うか、フシブシで生きる。赤ん坊が生まれた、とか、誰かが死んだ、とかいうフシメだよ。女の場合は、何もかもみんな絶え間のない流れなんだ、川のようにね——ちょっとした淀みがある、ちょっとした滝がある——でも川なんだから、そのまま流れ続ける。女ってのは、そんなふうにものを見るのさ。

最後に、『怒りの葡萄』前後のアカデミー賞の状況を考えますと、一九四〇年にはジョン・フォード監督作品である『怒りの葡萄』と、ユージーン・オニール原作の『果てなき航路』が共に作品賞候補に挙がっています。この『果てなき航路』を高く評価する人もおり、ノミネートはされたわけですが、作品賞はヒッチコックの『レベッカ』が獲得し、ジョン・フォードは『怒りの葡萄』で監督賞をもらいました。ヘンリー・フォンダも主演男優賞の候補にはなっていましたが、結局はジェイムズ・スチュアートが『フィラデルフィア物語』で獲りました。

一九三九年には『オズの魔法使』が作品賞にノミネートされています。主人公の女の子はキャンザス州の、すべてが灰色の風景の中で暮らしていますが、彼女には父親や母親はおらず、おじさんとおばさんがいます。そのおじさんの役をしているのが、『怒りの葡萄』のグランパ（おじいちゃん）の俳優です。一九三九年から一九四一年にかけては、出てくる俳優がかなり重なっていることが多いのです。

映画は二〇世紀になって一種のモダニズム芸術として評価を受けますが、映画自体の中でもモダニズム的な手法を使ったものとそうでないものがあります。舞台で演じられる芝居そのままを映画化したような、例えばシドニー・ルメット監督の作品などもあります。ジョン・フォードは『怒りの葡萄』の中でドキュメンタリータッチを使っていますが、もう一つ顕著な手法があります。それは表現主義と呼ばれるようなものです。映画の中にトラクターがたくさん出てくる場面がありますが、それと別の場面とが重ね合わさって写し出されます。特にドイツの表現主義は『カリガリ博士』で有名になりました。この『カリガリ博士』で使われた手法が『怒りの葡萄』のトラクターの場面で使われているのです。また、荷物をいっぱい載せたトラックの車輪が片方浮いているシーンがありますが、これも表現主義の手法と言えます。

いずれにしても映画『怒りの葡萄』が持つ迫力は、カメラマンが非常に優れていたからだと言えるでしょう。このカメラマンは次の年にオーソン・ウェルズの『市民ケーン』を撮り、革命的なカメラの使い方をしました。たとえば一つの画面で遠くも近くも同じようにピントが合うような撮影をしました。『市民ケーン』は作品賞、オーソン・ウェルズが監督賞の候補になっていますが、実際には賞は獲れず、脚本のみが受賞しました。今日、『市民ケーン』は、世界中の批評家に映画ベスト3を選べといったら必ずその中に挙がるような作品です。それが、上映された年には作品賞も監督賞ももらえなかったというのは面白いことだと思います。同時代の作品の判定は容易なことではないのです。

二〇〇四年七月一一日講演

原　題：*To Kill a Mockingbird*
監　督：Robert Mulligan
公開年：1962
原　作：Harper Lee,
*To Kill a Mockingbird* (1960)

# 『アラバマ物語』

この映画は少し長めで、ここまで長くする必要があるのかと思うようなところもありますが、わりと退屈はしません。そう多くはないのですが、この映画ではキム・スタンレーの演じる語り手が三、四回出てきます。原作をお読みの方はお分かりのように、物語は三年くらいにわたるものですから、映画ではカットされる時間がかなりあります。始まったときには六歳の女の子が終わりでは九歳になっており、その当時の話を、一九六〇年代になって、今や女の子ではなくなった主人公が回想しているのです。

アラン・J・パキューラとロバート・マリガンが組んで作った作品は、左に挙げる四本だけではないのですが、日本に入ってきたのはこれらだけです。

『アラバマ物語』（*To Kill a Mockingbird*）
『マンハッタン物語』（*Love with the Proper Stranger*）
『サンセット物語』（*Inside Daisy Clover*）
『レッド・ムーン』（*The Stalking Moon*）

どういうわけか最初の三作はすべて『～物語』となっています。原題には「物語」に当たるような英語はありません。なぜ「物語」と付けたのかといえば、日本人は『竹取物語』や『源氏物語』などが好きだからでしょう。そういうものに繋がるようなタイトルのほうが良いと、映画会社が思ったのでしょう。

もっとも、パキューラとマリガンの組み合わせの映画以前にも『～物語』と付いた作品はあります。グレゴリー・ペックが一九四六年に出演した映画 *The Yearling* も『子鹿物語』となっています。これは日本で大変当たりました。もっとさかのぼりますと一九四〇年の『フィラデルフィア物語』（*The Philadelphia Story*）があり、一九四七年には『ボストン物語』（*The Late George Apley*）があります。

ついでに申しますと、一九八〇年代あたりから現代に向かうにつれて、映画のタイトルはカタカナが多くなってきています。つまり、原題そのままをカタカナでつけています。昔のように映画会社が凝った日本語の題名を付けることがなくなったのです。カタカナで意味が分かろうと分かるまいと構わず、また場合によっては元の英語を間違った読みでカタカナに直した映画さえ出てくるようになりました。このことは時々問題になっています。やはり日本語らしい題名のほうが良いのではないかと思いますね。そういう意味では『アラバマ物語』も原題通りの『マネシツグミを殺すこと』と訳すよりは良かったでしょう。

一八八〇年、この映画の原作者の父親アマサ・コールマン・リーが、同じアラバマ州でありながら、ハーパー・リーとは違う所で生まれました。その後一九一三年にアラバマ州モンローヴィルに移転しています。このモンローヴィルという田舎町でハーパー・リーが生まれ、映画と原作の中ではメイコームと名前を変えてこの町が登場します。一九一五年、父親が弁護士の資格を取得し、ここで原作小説の父親とだいたい同じような状況になります。

父親は一九二七年から三九年までアラバマ州立法府で法律家として働いていました。一九二九年から四七年には『モンロー新聞』を編集していました。モンローヴィルが週一回くらい出している小さな新聞のようですから、おそらく一人で編集して、一人で出していたのでしょう。

ネル・ハーパー・リーは一九二六年に生まれています。大概はファーストネームとセカンドネームの二つが名前に入ります。ただし多くの人が片方の名前は普段は使わないのです。彼女もネルは落としてしまって、ハーパー・リーとだけ名乗っています。母の名前はフランセズ・フィンチ・リーですが、原作・映画の中での主人公のファミリー・ネームはフィンチとなっています。母方の名前を使っているわけです。一九二八年から三三年の五年ほどの間、トルーマン・カポーティがリー家の隣にやって来て暮らしていました。

晩年になってカポーティが出演している映画がありまして、その一つが『名探偵登場』（一九七六）、原題は *Murder by Death* です。『死による殺人』というふざけたタイトルの、ふざけた探偵もののパロディです。アレック・ギネスやピーター・セラーズなど有名な俳優が出てきます。大金持ちの家にその探偵たちが招待されますが、その大金持ちがトルーマン・カポーティという設定です。

一九五九年、カンザス州のクラッター家殺人事件の記事が『ニューヨーク・タイムズ』紙に掲載され、それがカポーティの注意を引き、ハーパー・リーに同行を依頼して、二人で調査にあたります。これは最終的に『冷血』（*In Cold Blood*）というノンフィクションの小説として一九六五年に出版され、カポーティの長編としては最後の有名な作品となりました。この本にはリーへの献辞がついています。この作品も映画になりました。

カポーティとハーパー・リーとは深いつながりがありまして、カポーティがリー家の隣に暮らしていたのは、そこがカポーティの叔母の家で、夏の間その叔母の家に来ていたからです。映画の中でも原作小説でも、ハーパー・リーのほうが二つ年下で、現実もそのようです。

一九三一年三月にスコッツボロ事件が起こります。九人の黒人青少年が婦女暴行をしたとされましたが、実際にはそうではありませんでした。この訴訟は二十年も続きました。原作の小説は第一部、第二部に分かれており、物語の後半、つまり主に第二部で裁判所の中の描写が出てきますが、リーはこのスコッツボロ事件を参考にして作品の中に取り入れたわけです。

一九四四年から四五年、ハーパー・リーは私立女子大ハンティングドン・カレッジに入学し、その後すぐにアラバマ大学へ転校し、学内の文筆活動に入ります。その後、ロー・スクールに入り、交換学生として一学期間イギリスのオックスフォード大学へ通っています。そして一九四八年、カポーティのほうは小説を発表します。これが『遠い声 遠い部屋』ですが、この作品の中に出てくるアイダベルという人物はハーパー・リーをモデルにしたと言われています。

一九五〇年にハーパー・リーはニューヨークに出てきて、イースタン航空およびＢＯＡＣ（英国海外航空）の事務員となります。

一九五五年には黒人女性がバスの白人席に座ったことから逮捕され、その四日後にバス・ボイコット運動が始まりました。この映画に近い有名な事件です。そしてこのあたりから黒人運動が盛んになっていきます。

一九五八年六月にハーパー・リーは『アラバマ物語』の初稿を完成させて、リピンコット社の編集者ホホフに送ります。これが一九六〇年に出版されるわけですが、出版当初から大変な反響がありました。リテラリー・ギルド推薦、またブック・オブ・ザ・マンス・クラブ選択推薦を受けています。このマンス・クラブには推薦と選択推薦とがありまして、推薦書を会員は必ず購入しないといけないのですが、選択推薦のほうは選ばれた複数の本の中から一冊を選ぶという形式になっています。ほかにも『リーダーズ・ダイジェスト』の簡約本に選ばれたり、イギリスではブック・ソサエティ・クラブ推薦になったりもしました。一九六一年四月にはアラバマ協会賞を受賞しています。

この映画権に関してですが、ロバート・マリガンとアラン・パキューラが購入し、ユニヴァーサル映画に決まります。

そしてグレゴリー・ペックがアティカス・フィンチ役に選ばれました。ハーパー・リーはシナリオを書くことを依頼されましたが断ったので、ホートン・フットが書くことになりました。

一九六一年四月、小説はピューリッツァ賞を受賞します。このとき既に五十万部を売っていました。一九四二年のエレン・グラスゴウ以来の、初めての女性の受賞ということで話題になりました。

一九六二年、完成した映画は八部門のアカデミー賞候補となりましたが、結局は主演男優賞をグレゴリー・ペックが、最優秀脚色賞をフットが獲りました。ある本にアカデミー賞四部門受賞とありましたが、美術監督賞とあわせて三部門ではなかったかと思います。一九六四年にはハーパー・リーの序文付きで、フットの書いた『アラバマ物語』のシナリオが出版されます。また劇化もされ、割合と成功しました。

この頃は何となく「ゆるい」のが流行しているようで、「ゆるキャラ」などはあまり害がないようですから、それは、まあ「よし」としなければならないようですけれど、通訳や翻訳が「ゆるい」と時に問題になりましょう。先日も新聞に有名な米国の環境問題の論客が訪日し、彼がインディアンの「オブジエ族」の出身だと書いている記者がありましたが、私の知る限り、「オブジエ」という先住種族はありません。彼の出身地から察するに「オジブエ」または「オジブウェイ」と表記するのがふつうの種族の誤りではないかと愚考します。（最近はこんなことを注意しても、何の反応もないのがふつうなので私は沈黙していますが。）オジブエについては、その血を引く老人を中心にした優れた探偵小説『血の咆哮』（講談社文庫）も出版されている今日この頃、私は大新聞がそういう「ゆる記者」を養っていることに憤慨する時代離れの人間です。

ところで、この映画『アラバマ物語』の原作の、ハーパー・リーの小説 *To Kill a Mockingbird* の日本語訳『アラバマ物語』は出版されて何年経つのか知りませんが、私がこの映画会のために購入した平成一五年一月出版の暮しの手帖社版は「第三十四刷」と奥付にあり、長期的ベストセラーのようです。それはそれで結構と言わねばならないのでしょうが、私のような時代外れの文学研究の立場にいる者から見ると、少しばかり「ゆる過ぎ」の訳ではないかと感じてしまいます。（国技である相撲の力士のマワシがこの頃「ゆる過ぎ」が多く、どうやら、そのほうが勝負に有利だと考えているらしいのと妙に響き合っています。）

さて、印刷された米国版テクスト（初版）について申します。そこではタイトル・ページの次にミスター・リーとアリスに献呈の文字があります。これは作者ハーパー・リーの両親でしょうが、訳書では省かれています。原本の次のページには英国の作家チャールズ・ラム（訳者はどういう風の吹き回しか、「チャールス」としています）の言葉が引用されています。

Lawyers, I suppose, were children once.

というのですが、邦訳『アラバマ物語』では、これを仮定法のセンテンスであるかのように訳しています。直説法ですから仮定法よりもセンテンスの力は強いので、そのような日本語がほしいところです。Lawyers は「法律家」と訳していますが、「法律家」でいいのか、「弁護士」がいいのか、「法律にくわしい人」がいいのか、気になります。それはどれでも大差なしとして、「法律家にだって子供時代があったのにね」という感じで私は取りますが、「法律家だって、こどもだった時があったろうに」と言われると、何だか教科書の仮定法の文の訳みたいで、「子供だった時は実はなかったのか」などと思ってしまうのではないでしょうか。

原本の次のページには大きく「第一部」とあり、第一二章からが「第二部」です。この区分を訳者は完全に無視していますが、私には不可解です。

原本では九ページから第一部、第一章が始まります。最初のセンテンスは、訳文では――

兄のジェムは、十三になろうという年に、ひじをかなり[1]ひどく骨折したことがある[2]。

原文を見てください――

When he was nearly thirteen, my brother Jem got his arm badly broken at the elbow.

1「かなり」に当たる単語は原文にありません。2「ことがある」は、なくていいのではありませんか。

訳文の次のセンテンスは「一時は、これでもうフットボールもできないのかと……」と始まります。ここで「フットボール」というのはアメリカン・フットボールのことですから、英国の「フットボール」すなわちアソーシエーション・フットボール＝サッカー、あるいはラグビー・フットボールではないことを注にするとか、もし注を入れるのが嫌ならば、「アメフト」とでもすべきではないでしょうか。「アメフト」と「サッカー」ではイメージがまったく違うのですから、それが解るようにすべきでしょう。「フットボール」と訳すのは「蹴鞠《けまり》」と訳すのと五十歩百歩だというのが私の意見です。

次のセンテンスは原文では同じパラグラフの中にあるのに訳文では改行して新しいパラグラフにしています。

しかし、それ以来、ジェムの左手は、わずかだが、右手より短くなった。

とある。傍線の部分は原文にない。さらに「左手」「右手」は原文では left arm / right arm で、この文のすぐ後に hand も出てくるのだから、「左腕」「右腕」とするほうが明解ではないでしょうか。

もう少し訳文を検討しましょう。フィンチ家の先祖サイモン・フィンチは、大西洋をわたって、フィラデルフィアにやってきた。それからジャマイカへゆき、さらにアラバマへきて、モービールからセント・ステファンまでさかのぼってきたのだった。

とあります。傍線の部分は誤訳です。モービールはアラバマ州第二の大都市で、メキシコ湾の中のモービール湾にあります。モービール湾に入る川はいくつもありますが、セント・スティーヴンズ川（ステファンとは言わないと思います）は、その一つなのでしょう。「ジャマイカからモービールへ渡って、セント・スティーヴンズ川を遡って行った」ということでしょう。「セント・スティーヴンズ」は川の名前だから定冠詞が付いていることは、中学生でも The Thames（テムズ川）などという実例と共に教室で習っているはずです。このあと、定冠詞なしの町の名前として「セント・スティーヴンズ」が出てきて、ちょっと紛らわしくはあります。原文は――

…… he worked his way across the Atlantic to Philadelphia, thence to Jamaica, thence to Mobile, and up the Saint Stephens.

おそらく up を up to と読み違えたのでしょう。

これでようやくページが変わって、メソディスト派の創始者の名前が出てきますが、米国では「ウェスレイ」と発音、「ウェズレイ」とは言いません。

長くなりますから、もうやめますが、原文の第一パラグラフだけでもフンドシはだいぶユルイと思いませんか。

少し違った観点から（まだ原文でいう最初のページですが）「ゆるさ」を指摘しますと、原文第四パラグラフで、祖先の英国時代に触れて、原文の a Methodist に当たる言葉が「メソジスト教徒」となっています。「キリスト教（徒）」とか「仏教（徒）」とかは申しますが、キリスト教内部の集団を「～教」とか「～教徒」とか言うでしょうか？ 旧教なら「イエズス教徒」とか、新教なら「コングレゲーショナル教」とか、「メソディスト教」とか言うでしょうか。それぞれ「イエズス会」、「組合派」、「メソディスト派」などと言うのがふつうではないでしょうか。仏教でも浄土真宗の「大谷派」などと言うのに準ずるでしょう。違うと思うなら、それぞれ上智大学、同志社大学、青山学院大学の宗教関係者に訊いてください。私は「メソディスト教（徒）」などとは言わないと断言します。宗教の一派なら何でも「教」という接尾語を付ければ当たらずと言えども遠からずというのは、ゆる過ぎる。しかも宗教に関わりますから、やはり、いい加減にはできないでしょう。鶴見大学の母体である大本山総持寺は曹洞宗（曹は曹渓、洞は洞山《とうさん》の両和尚を指すのでしょうが）で、曹洞教とは言いませんよね。

　脱線しましたが、本題に戻って、この映画の原作を日本語訳で読もうという方は、細かいところにとらわれず、おおざっぱに読むことをお勧めします。もともと小学校の一年生くらいの女の子の心理を追いながら書いているということで、原文も少し冗漫なのです。その冗漫な描写の中に出てくる犯罪者、あるいはまたディルという名前で描かれるいかにもトルーマン・カポーティの幼年時代らしい少年について想像力を働かすというような「ゆる読み」を試みてください。

二〇〇五年七月一〇日講演

原　題：***Moby Dick***
監　督：**John Huston**
公開年：**1956**
原　作：**Herman Melville,**
***Moby-Dick; or, the Whale* (1851)**

# 『白鯨』

この映画の監督が主眼としていたのは鯨を捕るシーンです。大きなピークォッド号から小さな舟に乗り換えて、鯨を追いかけるというところが一番勇壮な山場になっています。映画を作っているとき結構天候が悪く、結局三つの海を使って撮影しています。イギリスのウェールズの近く、ポルトガルの島近郊、もう一つは北西アフリカのカナリー諸島です。映画にふさわしい海の状況が揃わなかったためです。非常に凝り性の監督で、『白鯨』は映画にしたくて十年近くも粘っていた作品です。撮影もさまざまな場所で行なわれ、しかも本来はニセの嵐を使うところを、天候が悪かったので本物の嵐の中で撮影し、けが人まで出しました。

MOBY-DICK; OR, THE WHALE. これが原作初版の文字の書き方です。本の題にこんなふうに句読点を使うことは今日ふつうはありません。WHALE に THE がついているのは、「例のあの鯨」という気持ちです。

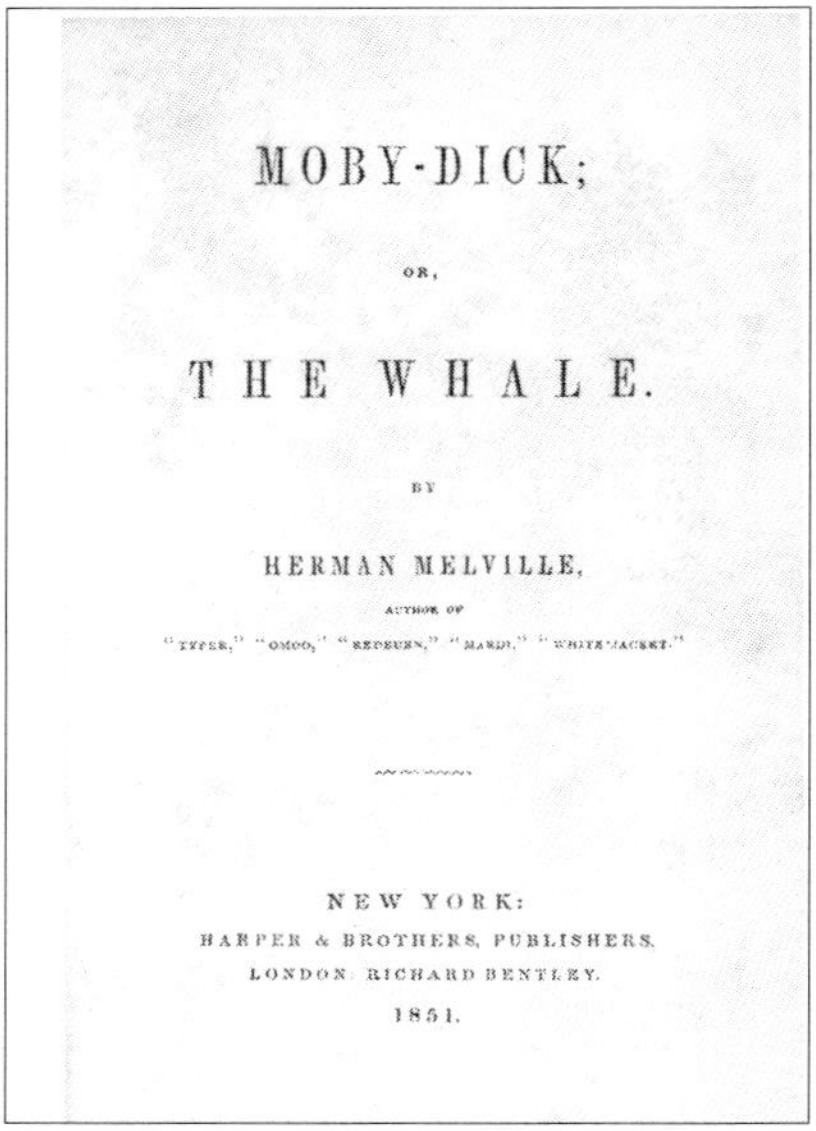

MOBY-DICK;

OR,

THE WHALE.

BY

HERMAN MELVILLE,

AUTHOR OF

"TYPEE," "OMOO," "REDBURN," "MARDI," "WHITE-JACKET."

NEW YORK:
HARPER & BROTHERS, PUBLISHERS.
LONDON: RICHARD BENTLEY.
1851.

▲*MOBY-DICK* の初版の表紙

二週間前（二〇〇六年六月一八日）の朝日新聞に、この映画の監督ジョン・ヒューストンの自伝について大変誉めた書評が載りました。一九八〇年に出版されたもので、当然買っておけばよかったのですが買いそびれていました。朝日新聞より前に、ある広告で『王になろうとした男』ジョン・ヒューストン著、という題名を目にしていました。ジョン・ヒューストンは『王になろうとした男』というシナリオを書き、映画『王になろうとした男』（一九七五）は日本でも上映されましたが、原作はイギリスの小説家ラドヤード・キプリングによるものです。そんなことがあって、この本を私は映画の脚本の翻訳だと思っていたのです。なぜ大きい題名を「ジョン・ヒューストン」にしなかったのか私にはよくわかりません。

これは自伝ですから、ヒューストン自身の意見や感情、自分の映画に出た俳優に対する意見などが書いてあります。『アスファルト・ジャングル』（一九五〇）では、ヒューストンがマリリン・モンローという女優を見つけて、初めて映画に使いました。モンローの最後の作品になった『荒馬と女』（一九六一）もヒューストンが撮ったものです。アーサー・ミラーが原作を書いています。映画を撮りながら、脚本を継ぎ足していったという作品です。ヒューストンがマリリン・モンローという女優をどういうふうに考えていたのかなどがこの本には書かれています。

ヒューストンは文芸映画が多い人ですが、それは彼自身、映画監督になる前は小説を書いたりしていた文学青年だったからです。画家を志して、パリで正式に絵を習ったりもしています。視覚に対する関心の高い人であり、かなり本格的な小説家になろうとしていて、一部では名前が知られていたのです。プロのボクサーとしてボクシングもやっていましたし、馬の障害物競走も大変得意でした。アイルランドのキツネ狩りの専門家が驚くほど、馬の操り方が上手だそうです。

ヒューストンは非常に多彩な人ですから、この自伝もなかなか面白いと思います。自分が撮った数知れぬ作品についても書いていますし、金を出してくれたスポンサーへの恨みつらみも書いています。あとで気付いたのですが、この自伝が出たのも、ヒューストン生誕百年だったからなのです。彼は一九〇六年生まれで、アメリカ人としては長生きをし、亡くなる半年前まで映画を作っていました。最後の作品、日本語名はカタカナで『ザ・デッド』として上映されました。原作はジェイムズ・ジョイスの初期の短編集『ダブリン市民』の中の最後の短編です。活劇が好きなヒューストンにしてはめずらしく、しんみりしすぎるほどしんみりした映画です。この作品を撮っているときにはヒューストンは立って歩けなくて、車イスで監督しました。

八十一歳で亡くなったヒューストンが生誕百年だとは考えていませんでした。正確に言いますと、この人の生まれは八月ですから、来月（二〇〇六年八月）で百年となります。これから上映します『白鯨』という映画を公開したのは一九五六年、今からちょうど五十年前です。生誕百年が今年、二〇〇六年であり、映画はちょうど五十年。奇妙に符号があっているような気がします。

原作者のハーマン・メルヴィルですが、メルヴィルの「メ」にアクセントを置くのと、「ヴィル」の部分にアクセントを置くのと発音が二種類ありますが、どちらかというと今日では後ろにアクセントを置くほうがアメリカ人の間では多いようです。メルヴィルが原作を出版したのは一八五一年です。それがどのような頃かというと、日本で言いますと『南総里見八犬伝』を書いた滝沢馬琴が亡くなって三年くらいといったところです。かなり古いですね。

映画では、大きな文字で Gregory Peck のクレジットが出たあと Richard Basehart, Leo Genn とあって、そのあとの in は、その次に現れる Herman Melville's / Moby Dick につながります。リチャード・ベースハートとレオ・ゲンというのは、今日では忘れられた俳優ですが、この当時はまだかなりよく知られていました。第二次世界大戦中の戦争映画などに出ていた人です。この二人は語り手イシュメルと一等運転士スターバックを演じています。そのあと with とあって、共演者の名前がいっぱい出てきます。

そして Screen Play by Ray Bradbury and John Huston とあります。レイ・ブラッドベリは異色のSF作家です。一九五〇年代にはSFの愛好者の間では彼は傍流だと考えられていたのですが、今日では傍流だという言い方はされず、SF作家ブラッドベリであって、特別な言い方はありません。SFの作家にしては文学性が濃く、たとえば言葉遣いにも引用にも文学的要素が強い人です。彼は早くからヒューストンを尊敬していまして、できればハリウッドでヒューストン監督と一緒に映画を作ってみたいと思っていたようです。最近、ブラッドベリの伝記が出まして、それを読んで分かったことなのですが。ヒューストンは一九五〇年代から六〇年代にかけて、国籍をアイルランドに変えてしまいました。大きい屋敷を購入し、夏になるとそこへ映画界の有名な人たちが避暑を兼ねて来たそうです。ヒューストンはその屋敷にブラッドベリを住まわせて、約半年かかって話し合いを重ねながら、この脚本を書いていったのです。このときのことはブラッドベリ自身が八〇年代に本に書いています。

さらにスクリーンには Color by Technicolor と出てきます。「カラーはテクニカラーによる」というのは当たり前のことで、ハリウッドの映画はテクニカラーという会社のフィルムを使ったものが多いのです。その他にイーストマンカラーなど色々なフィルム会社の名前があるのですが、いちばん広く使われたのがテクニカラーと呼ばれる商品名のフィルムでした。ところがその下に、これはふつうの映画にはないことですが、Color Style created by Oswald Morris and John Huston というのが出てきます。オズワルド・モリスというのは、この映画を撮影したイギリスの撮影技師の名前で、ヒューストンが大変気に入っているカメラマンです。

なぜこんなふうにクレジットに触れたのかと言いますと、ヒューストンは、やっぱりこの映画は昔の話なのだから古いオランダの銅版画のような色の感じを出したいと考えていました。テクニカラーというのは色彩映画の中でも派手な色、非常にアメリカ的な明るい色が出ます。ヒューストンはそうした派手な色にしたくない、渋い色にしたいということで、モリスと協力して特殊なカメラを作りました。ふつうのテクニカラーの色の出た部分と、プリズムのようなものを使って光を屈折させて黒白で撮ったものと、この二つを合成して一つのフィルムに入るようにし、黒味がかった部分を調節しながら、煤けた昔の版画を見るような趣を作りたかったようです。

ヒューストンはこの映画の少し前、一九五二年に『赤い風車』（*Moulin Rouge*）という映画を作りました。最近になってミュージカル映画で『ムーラン・ルージュ』が出ましたけれど、あれとは別です。ロートレックがよく出入りしていたムーラン・ルージュという劇場、その色彩を後期印象派の画家たちが描くようなああいう色調でヒューストンは『赤い風車』を作りました。一九六〇年代になって、彼はまたカラー映画の特殊な作品『禁じられた情事の森』（*Reflections in a Golden Eye*［一九六七］）を作っているのですが、資本を出した会社が反対して、五十本だけヒューストン好みの色にしたけれども、世界中に公開するフィルムはテクニカラーのままでやったという話です。こういうところに画家を志した頃の反映が感じられます。

クレジットが終わると、カメラはニューイングランドの丘を見上げています。その丘の道を一人の青年がカメラのほうへと下っていく。カメラはその青年を追い、鳥の鳴き声が聞こえる。青年が立ち止まり、語り手であるこの青年――イシュメルですが――の声がして“Call me … Ishmael.”と言う。「…」は私が勝手に入れたものです。映画を観ると分かるのですが、“Call me”と“Ishmael”の間にちょっと間《ま》があるのです。つまり「私をこう呼べ」と言ってから、少し考えて「そうだな、イシュメルとしておこうか」という気持ちを伝えるために、ポーズがちょっと入るのです。非常に微妙な間《ま》ですが、これは監督の意志が働いたのだろうと思います。

原作も“Call me Ishmael.”から始まり、有名な部分ですが、これを「少し変わった名だが私はイシュメル、私をイシュメルと呼べ」と解釈するのか「私をイシュメルとでもしておこうか」と解釈するのか、二つの解釈があるのです。ヒューストンは「私の名前は仮にイシュメルとしておこう」という気持ちで読ませています。本名であってもおかしくはないのですが、ヒューストンの立場は、彼の名前は本名ではなく、聖書に出てくる「追放された人間」の名前を借りよう、という気持ちなのです。この頃ではだいたいみなヒューストン的な考え方で、自分の本当の名前を言っていないという解釈をしているようです。

青年はそう言いながら歩き出し、音楽が流れる。青年はどんどん下っていき、道はジグザグ状である。そうするとやがて滝がある。そこでカメラは静止して、降りていくイシュメルを見下ろします。滝の水が川になって流れていく。そこでまた語り手のイシュメルの声がしまして、「何年か前、金もなく、航海に出ようと考えた。憂鬱になったとき――心に十一月の霙が降るとき――私はいつも海に出る」というようなナレーションが出ます。そして川がだんだん大きい流れになっていくのをカメラは追っていく。画面の外から語り手の声が再び聞こえる。「どの道を取ろうと、行き着く先は海だ」「海には人を呼ぶ魔力がある」「丘を越え、川を下り、海へと導く」。遠くに海が見えてくる。「海――それは自分を映し出す鏡だ」「こうしてニューベッドフォードへ」「一八四一年の暮れの土曜日だった」。そしてイシュメルと共にカメラはニューベッドフォードの宿の看板を写します。

ここまでのリズムが非常に良いのです。この監督は初めの部分でリズムを設定するのが非常にうまいのです。原作では第一章と第二章、岩波文庫の最近出た訳でもだいたい二十ページにわたるところをこのようなやり方で導入しています。ヒューストンは本の中で書いています。「私はスタイルを重んじる監督だと言われるが、私は自分がスタイルの監督だと思ったことは一度もない。ただ映画の文法に忠実であろうとするだけだ」。たしかに特殊なスタイルを好むというのではなくて、映画の基本になるような、誰が見ても文句が言えない構築の仕方で映画を作る、そういう腕が達者な人です。

小説『モービー・ディック』は一八五一年に出版され、その表紙の裏側に「その天稟《てんぴん》に対するわが感嘆の徴《しるし》として本書はナサニエル・ホーソーンに献呈される」と印刷されています。この前の年にメルヴィルは初めてホーソーンに会っています。そしてその前からホーソーンの書いた短編については非常に高く評価していました。メルヴィルはシェイクスピアをよく読んでいましたので、キャプテン・エイハブの言葉の中に、『リア王』の一部と大変似た部分が出てきたりします。こういう点に興味のある方はチャールズ・オールソンの『わが名はイシュメイル』（島田太郎訳、開文社出版）を是非お読みください。簡潔で優れた研究書の優れた訳です。

メルヴィルとホーソーンは友達であったことから、年齢を同じくらいに考えがちですが、メルヴィルのほうがずっと若いのです。ホーソーンが『緋文字』を発表したのが一八五〇年で、次の年にメルヴィルは『モービー・ディック』を発表しました。いろいろな考え方がありますが、ある人に言わせると、メルヴィルの作品にホーソーンの『緋文字』の影響が出てきたのは『モービー・ディック』からで、次にメルヴィルは『ピエール』という作品を書きますが、そこにはもっとはっきりとホーソーンの影響が出ていると言います。そうした影響は一方的なものではなく相互的で、ホーソーンが『緋文字』の次の年に発表した『ブライズデイル・ロマンス』にはかなりメルヴィルの影響が見られると言われています。いずれにせよ、彼ら二人は親密な付き合いを一八五〇年の夏あたりにはしていたようです。その後ホーソーンはイギリスのリバプールの領事になってアメリカを出てしまいます。後になってメルヴィルが中近東へ旅行するときにイギリスで二人は出会いますが、そのときには二人の思いは離れ離れになっていたという説が強いようです。

その『モービー・ディック』の最初の部分は、先にも触れたように、“Call me Ishmael.”から始まります。その部分を今までの訳者はどのように訳しているか見てみましょう。一番古いのは阿部知二の訳です。上巻に当たる部分は第二次世界大戦の直前に河出書房から単行本で出て、その後一九四九年に筑摩書房から上中下、三巻本で出ました。それから少し後にその岩波文庫版が出ました。版が変わるごとに阿部さんが訳を直したかというとあまりそういう感じはしません。阿部知二は「第一章」としないで、なぜか「一章　影見ゆ」にしている。岩波文庫に入れるときになぜ「第一章」としなかったのか不思議に思うのですが。岩波では上中下となっていますが、その中巻ではきちんと章の前に「第」がついているのです。いずれにしても、最初のセンテンスは「私の名はイシュメイルとしておこう。」となっています。

阿部知二訳の次に出たのが田中西二郎訳で、これは初版から新潮文庫に入っています。ハードカバーでは出しませんでした。一時期、この出始めの部分が少し問題になりました。「まかりいでたのはイシュメエルと申す風來坊だ。」と訳してあります。「まかりいでたのは」というのは狂言の決まり文句の一つです。例えば「まかり出でたる者は、越後の国のお百姓でござる」(『佐渡狐』)。その狂言の調子を田中さんは取ってきたのだろうと思います。それなら全体が狂言の太郎冠者風に訳してあるのかというとそうでもありません。阿部さんはヒューストンの考えと同じで、仮の名前としてイシュメイルとしている。ところが田中さんは仮の名前としては訳していない。それから大分後になってまた新しく訳が出ます。集英社から幾野宏さんの訳で出ました。「わたしの名は、イシュメイルとしておこう。」読点《とうてん》を入れたのは間《ま》を作るつもりだったのかもしれません。いずれにしても阿部さんの訳と近いです。最近のものでは、千石英世さんの訳で「イシュメール、これをおれの名としておこう。」、これもだいたい阿部訳と同じです。それが出た四年後、前の阿部さんのものを廃版にしてしまって、八木敏雄訳で岩波文庫から新しい版が出ました。「わたしを「イシュメール」と呼んでもらおう。」とあります。だいたい阿部さんと同じですね。

原文に drizzly November in my soul という言葉が出てきます。「わたくしの魂の中の、小雨の降る十一月」。メルヴィルは散文を書かせると詩のようになり、詩を書かせると散文のようになる傾向があります。これは、まるでシャンソンの歌詞のようです。ここの部分を阿部さんはどのように訳しているかというと「心の中にしめっぽい十一月の霖雨が降る時」となっています。田中さんは「こころのうちに十一月の濕つぽい糠雨の降りつづくとき」としています。幾野さんは「雨のそぼ降るじめじめした十一月のような気分が続くとき」としています。千石英世さんは「冷えびえとした十一月の雨が心のなかに降りしきるとき」、一昨年、二〇〇四年に出た八木敏雄さんの訳ですと「こころに冷たい十一月の霧雨《きりさめ》がふるとき」になっています(以上、傍点筆者)。

つまりここでどういうことを私が言いたいかと言うと、原文で my soul「魂」と言っているのです。みんな「魂」と訳していません。心とか気分とか、そういった言葉になっている。ところがメルヴィルというのは実は「魂」を問題にする人なのですよ。その肝心なところを「心」にしてしまうのはなにごとかと思うのです。もちろん英語の中には、そうした目に見えないものについては日本語にないものがあります。仕方なしに日本語で手近なものを選んで訳すしかないということもあります。だが「魂」という言葉は昔から日本にもあるわけです。

日本文学の関係者がよく引用する辞典は、大槻文彦が編集した『大言海』です。この辞書で「魂」を引くと、名詞としてこういうことが書いてあります。第一に「動物の身に生得に宿れる知感にて、心の働きを司る力と称せられるもの。心の主。ときとして身を離るるに、人死すれば、身は地に帰し、魂は天に帰しなど言えり。これ心との差なり」。大槻さんはこう書いていて、日本ではだいたい古くからこうした考え方でした。大槻さんは例題としては『万葉集』などを挙げています。

この考え方は英語の世界でも同じなのです。soul というのは、我々が死んだあとでも、しばらくは地上にいて、それから天へ昇る。琉球では魂のことを「まぶい」と呼んでいます。「まぶいおち」という言葉があって、それは「ショックで魂が抜けたような虚脱症状」と半田一郎さんの編集した『琉球語辞典』には書いてあります。「まぶいぐい」というのは「まぶいおち」した人に水や食べ物を与えて、魂をたて直し、喝を入れることです。シャーマンのような人がそういうことをしたようです。また「まぶいわかし」という言葉もあります。生きている人の魂があの世へ連れ去られないように、死者の魂と生き残った人の魂を引き分ける人のことを言います。

日本には万葉時代から soul に当たる言葉があるのです。それなのに、なぜその言葉を避けて訳さなければならなかったのか。阿部さんの訳で私が一番気になるところです。訳はだいたい十一種類くらいあるようですが、どれも阿部さんの訳に近いようです。昔から翻訳では、前に他の人の訳があるときには、それを自分の好きな言葉に変えて出す人もいます。

阿部知二さんは翻訳家としてよりは小説家として有名です。戦前の小説家としては「インテリ作家」として有名でした。『冬の宿』という小説が売れまして、映画化もされました。主として戦後になってから翻訳をいろいろと出し始め、エミリー・ブロンテの『嵐ヶ丘』やバイロンの詩を訳しています。岩波の少年少女文庫では『ガリバー旅行記』も出しています。アメリカのものですと、共訳ですがサンタヤナの『最後の清教徒』などを訳しています。メルヴィルとバイロンの伝記は研究社から戦前に出しています。一九二〇年代に東京大学へイギリスから教えに来ていた、後の桂冠詩人エドマンド・ブランデンが講義を行ない、その中でメルヴィルを取り上げているのですが、そこで阿部知二はメルヴィルのことを教わっているのです。

なぜブランデンがメルヴィル、それも *Moby-Dick* を主に論じたかと言うと、一般にアメリカよりもイギリスでわりによく読まれたからでしょう。*Moby-Dick* は、一八五一年に最初にイギリスの出版社から出されて、その後すぐにアメリカでも出版されます。当時の習慣としてイギリスとアメリカの両方で出したのです。アメリカだけですと版権を払わないで勝手に英国で出版してしまうということがあったためです。マーク・トウェインの時代になってもまだそういう風潮が残っていて、トウェインも不満を口にしています。そうしたことを防ぐために、まずイギリスへ連絡して出版元を決め、その後アメリカからも出したのです。

しかしながら、アメリカの作者がイギリスまで行って校正をするわけにもいかないので、イギリス版はかなりひどいものでした。『モービー・ディック』でもイギリス版では最後のエピローグの部分がすべて省かれてしまっています。十四、五年前にNHKラジオで私がヘミングウェイの『老人と海』を扱ったとき、値段が安いからという理由で、私の意見など訊かずに英国のペンギンブックス版をNHKはテキストにしてしまったのですが、届いたテキストを見てみると、最初の部分ですでに一行抜けているのです。二〇世紀になってからもイギリスはアメリカの作品をきちんと見て印刷しているとは思えません。少なくとも、昔の作品に関して言えば、やはりアメリカの作品はアメリカ版のほうが良いように思います。

メルヴィルはアメリカではなかなか認められませんでした。彼が亡くなったとき、一般大衆はほとんど彼を忘れていました。その彼をもう一度掘り出したのが、当時コロンビア大学大学院の学生だったレイモンド・ウィーヴァーでした。彼は一九二〇年代にメルヴィルを扱って、それを博士論文にしようとしたのです。しかしメルヴィルの論文は学位授与を拒否されてしまいます。論文はその後、本として出版され、それをおそらくブランデンは読んでいたのだろうと思われます。それで東大英文科でメルヴィルを講義したのでしょう。少し論点がずれました。阿部さんは、なぜ soul を「心」としたか？阿部さんが最初に日本語訳『白鯨』を出した頃の日本は軍国主義が日本じゅうをおおっていた時期で、「大和魂」で世界を征服するような気運が弥漫《びまん》していました。何かと言えば「魂」「魂」の連発でした。それに対する反撥が「魂」を避けて「心」にしたんだと私は思っていました。ところが戦後版でもやはり「心」なのです。そうなると、これはインテリとして「魂」などという言葉は、できれば避けたいという態度の表明としか解釈できません。それに追随する訳者が十人一色で存在することも私には吐気をもよおさせます。

もう一つ、翻訳について。映画では、嵐の中、聖エルモの火が方々で青白く燃える時、エイハブ船長は自分の手にする銛の光るのを見て恐れることなく一挙に拭い消しながら、強固な意志を表明します。その台詞は、映画と違って原文ではずいぶん長いものです。その長い台詞の一部を引用します。原文の引用はすべて今日もっとも権威あるノースウェスタン・ニューベリ版の『モービー・ディック』（一九八八）を使いました。あわせて、阿部知二と八木敏雄の、新旧の訳をご覧ください。その次が、千石英世訳『白鯨』を渡辺利雄さんが書評したものの一部です。この書評を読んで、八木敏雄さんは渡辺訳に従ったようです。

Oh! thou clear spirit of clear fire, whom on these seas I as Persian once did worship, till in the sacramental act so burned by thee, that to this hour I bear the scar; I now know thee, thou clear spirit, and I now know that thy right worship is defiance. To neither love nor reverence wilt thou be kind; and e'en for hate thou canst but kill; and all are killed. No fearless fool now fronts thee. I own thy speechless, placeless power; but to the last gasp of my earthquake life will dispute its unconditional, unintegral mastery in me. In the midst of the personified impersonal, a personality stands here. (Chapter 119 "The Candles")

おお、透き通った火の透き通った霊よ、わしは前にも海上で、ペルシア人のようにお前を拝んだものじゃが、その礼拝でしたたかお前に焼かれ、今までも傷痕は残っておる。今こそ、わしはお前を知ったぞ、透き通った霊よ。お前を正しく拝もうと思えば、お前に逆らうにかぎるのだ。お前は愛にも尊敬にも動かされはせぬ。憎むとなれば、殺すことしか知らぬ。そしてお前は片っぱしから殺す。いま、お前の前に立っとるのは、向う見ずの阿呆などではないぞ。わしはお前の不可思議な、遍在する力の強さはみとめる。だがな、その力がわしを無条件に完全に押えつけようとでもするならば、わしの地震さながらの生命の、最後の一息までも、争うのだ、人間ながら非人間とも見える、その只中に、人格が突っ立てておるのだぞ。（阿部知二訳、岩波文庫、一九五七年）

おお、汝《なんじ》、きらめく火のきらめく霊よ、わしは、海にあって、かつてペルシャ人が汝を崇拝したように汝をあがめ、その秘蹟の儀式のもなかに汝の火によって焼かれ、その傷跡はまだわしの体にのこっておる。おお、汝、きらめく霊よ、正しき信仰が挑戦であることを、わしはいまにして知る。愛に対しても崇拝に対しても、汝はこころ動かされることなく、憎しみに対してとおなじく、死をもって応じるのみ。汝には、ただ殺戮《さつりく》の応報あるのみ。いまでは、どんな愚か者も汝に反抗しようとはせん。わしのなかにも、汝の言語を絶し、場所を絶した力がある。しかし、その力がわしを無条件かつ全面的に支配することに対しては、わしは自分の、地震にも比すべき全エネルギーをふりしぼって抵抗してみせる。この人格化された非人格とも言うべき自然の脅威のもなかで、わしはひとつの人格として立つ。（八木敏雄訳、岩波文庫、二〇〇四年）

ここでMelvilleは一体何を言おうとしているのか。邦訳では、“the personified impersonal”を話者の「肉体」ととるものと、「外界」とみるものに二分できそうだが、この“in the midst of”というのは、話者を取りかこむ状況（群衆とか嵐など）の中にということで、語学的に前者は正しくないだろう。では、その外界の状況とは何か。私見では、稲妻だと思う。つまり「非人間的な自然が人間的な形をとって現れた稲妻の真っ只中に、人間であるエイハブが立っている」というのである。もしそうだとしたら、翻訳を読んだ日本の読者にそれが伝わるだろうか。
（渡辺利雄、『英語青年』研究社、二〇〇一年四月号）

次に九三章から、一部を引用します。短艇から鯨に銛を打ち込み、鯨が暴走すると短艇も猛烈な速度で突っ走る。そのために黒人少年ピップはスタッブの短艇から海に振り落とされ、それ以来異常な心理状態にある。長時間海面に浮かんでいた状況は次のように説明されます。最近の『白鯨』のテレビ版ではこの場面は入っていますが、この映画では省かれています。なぜ私がこの章を取り上げるかと言うと、渡辺利雄さんはここを問題にしていませんが、この部分は非常に難しいのです。これは私が訳したものです。他の人たちのものも見ましたが、どうも変なのです。メルヴィルの文章がいかに七面倒臭いかという例です。

By the merest chance the ship itself at last rescued him; but from that hour the little negro went about the deck an idiot; such, at least, they said he was. The sea had jeeringly kept his finite body up, but drowned the infinite of his soul. Not drowned entirely, though. Rather carried down alive to wondrous depths, where strange shapes of the unwarped primal world glided to and fro before his passive eyes; and the miser-merman, Wisdom, revealed his hoarded heaps; and among the joyous, heartless, ever-juvenile eternities, Pip saw the multitudinous, God-omnipresent, coral insects, that out of the firmament of waters heaved the colossal orbs. He saw God's foot upon the treadle of the loom, and spoke it; and therefore his shipmates called him mad. So man's insanity is heaven's sense; and wandering from all mortal reason, man comes at last to that celestial thought, which, to reason, is absurd and frantic; and weal or woe, feels then uncompromised, indifferent as his God. (Chapter 93 "The Castaway")

全くの偶然から、本船がようやくピップを救出した。しかしその時以来この黒人少年はデッキを白痴のように動きまわるのだった。少なくとも、みんなは白痴だと言った。海は愚弄するように彼の有限の身体を浮かばせておいたが、彼の無限の魂を殺したのである。しかし完全に殺してしまったのではない。そうではなくて、生きたまま、不思議な深みへと沈めていき、そこでは歪みのない原初の世界の奇妙な外見のものどもが、彼の、なすすべ知らぬ眼の前を、右へ左へ浮遊した。そうして《叡智》というケチな人魚が隠しておいた宝の山を見せてくれた。そうして喜ばしい、無情な、いつまでも若い《永遠の真理》の中にピップは見たのだ――広大きわまりない、神のように遍在するサンゴ虫たちが波の天井から巨大な有機体を隆起させるのを。神のおみ足が織機のペダルに載っているのを見て、それを語った。かくてピップの仲間は彼を狂っていると言った。そういうわけで、人間界の狂気は天界の正気である。そうして、あらゆる人間の理性から外れていって、人間はついに、あの天界の思いに到達するのだが、その天界の思いとは、理性から見れば、バカげていて、狂っている。そうして、幸か不幸かは知らぬが、人間はその時、傷つくことなく、頓着することなく、神のように感じるのだ。

今回メルヴィルを取り上げるにあたって、最初は意識していなかったのですが、今年（二〇〇六年）がヒューストンの生誕百年であったわけです。私自身考えてみますと、一九六〇年代に日本に帰ってきて最初にアメリカ文学の研究発表をさせられたのがメルヴィルの作品についてでした。しばらく私はメルヴィル専門家ということになっていました。そのとき研究に使ったのはメルヴィルの短編で、その中に出てくるメルヴィルの考え方がいかに二〇世紀の詩人T・S・エリオットの『荒地』のようなものと近いかということを言いました。一九六八年だと思いますが、レイ・ブラッドベリの新しい短編集が出まして、私の親しい友人である吉田誠一さんが訳すことになり、私の名前は出さない約束で、私もそれを半分訳すことになりました。そのときにブラッドベリはＳＦ作家だけれども、おもしろい文学的な人だなと思いました。一九六六年までアメリカにいた私が日本へ帰ってきて最初にやった仕事がメルヴィルとブラッドベリだったのです。それも非常に不思議な縁であったと思っています。

二〇〇六年七月九日講演

# 『アッシャー家の末裔』、『世にも怪奇な物語』の「影を殺した男」「悪魔の首飾り」

**原　題**：*La Chute de la Maison Usher*
**監　督**：**Jean Epstein**
**公開年**：**1928**
**原　作**：**Edgar Allan Poe, "The Fall of the House of Usher" (1839)**

**原　題**：*Histoires extraordinaires*
**監　督**：**Louis Malle & Federico Fellini**
**公開年**：**1967**
**原　作**：**Edgar Allan Poe, "William Wilson" (1839) "Never Bet the Devil Your Head" (1841)**

台詞が英語のポウの映画はいくつもありますが、アメリカで作られたポウの映画はあまり評判がよくありません。もともとポウはアメリカでは評判の悪い作家でした。根本的な理由としては、ポウはキリスト教的な倫理にとらわれることがないためです。今日ですらアメリカではダーウィンの『進化論』を認めず、聖書の『創世記』を信じる人の割合が高いのですから、ポウの評価が低いのも当然です。

ポウはキリスト教が一般的でない日本では明治時代からよく読まれていました。谷崎潤一郎は初期にはポウの影響がはっきり見られるような作品を書いています。潤一郎の弟である谷崎精二さんは鶴見大学で教授をされ、またポウ全集を出していらっしゃいますが、あるとき精二さんに、谷崎潤一郎さんはポウのどんな作品を熱心に読まれていたのかお訊ねしたところ「兄はポウの作品をすべて読んでいて、どれということはない」とのことでした。昔の人で、英語を読めるならば、ポウは短編ですから好んで読まれたのではないでしょうか。しかもポウの短編にはしばしば上田秋成『雨月物語』所収の短編のような怪奇趣味が見られます。

谷崎精二さんが訳されたポウ全集というのは、日本とアメリカの戦争が昭和一六年一二月八日に始まってから後にも何冊か出版されています。最後の配本は、終戦間近とはいえ戦争の激しい頃に出ているのです。アメリカの作品などを訳して出すとはなにごとだと怒られそうなところですが、それでも出たのは、ポウの熱心な読者がいたからなのでしょう。

今回の『アッシャー家の末裔』という邦題の、一九二八年にフランスで作られた映画は、ジャン・エプスタンが自分の独立プロダクションを起こしての第一作です。今日ではエプスタンより有名なルイス・ブニュエルがこの映画で助監督を務めていますが、映画のクレジットには出ていません。後に独立して映画『アンダルシアの犬』（一九二八）を撮りました。世界的に有名になったシュールレアリズムの作品です。

ブニュエルは、エプスタンにアベル・ガンス（長編映画『ナポレオン』で有名な人です）を手伝うように言われ、ガンス嫌いのブニュエルはエプスタンと離れ、友人のサルバドール・ダリにシナリオを手伝ってもらいながら、『アンダルシアの犬』を作って世界を驚嘆させます。『アッシャー家の末裔』での経験も役立ったに違いありません。

この映画の原題は *La Chute de la Maison Usher* で、ポウの原作 “The Fall of the House of Usher” の直訳ですが、the House of Usher は、アッシャーの「屋敷」の意味と、アッシャーの「ファミリー」の意味を兼ねるので、日本での上映に際してはファミリーの意をこめて「末裔」という訳語を選んだのでしょう。日本での封切りは一九二九年七月、武蔵野館においてでした。古い名画の上映館を調べますと、新宿の武蔵野館で上映されたものが意外に多いんですね。小学校に入ったばかりの頃、私は父に連れられて、ときどきその武蔵野館の、大ホールではなく、地下の映写場へ行ったのを思い出します。地下ではニュース映画と短編などを上映していました。ここでディズニーのシリー・シンフォニーの一編『丘の風車』（一九三七）を観て感激した記憶があります。太平洋戦争後も、この映画館はほぼ昔のままで残っていて、懐かしの地下で私はソビエトの『モスクワの音楽娘』（一九四一）という軽い劇映画などを観ています。

しかし映画は「アッシャー家の崩壊」だけではなく、「楕円形の肖像」（"The Oval Portrait"）と「ライジーア」（"Ligeia"）の要素を加えています。そのほかに詩「アナベル・リー」（"Annabel Lee"）の要素が島の中に「おくつき」を設定したことにうかがわれます。島の中に遺体を安置するというのがアングロサクソンの病的な夢であると黒人作家イシュメル・リードは言いましたが、最近では英国のダイアナ妃も実家の広い庭園の中にある島の「おくつき」に安置されているということで、それに感動する日本人もいるかもしれませんが、やはり病的な感じを免れ得ません。

出演者は、今日のわれわれには馴染みのない人ばかりです。ロデリック・アッシャーを演じるのはジャン・ドビュクール、マデライン・アッシャーを演じるのはマルグリット・ガンス（この人はアベル・ガンス夫人です）。原作ではマデラインはロデリックの妹ですが、この映画では「楕円形の肖像」の要素を加味して、ロデリックの妻になっています。訪問者（原作と同じく姓名不詳）を演じるのはシャルル・ラミです。なお原作では訪問者は語り手でもあり、ロデリックと同年輩ですが、この映画では、目が悪くて耳の遠い老人になっています。その理由は幾つかあるのでしょうが、この人物は虫眼鏡を使わなければ文字も見えにくく、耳もよく聞こえない設定になっています。原作では訪問者が馬に乗って沼越しにアッシャー家の建物を遠望するところから始まりますが、映画では訪問者が馬車屋に来て、嫌がる御者になんとかアッシャー家の近くまで連れて行かせるという設定に変えています。訪問者を老人に変えたので、一人で行くわけにいかないということのほかに、アッシャー家の辺りの湿った空気を嫌う住民の感情を示します。また原作ではこのアッシャー家がどんなふうに見えたかを、微に入り細に入り描写しています。冒頭の文章も During the whole of a dull, dark, and soundless day in the autumn of the year...（「その年も秋となり、どんよりとして、うすぐらく、音ひとつなき日のひねもすを……」）とDの音が効果的に使われています

ポウの文章は大変技巧が凝らされたもので、イギリスでもアメリカでもそういう技巧の目立つ文章は好まれませんでした。オールダス・ハクスリーはポウの文章を「成り上がり者の文章」と評しました。「成り上がりの金持ちの女性が十本の指全部にダイアモンドの指輪をはめているようだ。一つだけなら良いが、全部では見ているほうがうんざりしてしまう。

ポウの文章はそれに似ている」と書いています。殊にイギリス人はミルトンの『パラダイス・ロスト』の文章が詩としては素晴らしいと考えているのですから、ポウの文章は凝ってはいるが、俗っぽく聞こえるのでしょう。

ポウは生まれてすぐに両親を亡くします。生まれはボストンですが、ヴァージニア州の金持ちの商人であるアラン家の養子となります。ここに大学生の頃までいたのですが、その頃から義父と仲が悪くなって別れてしまいました。ポウが亡くなったのは一八四九年です。

それまでアメリカ文学なるものはアメリカの大学でもあまり扱われなかったのですが、第二次世界大戦頃から愛国心昂揚の波とともにアメリカにはアメリカの文学があるのだという意識が強まり、大学でそれを学べるようになってきて、F・O・マシーセンの『アメリカン・ルネッサンス』（一九四一）が出版されるようになりました。しかし、この本のなかにポウは出てきません。『アメリカン・ルネッサンス』は戦争が始まる頃に出版されたものなので、アメリカの愛国的な文学を主点に持ってきて非愛国的文学を押さえているようです。いったいにアメリカ人に好まれないような作家は軽んじられる傾向がありました。また、アメリカではこんなに素晴らしい作家を輩出しているのだと誇張しているようにも読める本なので、私は『アメリカン・ルネッサンス』という本が好きではありません。

ポウの短編“Ligeia”は、アメリカ文学者以外の訳では「リジーア」とカナ書きされることが多いですが、米国人はふつう「ライジーア」のように読んでいます。この作品は舞台がヨーロッパに据えられていますから外国風に「リジーア」と読むのも理にかなっているかもしれません。ある男が貴族の娘ライジーアと結婚するのですが、彼女が亡くなり、その後ロウィーナと結婚します。しかし彼女もまた亡くなるのですが、ライジーアの魂がロウィーナに乗り移って、ライジーアになったという話です。この作品から、死者が生き返るというアイデアを借りて、映画『アッシャー家の末裔』は作られています。

映画の中でアッシャーが絵を描いていますが、そのアイデアは別な短編「楕円形の肖像」から得たものです。画家は妻をモデルに肖像を夢中になって描いていますが、だんだんと妻からは生気が失われ、その生気が絵の中へ入っていきます。最後には妻は死んでしまうという物語です。

有名な詩「アナベル・リー」の一節を左に載せておきます。映画の中で、棺おけが船で運ばれていきます。監督は言っていませんが、このイメージは「アナベル・リー」から来たものだと思います。

And this was the reason that, long ago,
In this kingdom by the sea,
A wind blew out of a cloud, chilling
My beautiful ANNABEL LEE;
So that her high-born kinsman came
And bore her away from me,
To shut her up in a sepulchre
In this kingdom by the sea.

それゆえのこと、その昔
海のほとりの王国に
一片の雲あらわれて、風吹きおろし
美しいアナベル・リイを凍《こご》えさせ
彼女の高貴な親族たちは
ぼくのもとから彼女を運び
海のほとりの王国の
墓所に納めてしまいます

これは昔私が訳したものですが、ハクスリーの言うように、いささか安っぽい調子のよさをなるたけ日本語訳でも移してみようと思って七五調を使いました。のちに八木敏雄さんがこの訳を使わせてくれと言うので、そうしたことがあります。

二つ目の映画『世にも怪奇な物語』は、第一話「黒馬の哭く館」、第二話「影を殺した男」、第三話「悪魔の首飾り」から成るオムニバス映画です。ここでは時間の関係で第一話は省略し、第二話と第三話を上映します。

第二話「影を殺した男」にはフランスの有名な俳優アラン・ドロンとブリジッド・バルドーが出ています。この原作

"William Wilson"は、ポウには珍しい、良心を問題にした、ドッペルゲンガー（自分の分身）もので、ドイツのロマン派のE・T・A・ホフマン（一七七六ー一八二二）などが得意としたものの影響を受けていると思われます。少年時代の全寮制私立学校の描写は、ポウ自身が勉強した英国の学校の面影があると言われています。

第三話「悪魔の首飾り」がもっともよくポウの「こころ」を汲み取った、さすがはイタリア映画の巨匠フェリーニ監督だと言うべき作品です。フェデリコ・フェリーニは、この映画を作るまでに『白い酋長』（一九五二）、『青春群像』（一九五三）、『道』（一九五四）、『崖』（一九五五）、『カビリアの夜』（一九五七）、『甘い生活』（一九六〇）、『魂のジュリエッタ』（一九六五）などを監督しています。

フェリーニの「悪魔の首飾り」は、「エドガー・A・ポウの短編「悪魔に首を賭けるな」を映画的に自由に翻案したもの」です。わざわざタイトルにそう断ってから、共同脚本のザッポーニと一緒に大いに即興も入れながら作っていったようです。主人公のDammitは発音が"Damn it!"（「ちきしょうめ、地獄へ堕ちやがれ！」）という罵りの言葉と同じで、ポウがふざけながら、時には自嘲しながら書いたものです。そんなポウの気持ちと、この映画化のオファーを受ける頃まで、フェリーニが医師の誤診がもとで長らく危篤状態のまま病院で死と向かい合ったことも、この映画に反映しているでしょう。

フェリーニは初め主演に英国のピーター・オトゥールを考えたのですが断られ、テレンス・スタンプ（一九三九ー）を選びました。日本ではあまり評価されていませんが、英国の俳優・監督として有名なサー・ピーター・ユスティノフが、ハーマン・メルヴィルの最後の作品『ビリー・バッド』を映画化しようとして、無垢を擬人化したような主人公の水夫ビリー・バッド役を演じさせるために発見した若者でした。映画『ビリー・バッド』（一九六二）は好評で、特にスタンプの演技はすばらしいものでしたが、その後はあまり幸運に恵まれず、この映画の頃は酒や麻薬に溺れていたという説もあります。

フェリーニのスタンプへの注文は一つだけ。「顔をポウに似せるように、ただしチョビ髭なしのポウに」ということでした。映画は全編フランス語ですが、一カ所、スタンプが英語で『マクベス』の五幕五場をそらんじるところがあります。

この第三話の原作“Never Bet the Devil Your Head—A Tale with a Moral”「悪魔に首を賭けるな——教訓ある物語」は、“One fine day, having strolled out together, arm in arm, our route led us in the direction of a river.”(「ある晴れた日に、腕を組んで私たちは散歩に出かけ、道筋は河のほうに向かいました。」)という一文から物語が始まります。こうした「ある晴れた日に」などという文から始まる物語はたいてい悪く終わると言われています。映画でダミットが子供の頃に母親にぶたれたという話が出てきますが、これは原作でも出てくる部分で、「彼女は運悪く左利きでありまして、子供は左利きの手で打たれるくらいなら、打たれないでいたほうがマシなのです。世界は右から左へ回転します。赤ん坊に左から右へ鞭打つのではいけません。正しい方向へ、一打ちするごとに、邪悪な性癖を追い出すものなら、反対方向へ打つたびに、相当した邪悪さが打ち込まれる、ということになります」とあります。こういう、はっきりとフザケタことがわかる作品は、日本で翻訳されてはいますが、あまり日本の読者には好まれなかったようです。

二〇〇七年七月一九日講演

原　題：*The Da Vinci Code*
監　督：Ronald Howard
公開年：2006
原　作：Dan Brown,
*The Da Vinci Code* (2003)

# 『ダ・ヴィンチ・コード』

原作を読んでいなくて、映画も初めてという方のために、少しこの映画の出だしについてお話しておきたいと思います。

パリのルーヴル美術館はたいてい午後六時に閉館しますが、映画の最初のシーンはその時間からだいぶ経った頃合いです。キュレイターのジャック・ソニエールが何者かに追われ、暗い美術館の中の廊下をこちらへと逃げてきます。このときスクリーンに絵画の一部が映りますが、これだけで何の絵か分かる人は大したものだと思います。キュレイターは原作でも映画でも日本語版は「館長」と訳していますが、これは少し問題があります。curator を『小学館ランダムハウス英和大辞典』は「(博物館・美術館・図書館などの) 館長；(その各部門の) 部長」としていますが、館長はふつう director と言う。『研究社新英和大辞典』は「(博物館・図書館などの) 管理者、館長、主事、学芸員」としています。この単語は語源的に cure（世話する、注意する、保存する）に由来します。*New Oxford Dictionary of English* は "a keeper or custodian of a museum or other collection" と定義しています。日本では、ふつう、学芸員と言っていると思います。いつかテレビのヒストリー・チャンネルでルーヴル美術館の "associate curator" という肩書きの人がギリシャ彫刻の話をしていましたが、大学の "associate professor"（準教授）に準じて「準学芸員」というものもあるのでしょう。最近の『ニューヨーク・タイムズ』紙によれば、メトロポリタン美術館では、館長は一人、キュレイターは一〇四人ということです。ルーヴル美術館はメトロポリタンと違って、キュレイターの数は少なく、その権力は大きいらしいですが、美術のジャンルごとにキュレイターが責任者となり、作品を研究し、保存を考えるのでしょう。館長は全体の運営方針を考えてゆく administrator でしょう。館長は一定部門の美術を専門にする必要はないのです。

ソニエールというキュレイターは実在しませんし、ルーヴルでこんな事件があったわけでもありません。追いかけている男はサイラスという修行僧で、実在するカトリック系の宗教団体「オプス・デイ」（研究社の『リーダーズ英和辞典第二版』によれば、スペイン人の神父が一九二八年に設立した信徒の会）に属している設定となっています。サイラスは美術館の絵を盗もうというのではなく、キュレイターからあることを聞き出すために追っているのです。ソニエールはグランド・ギャラリー（大展示室）まで逃げると、絵の一つを壁から外します。すると自動的に鉄格子が下がって、賊は外へ出られなくなるという仕組みです。実はルーヴルにはそういう仕組みはないそうですが。

映画は実際にルーヴル美術館を使って撮影されています。ダ・ヴィンチの作品などは損傷を避けるために映画には複製が使われたそうですが、廊下や建物などにはすべて本物を使用しており、それがこの映画の見所の一つとなっています。ロンドンでもスコットランドでも、だいたいは本物の建物を使用していますが、唯一許可が下りなかったのがウェストミンスター・アビーで、外観だけ撮影して、中はリンカーン大聖堂を使ったそうです。

映画は決して難しいわけではないのですが、シークエンスが短く、登場人物の過去の出来事やヨーロッパの歴史をフラッシュバックするので、場面の切り替えに戸惑うこともあるかもしれません。しかし、こうした切り替えは長い物語を短く映画にまとめるのに効果的な手法です。市川崑監督は横溝正史の探偵小説をいくつか映画に撮っていますが、そのシリーズの最初の時にとても上手にその手法を利用していたと思います。これはルイス・ブニュエル監督の映画『昼顔』（一九六六）から着想を得たのではないかと私は思うのですが。

パリに滞在中のハーヴァード大学の宗教記号学教授、ロバート・ラングドンがフランスの警察から呼ばれます。ルーヴル美術館へ行くと刑事が待っていて、エレベーターで降りるよう促されます。そのときラングドンは躊躇してエレベーターになかなか乗りません。乗ってからも様子がおかしい。閉所恐怖症であることはすぐに分かりますが、なぜその恐怖症になってしまったのか映画では大分後になって、フラッシュバックによって、はっきりと描いています。

エジプト、ナイル河上流のナグ・ハマディという町で、農夫が貴重な十三巻の写本（教皇の命によって消滅したギリシャ語の福音書のコプト語訳）を発見しました。特に「グノーシス主義の福音書」と呼ばれる『トマスによる福音書』、『ピリポによる福音書』、『マグダラのマリアによる福音書』などの発見は世界をあっと驚かせました。それらによってイエスがマグダラのマリアを連れとして愛したことや、口づけやら、それを見た弟子たちの嫉妬などがはっきり書かれています。（『トマスによる福音書』のトマスはイエスの双子の弟だとされています。）

映画でティービングは、『マグダラのマリアによる福音書』によれば、イエスはペテロにではなく、マリアに教会の基盤をつくるよう言った、と言いますが、『マグダラのマリアによる福音書』にはそこまでは書いていませんし、イエスの死後の彼女の生き方を命じてはいません。そこらは問題ですが、マグダラのマリアがかつて言われたように売春婦でないことははっきりしています。教皇は一九六九年、ついにマリアは娼婦ではないと言明して、それまでの娼婦説を否定しました。

結局のところを言えば、物語は女性性の神聖さに行き着きます。フェミニズムの時代を経たこと、そして「グノーシス主義の福音書」の発見により、男性中心主義ではなく、女性がそれなりに権力を持っていたことが受け入れられるようになりました。宗教は、日本における仏教もそうですが、「女人禁制」など、女性性の問題を含んでいます。

映画のエンディングのテロップの最後に「この映画はフィクションであり、登場人物や団体などはすべて架空のものです」とありました。実際の場所を使って撮影しているのに、フィクションであると強調しています。ところが原作では始めに「事実」とありまして、シオン修道会やオプス・デイについて言及し、「この小説における芸術作品、建築物、文書、秘密儀式に関する記述は、すべて事実に基づいている」と書いてあるのです。

先週、『ニューヨーク・タイムズ』紙に、古代の伝説が書かれたものがイスラエルで見つかったとありました。それは二千年くらい前に書かれたものであると考えられ、伝説というのは、あるユダヤ教の預言者が亡くなって、三日たって生き返ったという話でした。新約聖書のイエスの復活と同じパターンです。つまりイスラエルにはそうした神話が以前からあって、その神話にそのままイエスを当てはめたのではないかと思われるのです。

ダ・ヴィンチの絵画『岩窟の聖母』を見ますと、聖母マリアと赤子のイエスだけでなく、そこにバプティストのヨハネも描かれています。マリアも右手にヨハネを抱いて、イエスには左手をかざしています。ローマ教皇庁からの、なるべくヨハネを小さくしてイエスを大きく扱うという方針に対して、ダ・ヴィンチは反対の気持ちがあったのではないでしょうか。

ソフィーは学校が休みのとき、祖父と考えているソニエールの家へ行ったところ、中で秘密の儀式が行なわれているのを目撃してしまい、そのショックで以後ソニエールには会わない決心をしました。映画では「大学一年生の終わりの春休みに」とありますが、原作ではパリの大学を出てから、イングランドの大学で暗号解読に関わる学問を学んでいたのですが、その春休みにイングランドからフランスへ帰ってきて、ソニエールに会いに行ったとあります。

暗号解読やスパイなどの教育は他の国よりもイギリスのほうがどうやら盛んなようです。その昔、ソ連とアメリカがスパイ合戦のようなことをしているとき、アメリカのＣＩＡのメンバーはヨーロッパに派遣されている、ソ連は自分達のスパイをアメリカ側のスパイに見えるようにして送りこんでくる。ＣＩＡが出来たのは第二次世界大戦後なのですが、イギリスがそうした活動に優れていたので、アメリカから勉強にやって来るのです。その中でも有名なのが、イェール大学のホーソーン研究の大御所、N・H・ピアスン教授で、彼をはじめとしてイギリスで教育を受けた幾人かの米国人がCIAの基礎を作ったと言われています。

一九四五年一二月、先のナグ・ハマディ文書が発見されます。北エジプトに住んでいたムハンマド・アリ・サマン（Mohammed Ali Samman）という人物が、あるとき農作に使うための肥えた土を掘りに出かけたところ、高さ一メートルくらいの甕《かめ》を発見します。十三巻ほどのパピルスがその中に入っていました。ムハンマド・アリ・サマンは田舎の百姓だったものですから、そのパピルスは、かまどの焚き付け用の藁のそばに置かれていて、アリの母親はそのパピルスを焚き付けのために何枚か使ってしまった。そういうわけで何枚かは焼けてしまっているし、何枚かはなくなってしまっています。

それから一週間して、アリは殺された父親の敵討ちに出かけます。敵討ちを成し遂げますが、違法ですから、警察に調べられてしまいます。甕のことを訊かれると面倒なので、アリは近所の僧侶に見つけたパピルスを預けます。その僧侶のもとにある先生がやって来て、パピルスを目にします。彼は僧侶に頼んで数枚を貸してもらい、それらをカイロにいる友人に鑑定依頼しました。ところがその鑑定人の手を通じて、カイロのブラック・マーケットに高値で流れてしまったのです。それらは最終的には一部がヨーロッパにあるスイスのユング研究所に買い取られていました。また、別の一部はアメリカに渡っていました。

一九四五年に発見され、一九六〇年代にバラバラになっていたパピルスを何とか集め、それからようやく英語翻訳を始めたのです。翻訳といっても、パピルスに書いてあった言葉自体がすでに古い時代のコプト語に翻訳されたものです。本来はすべてギリシャ語で書かれていました。この文書の中には『マグダラのマリアの福音書』もありました。『トマスによる福音書』はこの発見以前から断片的には存在していましたが、ナグ・ハマディ文書のおかげで全体が分かってきたのです。

ナグ・ハマディ文書は大変な量がありまして、『ヨハネの秘密の書』そして『真実の福音書』、これは旧約聖書に出てくるアダムとイヴの話から始まっているようですが、二人を誘惑するヘビの視点から書かれているそうです。その中では、神は人間に知恵を持たせたくなかったが、ヘビは人間を思ってそうしたというふうに書かれています。他には『ヤコブの秘密の書』『パウロの秘密の書』『ペテロからピリポへの手紙』『ヘテロの秘密の書』といったものが入っていました。ただ残念ながらいくつかは焚き付け用などに使われてしまって存在しません。

キリスト教はローマ帝国の皇帝により国教になり、帝国をまとめるのに利用されました。そしてローマ帝国が滅ぼされるときの皇帝がコンスタンティノス一一世でした。一一世はその後に名前をパレオロガスと改名しますが、夏目漱石の『吾輩は猫である』のなかで、苦沙弥《くしゃみ》先生が妻に対して「お前はいつもオタンチンパレオロガスだ」という場面があります。コンスタンチン・パレオロガスをもじったものです。

最初に申しましたように、映画の中で絵画の一部が出てきます。わかりづらいのですが、それが赤ん坊であることはわかります。その絵はサヴィニの女たちを略奪する絵ですが、これはまた映画のテーマにもつながってくるのです。

宗教はどんなものであろうとも、女性と男性をどのように扱うのかという問題を含んでいます。たとえば仏教においては、空海は女人禁制の高野山を作りましたが、一方で道元は男女に違いはないとして、女人禁制という考え方には反対でした。

キリスト教は元来「秘密結社」の要素を持っていた宗教でした。これは日本の宗教では考えられないような気がします。福音書の中で一番古くに書かれたものに『マルコ伝』があります。その第四章で、あるときイエスに、なぜあなたは譬《たと》え話で話すのかという問いが投げかけられます。するとイエスは、内の者には私の真意が分かるので、譬え話であっても理解できるが、外の者にはまったく分からないからだ、と答えます。ここにキリスト教の閉鎖性がその特性であると納得できるでしょう。

テンプル騎士団の活動の仕方や教育の方法などに大きく影響を受けたのが、フリーメイソンだと言われています。アメリカ合衆国で言えば、フリーメイソンは、最初の大統領ワシントンから始まっています。独立戦争のときにフランスがイギリス側につかないでアメリカ側についてくれたのには、ベンジャミン・フランクリンが背後にいたことがあると言われています。つまり、フランクリンはフリーメイソンのメンバーであり、フランスのフリーメイソンと親しくしていたからだというのです。

フリーメイソンのやり方は今日ではアメリカの大学の「友愛会」（fraternity）にも見られます。ハリウッド映画でこの友愛会をテーマにしたものが三つほど日本でも公開されています。入会するには秘密の試験があり、会は完全に独立していますので学校の介入はありません。男子学生のためのフラターニティについて、もう少し詳しく説明しますと、フラターニティの名前はＡκλ（アルファ・カッパ・ラムダ）、ΔκＥ（デルタ・カッパ・エプシロン）、ΔΥ（デルタ・ウプシロン）などと、三字もしくは二字のギリシャ文字で呼ばれるのがふつうです。チャプターと呼ばれるユニットが全米およびカナダの大学に散在し、その数は約二万三千、インターカレッジの存在です。大学卒業後、出身大学が違っても、社会人として、かつて同じフラターニティに属したということで親しくなるということが稀ではありません。就職後にも社会人として有利に働くような、横の繋がりを作ることに役立ちます。

大学でフラターニティに入るためには、まず、すでにフラターニティのメンバーである学生から招待されることが第一条件です。そしてフラターニティのメンバーと寝食を共にし勉強するという試験を経て、これをパスした者が、フラターニティのバッジを授与され、フラターニティ・ハウスに入って、共同生活をしながら大学の教室に通うのです。通例フラターニティ・ハウスは大学キャンパスの中にありますが、運営はすべてメンバーの自治によって行われ、大学からは独立した存在です。

男性がメンバーであるフラターニティに対して、現在では、ソロリティ（sorority）と呼ばれる女子学生の友愛会も同じような形でほうぼうの大学に存在しています。

卒業してから、大学以外で出会った人がたまたま同じフラターニティ出身だったりすれば、仲間意識や階級意識が生まれます。例えば祖父や父親が属していたから同じフラターニティに入るということもあり得るのです。テネシー・ウィリアムズもテネシー大学で父親が所属したのと同じフラターニティに入りますが、途中でいやになって退会しています。

最後に、この映画にはいろいろと説明を要するような事項が出てきますので、映画の進行順に項目を立てて、それぞれに説明を加えておきましょう。

①ルーヴル美術館（Musée du Louvre）は、二十五万点以上の収蔵品がある世界最大の美術館です。元来は中世にパリを守る城として建てられ、ルネサンス時代には歴代フランス王の宮殿になりました。フランス革命後は美術館として市民に解放されます。一九八五年から四年がかりで大改造が行われ、それで話題を呼んだのが中国系米国人の建築家I・M・ペイの設計によるガラスのピラミッドです。このピラミッドもこの映画に効果的に取り入れられました。

②シリス（cilicio）とは、「オプス・デイ」の苦行僧シラス（Silas：英語として発音すれば「サイラス」です）が苦行のために大腿部に巻き付ける特殊なベルトのことです。

③ホセマリア・エスクリバ（Josemaría Escrivá）は、オプス・デイの創設者です。スペインで六人兄弟の長男として生まれ、二十三歳で司祭になり、二十六歳で「オプス・デイ」を設立したのです。三十七歳でオプス・デイ会員のために書いたガイドブック『道』がベストセラーになって彼の教えが広まったのでした。現在、ローマのサン・ピエトロ大聖堂には全長五メートルの巨大なホセマリア・エスクリバの像があり、彼が死んだ六月二六日は福者ホセマリア・エスクリバ記念日となっています。

④オプス・デイ（Opus Dei）は、「神の仕事」という意味のラテン語です。③に書いたように、実在するカトリックの宗教団体で、本部はローマにあるのですが、ニューヨーク支部がマンハッタンのレキシントン・アヴェニュー二四三番地の十七階建てのビルであることは原作小説の『ダ・ヴィンチ・コード』に作者ブラウンが書いている通り事実です。この本がベストセラーになると『ニューヨーク・タイムズ』紙もこの建物の写真を掲載したりしました。世界に

八万五千人の会員がいるということです。シラス（サイラス）のように、このマンハッタンのセンターで苦行を続ける会員は財産を持たず、一般会員が財政的にオプス・デイを支えているのです。シラスが尊敬するマヌエル・アリンガローサは、オプス・デイの司教であると、小説および映画で設定されています。

⑤五芒星（pentacle）☆を五芒星と呼びます。欧米では世界で最も古いシンボルと考えられていました。古代エジプトではホルス（イシスとオシリスの息子）を表し、古代ギリシャのピタゴラス派は、これを男性（3）と女性（2）の交わる聖なる紋章としました。小説の中でラングドン教授は「万物の女性側の半分――宗教学者が《神聖な女性》とか《聖なる女神》と呼ぶ概念――を表します」と言い、「更に絞り込んで解釈すると、五芒星が象徴するのはヴィーナス――性愛と美の女神です」と続け、最後に「原始の宗教は、自然の摂理の神聖に基づいていました。女神ヴィーナスと金星は一体だったわけです。この女神は夜空にいて、いろいろな名で知られていました――ヴィーナス、東方の星、イシュタル、アシュタルテ――どれもが、自然や母なる大地と結びついた、力強い女性の概念です」と説明しますが、パリ警察のファーシュ警部は納得しません。彼は異教的なものは悪魔的だと思う保守的なカトリックなのです。

⑥サン＝シュルピス教会（Église Saint-Sulpice）は一八世紀に完成したパリ六区にある教会です。ヨーロッパ最大と言われるパイプ・オルガンとドラクロワの壁画で有名。シラスは、ここの床に刻まれた金色の線「ローズ・ライン」に「キーストーン」が埋められていると信じている。シラスが殺したシオン修道会の高位の四人が一致してこの場所を告げたのですが、実は四人は命を賭けて真実を隠したのです。

⑦シオン修道会（The Priory of Sion）は、二〇世紀になってからその存在が明らかになったという秘密結社の名前です。滅亡したメロヴィング王朝の復活を意図した結社だと言われていました。言い伝えによると、一〇九九年にテンプル騎士団の指揮官ゴドフロワ・ド・ブイヨンが一族に伝わる秘密を守るためにシオン修道会を結成したということです。ゴドフロワ・ド・ブイヨンは滅亡したメロヴィング王朝の末裔だったと言われます。彼を継ぐそれから後、八百年間

の総長は左のようになると、原作者のダン・ブラウンは書いています。

| GRAND MASTERS | | |
| --- | --- | --- |
| Jean de Gisors | 1188-1220 | |
| Marie de Saint-Clair | 1220-1266 | |
| Guillaume de Gisors | 1266-1307 | |
| Edouard de Bar | 1307-1336 | |
| Jeanne de Bar | 1336-1351 | |
| Jean de Saint-Clair | 1351-1366 | |
| Blanche d'Évreux | 1366-1398 | |
| Nicholas Flamel | 1398-1418 | |
| René d'Anjou | 1418-1480 | |
| Iolande de Bar | 1480-1483 | |
| Sandro Botticelli | 1483-1510 | **ボッティチェリ** |
| Leonardo da Vinci | 1510-1519 | **ダヴィンチ** |
| Connetable de Bourbon | 1519-1527 | |
| Ferdinand de Gonzague | 1527-1575 | |
| Louis de Nevers | 1575-1595 | |
| Robert Fludd | 1595-1637 | |
| J. Valentin Andrea | 1637-1654 | |
| Robert Boyle | 1654-1691 | |
| Isaac Newton | 1691-1727 | **ニュートン** |
| Charles Radclyffe | 1727-1746 | |
| Charles de Lorraine | 1746-1780 | |
| Maximilian de Lorraine | 1780-1801 | |
| Charles Nodier | 1801-1844 | |
| Victor Hugo | 1844-1885 | **ユーゴー** |
| Claude Debussy | 1885-1918 | **ドビュッシー** |
| Jean Cocteau | 1918-1963 | **コクトオ** |

日本でも有名な人の場合は、右側にその名をカタカナで書いておきました。

この表の最下段、一九六三年、ジャン・コクトオが他界した後は、この映画・小説に登場するジャック・ソニエールが継いだというのがダン・ブラウンの創作による設定です。

ところが近年、このリストが書かれていた秘密文書が偽造であると判明したということですから、なんともあきれた話ではあります。

⑧フルール・ド・リス（Fleur-de-Lis）は、ユリの花の形の紋章で、フランス王家を表しますが、シオン修道会の紋章でもあります。

⑨ラテン十字（Latin Cross）はカトリックで用いられる十字です。縦の棒が横の棒より少し長い。カトリックの教会堂は、上から見下ろしたとすれば、この形をしているものが多い――十字の上のほうが東を指し、下のほうが西を指すように建ててあります。

⑩正十字（Cross）は、縦・横の長さが等しい十字形です。太陽を意味し、テンプル騎士団の紋章になりましたが、スイスの国旗や、ギリシャ正教のシンボルにも使われています。スイスの国旗を反転させると赤十字のマークになりますが、イスラム圏では十字軍を連想させると言って嫌い、赤い月のマークになりました。

⑪テンプル騎士団（Order of Knight Templars）［「テンプル」を訳して「聖堂騎士団」とすることもあります］は、一一一八年にフランスの騎士ユーグ・ド・ペイヤンほか八人の騎士たちによってパレスチナに創設されました。エルサレム国王ボードワン一世がこの修道会にソロモン神殿に面した用地を与え、神殿（ザ・テンプル）に本部を置いたので、「テンプル」騎士団と呼ばれますが、正式には「キリストの貧しき騎士修道会とソロモンの神殿」と言うらしいです。その目的は、エルサレム巡礼に来るキリスト教徒を危険から護ることですけれど、活動の実態には不明なところが多いようです。騎士団結成から九年で教皇に公認され、十字軍の先頭に立ってパレスチナで戦ったのでした。有名になった彼らのもとには、たくさんの贈与が集まりました。その資本を元手に彼らは銀行システムを確立し、王家もそれを利用するヨーロッパ随一のフィナンシャル・グループになりました。

　やがて十字軍が終了して、騎士団の存在理由がなくなると、彼らの財産を狙うフランス国王フィリップ四世とクレメンス五世によって壊滅の危機を迎えます。一三〇七年一〇月一三日金曜日に彼らは一斉に逮捕され、多くの騎士は拷問ののち火刑に処されました。

映画ではフラッシュバック風にこれが示されます。ラングドン教授は、ヘロデ王の神殿の廃墟から秘密文書を発掘することがテンプル騎士団の真の目的だったとソフィーに説明しています。

⑫サングリアル（Sangreal）は、古フランス語で san は「聖なる」、greal は「入れ物」を意味し、あわせて「聖杯」のことです。英語で言う Holy Grail です。

映画では、ティービングがソフィーに対し、「サングリアル」の本来の意味は、この単語を別の音節で区切って出てくる Sang Real「正当な血」の意味であるとし、イエスとマグダラのマリアの間に生まれた聖なる血脈を意味するのだと説明します。

⑬聖杯（Holy Grail）とは、イエスが最後の晩餐で使った杯のことです。イエスが十字架に架けられたときに傷口から流れた血を受け止めた杯でもあります。アリマタヤのヨセフという人物が聖杯をイギリスのアヴァロン島に運んだが、いつからか聖杯は姿を消してしまったと言います。アーサー王伝説では、《円卓の騎士》たちがその聖杯を発見したとされています。しかしこの伝説は一二世紀の騎士道文学の隆盛とともに生まれたもの、ケルト神話の影響で作られたとされているのです。

ティービングとラングドン教授は、テンプル騎士団が聖杯を発見し、騎士団が弾圧されたのちは、その末裔のシオン修道会がそれを隠し持っていると考えています。そして、それは、俗に考えられているような杯ではない、というのがこの原作小説のカギの一つです。

⑭ランカスター家／ヨーク家（The Lancasters/The Yorks）は英国の名家で、どちらも家の紋章が薔薇であり、一四五五年から三十年間にわたって両家が争った戦争を「薔薇戦争」と呼びます。

小説／映画の中のティービングは、ランカスター家の子孫で、ヨーク家の歴史的研究書を著して女王陛下からナイトの位を授かったとされています。

⑮ソロモン（Solomon）は、ダヴィデの息子で、イスラエル王国三代目の王です。王国が貿易の中心地であったので、ソロモンは商人から関税を徴収して富を増やしました。戦いよりも政略結婚で周辺の諸国と友好関係を維持したのですが（妻七百人、愛人三百人）、異教徒と結婚したことが神の逆鱗に触れ、王の死後、イスラエル王国は南北に分断してしまったとされます。ソロモン神殿は紀元前一〇世紀にソロモンが唯一神ヤハウェを祀るために建てた神殿です。英語で The Temple と言えば、ソロモンの神殿を指すのが普通です。

⑯福音書（Gospell [good + spell [=news]]）。福音とは「良い知らせ」「めでたいニュース」のことです。イエスの死後、弟子たちは師の生涯を書き残しましたが、その記録のうち、マタイ、マルコ、ルカ、ヨハネの四人の書いたものが四福音書として新約聖書に収録されたのです。

⑰コンスタンティヌス帝（Constantinus）は、英語では Constantine。歴代ローマ皇帝はキリスト教を迫害しましたが、キリスト教の広まるのを止めることはできませんでした。他方、ローマ帝国は東西に分裂し、風前のともしび状態になりました。そこでコンスタンティヌス帝は三一三年、ミラノ勅令を出してキリスト教を公認し、宗教運動をローマ帝国の再統一に利用しました。元来コンスタンティヌスはミトラ教を信じていましたから、イエスの誕生日を、太陽神ミトラの誕生日に合わせて、一二月二五日とし、安息日であるミトラの日を日曜日にしたのだと伝えられます。

⑱ニケーア公会議（First Council at Nicaea）　コンスタンティヌス帝はキリスト教でローマ帝国を統一しようとしましたが、キリスト教徒の間では「イエスは神か、人間か」をめぐって意見が対立していました。そこでコンスタンティヌス帝は三二五年、全教会から司教三百人をニケーアに招集し、キリスト教史上最初の国際会議「ニケーア公会議」を開催、投票の結果、イエスを《神の子》と信じるアタナシウス派の勝利となり、イエスを《人間》と信じるアリウス派は異端として排除されます。現在、世界中に広められているカトリックもプロテスタントも、この会議で主流になったアタナシウス派の系統です。

⑲死海文書（Dead Sea Scrolls）は一九四七年、死海の近くの洞窟で発見された古文書です。その中には『旧約聖書』の

▲Leonardo Da Vinci, *The Last Supper* (1494-1498)

最古の写本や、それまで知られていなかった宗教書、哲学書などがありました。今も研究が進められています。

⑳十二使徒（The Apostles）は、イエスの弟子たちです。ダ・ヴィンチの『最後の晩餐』の席順に、左端から名を挙げると、バルトロマイ、アルパコの子ヤコブ、アンデレ、ユダ、ペテロ、ヨハネ、[イエス]、トマス、セペタイの子ヤコブ、ピリポ、マタイ、タダイ、ゼロテ党のシモン。

㉑マグダラのマリア（Mary Magdalene）は、新約聖書に出てくるマリアの一人です。マグダラのマリアはイエスの処刑と埋葬に居合わせ、また復活したイエスを最初に目撃しています。十二使徒の、のちに教会の基礎を築くことになるペテロは、彼女とソリが合わなかったようです。ペテロの嫌がらせに悩んだマリアは、黒人の侍女や信徒たちとフランスへ逃亡し、フランスでキリストの教えを広めたとする説があります。

映画のサー・リー・ティービングとラングドン教授は、マグダラのマリアはイエスの妻であり、二人の間にはサラという娘がいたと考えています。

㉒グノーシス主義（Gnosticism）は、英語としては最初のGは発音しないで「ノスティシズム」のように発音するのが普通です。gnosis とは、ギリシャ語で「知識」と「洞察力」と「叡知」を併せたものの意、英語の単語の know とも語源的に関係があります。難しい単語ですが、プリンストン大学の宗教史の教授で、ナグ・ハマディ文書に詳しいイレーン・ペイジェルズの説明は要を得ています――「グノーシスの秘儀は《人が自分自身を最も深い

レベルで知るようになるとき、自分の存在の源としての神を知るようになること》である」。

㉓ユダヤ教（Judaism）は唯一神ヤハウェを信じる宗教です。キリスト教やイスラム教の母体となりました。ユダヤ教の聖職者（ラビ）は、結婚ができるし、結婚が出世の条件ですらあると言われています。もっとも、結婚相手はユダヤ教徒の女性でなければなりません。ユダヤ教に限らず、イスラム教、それにキリスト教でもプロテスタント、東方教会、聖公会は聖職者の結婚を認めていますが、今もカトリックだけが独身制です。

㉔ペテロ（Petero）、この名前は英語化すればPeter（ピーター）です。「石」または「巌」の意です。イエスの愛弟子で、使徒の筆頭にこの名が挙げられます。「ペテロ」はイエスが命名したニックネームで、マタイ伝一六章一七節に「あなたはペテロである。私はこの巌（ペテロ）の上に［つまり堅固な基盤の上に］教会を建てよう」とあります。イエスの言葉通りペテロは初期キリスト教の中心となり、ペテロの墓の上にはカトリックの大本山「サン・ピエトロ大聖堂」が建てられました。ペテロは英語化すればピーター、フランス語化すればピエール、スペイン語化すればペドロ、イタリア語化すればピエ（ト）ロ、ロシア語化すればピョートルです。

映画では、ティービングがダ・ヴィンチの『最後の晩餐』ではイエスのすぐ右隣りに座っている人物がマグダラのマリアで、ペテロは彼女を威嚇していると指摘してソフィーを驚かせます。

㉕ベニヤミン族（Benjamins）は、イスラエルの十二部族の一つです。マグダラのマリアはベニヤミン族の出身だと言われています。ベニヤミン族は、イスラエルの初代の王サウルを出したエリート一族です。ベニヤミンを英語読みすればベンジャミンで、ベンジャミン・フランクリンなどの時代には流行した男性名です。

㉖Q資料（Q Document）。『マタイによる福音書』と『ルカによる福音書』には多くの共通点があって、同じ資料を基にして書かれた可能性が高いと考えられています。それが幻のQ資料です。QはドイツQuell（資料）の頭文字です。

映画のティービングの説では、シオン修道会が守っているサングリアル文書にはこの資料が含まれていて、恐らくそれはイエスの直筆のものだと言います。

㉗メロヴィング朝（Merovingians）は五世紀に登場したフランスの王朝です。イエスとマグダラのマリアの血脈がメロヴィング王朝に引き継がれたという説は実在するけれども、ほかにもいろいろあって、いずれも信憑性には乏しいとされています。映画のラングドン教授は、メロヴィング朝の子孫は「プランタール家」と「サンクレール家」の名を持つと述べています。

㉘魔笛（Die Zauberflöte）。オペラ『魔笛』を作曲したモーツァルトも、その台本を書いたシカネーダーも、フリーメイソンの会員でした。二人はフリーメイソンの精神をオペラ化したとも言われています。例えば、頭巾をかぶった主人公タミーノが三人の聖職者と問答を交わす様子はフリーメイソンの参加儀礼そのものだとか、三人の童子、三人の侍女、三人の僧侶など、「三」がちりばめられているのもフリーメイソン的だとか言われます。

㉙ガウェン卿と緑の騎士（Sir Gawain & the Green Knight）は、一四世紀頃に成立した叙事詩です。主人公のガウェン卿はアーサー王の騎士の一人。彼の盾には聖母マリアを意味する五芒星が描かれていました。聖母信仰はキリスト教が浸透する過程で生じた土着の女神信仰が変形したものだと言われています。

映画でラングドン教授はソフィーに「聖杯伝説」はどこにでもあるものだけれど、それが隠されているのだと言い、その例として『ガウェン卿と緑の騎士』、『アーサー王伝説』、『魔笛』などの芸術作品の名を挙げます。

㉚アーサー王（King Arthur）は、魔術師マーリーンの指示のもと、五世紀にイングランドを統一したと言われる伝説の王です。その部下は精鋭ぞろいで「アーサー王と円卓の騎士」として知られています。アーサー王伝説は聖杯伝説の大もとだと言えるでしょう。

アーサー王と円卓の騎士たちが食事をしていると、突如、雷が響きわたり、杯が見えた。騎士の一人が「聖杯だ！」と叫ぶと、杯は消えてしまい、騎士たちは別々に聖杯探求の旅に出る……

㉛レンジ・ローヴァ（Range Rover）は、サー・リー・ティービングの愛車です。英国を代表する超高級四輪駆動車で、

「砂漠のロールスロイス」と呼ばれています。シンプルで美しいデザインは芸術的にも評価され、工業製品としてルーヴル美術館に展示されたそうです。

㉜鏡像筆記（Mirror Writing）　ソニエールがクリプティックに入れた暗号は鏡文字で書かれていました。つまり、左右が逆になった文字で、普通の人は、それを鏡に映して、初めて読めるような文字です。ダ・ヴィンチは鏡文字が巧みでした。左利きの人は、無意識に鏡文字を書くことがあると言いますが、ダ・ヴィンチも、ソニエールも、『鏡の国のアリス』の作者ルイス・キャロルも、みな左利きで、鏡文字の達人でした。

㉝ウィトルウィウス的人体図（Vitruvian Man）。人体の中心は臍《へそ》にあり、仰向けになった人間の両手、両足は、臍を中心にして描かれた円に内接するというのが建築家ウィトルウィウスの説で、それをダ・ヴィンチが素描にしました（図1を参照）。その頭、右手、左手、右足、左足を直線で結ぶと五芒星になります。

ルーヴル美術館でシラスに殺されたソニエールは、いまわの際に自分の身体をこの人体図に見立てて何かを伝えようとしたのです。

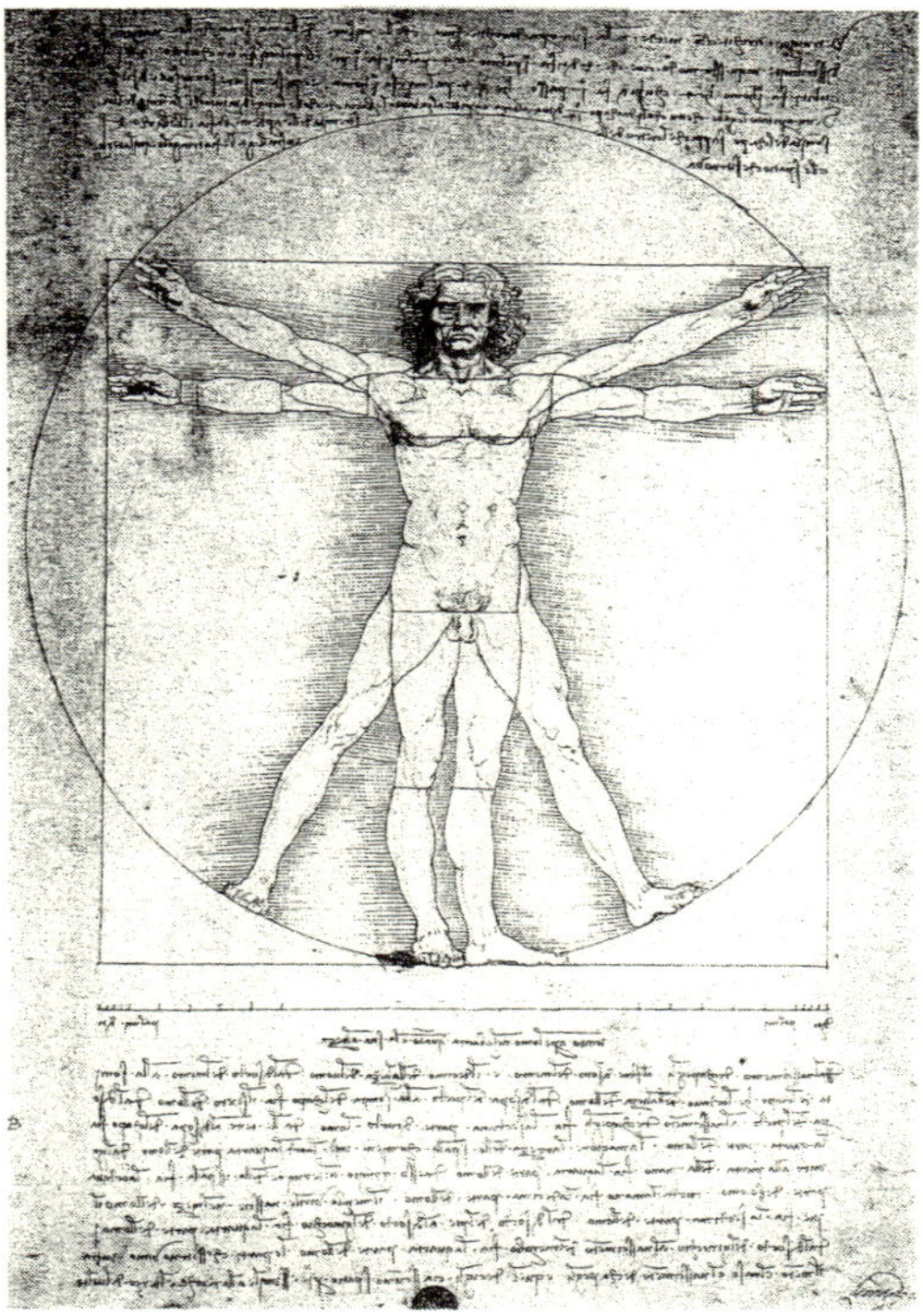

▲図1

㉞ヒエロ・ガモス（Hieros Gamos）とは、ギリシャ語で「聖なる婚姻」。それは大地信仰の発展したもので、古代の人々は雨を神々の精液、土を母体ととらえ、天と地の聖なる婚姻が農作物を豊かにすると考えました。それ

で人間たちも、季節の変わり目に「ヒエロ・ガモス」を行なう、そういう礼式です。しかしカトリック教会は、ヒエロ・ガモスを淫らな乱交と見なし、悪魔と魔女の乱交パーティ（サバト）と同一視しました。

大学一年生の終わりの春休みに、ソフィーは、祖父と考えているソニエール（実はシオン修道会の総長）が執行しているヒエロ・ガモスの秘儀を目撃してしまい、ショックのあまり二度と彼に会わない決心をするのです。

㉟バフォメット（Baphomet）は、カトリック教会がイスラムの開祖であるマホメット（Mahomet）をもじって考案した悪魔だとも言われます。テンプル騎士団が弾圧され、拷問されたあげく、バフォメットを崇拝していたことを認めたと伝えられます。

㊱秘密文書（Dossiers Secrets）は、一九七五年、パリの国立図書館が発見した資料で、現在は「4°1ml 249」という記号で分類され、マイクロフィルムに保存されているということです。それにはシオン修道会の歴代のメンバー、マグダラのマリア、メロヴィング王朝、レンヌ・ル・シャトーの謎、その他、『ダ・ヴィンチ・コード』が利用したさまざまな伝説が記述されているのですが、結局これはシオン修道会総長を自称するピエール・プランタールなる者の捏造だと判明しました。

映画では、ティービングのシャトーに踏み込んだコレ警部補らがこの秘密文書を写した写真を発見します。

㊲テンプル教会（Temple Church）は、「テンプル騎士団」というキーワードに導かれて、ラングドン、ソフィー、ティービングがロンドンで訪れる第一の場所。かつてはテンプル騎士団の事務所としてヨーロッパ各地に設立されたのがテンプル教会とテンプル修道会です。元来テンプル騎士団は、⑪でも触れたように、エルサレムに向かう巡礼者を保護する目的で作られ、巡礼者が金塊などを抱えて旅行するのは危険だろうと、ヨーロッパ各地で現金をおろせる「銀行」というシステムを考案したのでした。

㊳アモン／イシス（Amon/Isis）、どちらもエジプトの豊饒神の呼び名です。アモンは男性神、イシスは女性神です。イシスは聖なる女性原理を表し、豊饒、医療、魔術に関わります。大地の男性神と大空の女性神の間に生まれたイシス

▲図２　エジプトのイシス

は、双生児の兄オシリスと結婚し、王・王女としてエジプト世界を統治しました。

ラングドン教授は、ルーヴル美術館にイシス像が多いのは、ソニエールが聖なる女性原理を信じているためだと考えます。ラングドンは、ダ・ヴィンチの『モナリザ』（Mona Lisa）も、イシス／アモンに関係するアナグラム（文字の並べ替え）だと言います。イシスを表す古代の絵文字の名前は LISA で、それがアモンと結び付いたと考えます。すなわち LISA ＋ AMON ＝ MONA LISA だと言います。ダ・ヴィンチはもともと青金石（ラピス・ラズリ）のペンダントを掛けてイシスを象徴していたのを、のちに塗り隠したという説もあります。いずれにしても、紀元前二六〇〇年のイシス伝説は、ローマ帝国にも生きていました。イシス崇拝の跡はダニューブ河畔や、テムズ河畔にもあり、パリのサン・ジェルマン・デ・プレ修道院は、イシスの神殿の跡にメロヴィング朝の王が建てたものです。

タロット・カードの high priestess の絵（図3を参照）も恐らくイシスで、両端の柱はソロモン神殿入口の「ヤキン」と「ボアズ」です。

▲図３　19世紀タロット・カードのhigh priestess。左右の柱にはBOAZおよびJAKINと書いた文字の一部が見える。

㊴キングズ・カレッジ（King's College, London）は、約二万人の学生が学ぶ、ロンドンで最も古く、最も大きい大学です。映画でラングドン教授とソフィーは暗号解読のためにキングズ・カレッジの神学研究所附属の宗教資料館へ行きます。

㊵フリーメイソン（Freemason）は、テンプル騎士団を手本にした組織として一七一七年六月二四日、洗礼者ヨハネの誕生日と言われる日に設立されました。テンプル

騎士団の守護聖人は洗礼者ヨハネなのです。

それ以前、中世イングランドの石工たちの職人集団だったという説も有力です。彼らは文字を持たなかったので、口述で技術を伝え、仲間同士であることを確認するために秘密儀式を行なったのですが、それが一七一七年の正式結成の前身であったと言います。

米国では独立宣言に署名した五十六人のうち五十三人がフリーメイソンだとされ、現在では分派が多く、自由・平等・博愛を掲げる支部もあるけれども、ただの利益団体に変貌した支部もあります。

有名なメイソンに、ナポレオン、モーツァルト、ゲーテ、ベンジャミン・フランクリン、マーク・トウェイン、チャーチル、将介石、周恩来、ダグラス・マッカーサー、カーネル・サンダーズ、吉田茂、鳩山一郎などがいると言われています。

㊶アイザック・ニュートン（Sir Isaac Newton）は、万有引力の発見だけでなく、微分積分の開発、反射式望遠鏡の発明など、また錬金術その他のオカルト的探究においてなど、さまざまな分野で功績を残した英国人（一六四二―一七二七）です。ダ・ヴィンチとの共通点もよく取りあげられます。どちらも菜食主義だとか、どちらもゲイだとか。彼がシオン修道会の総長だったかどうかは不明ですが、イエスを人間だと信じた異端であったことは間違いありません。彼の変人ぶりは有名で、スウィフトは『ガリヴァ旅行記』の中でニュートンをモデルにして「ラピュータ国のおとぼけ学者」を書いたということです。

㊷ウェストミンスター寺院（Westminster Abbey）は、イギリス国教の教会です。英国の歴代国王は、ここで戴冠式を行ない、結婚式を挙げ、葬式をすることは、テレビ中継により日本でもよく知られています。王室以外の有名人もここに埋葬され、ニュートンをはじめ、シェイクスピア、チャーチルなどが安置されています。

㊸メデューサ（Medusa）は、サー・リー・ティービングが愛用する銃の名前。メデューサはギリシャ神話の怪物の女神です。髪の毛は蛇で、彼女を見た者を石に変えてしまう眼力の持ち主ですが、彼女も、もとはギリシャの先住民族ペ

ラスゴイ人の崇拝する美しい女神だったと言われています。彼女もマグダラのマリアのように、後世の人々によって誤解されたのだと言えるでしょう。

㊹ロスリン礼拝堂（Rosslyn Chapel）は、一四四六年にテンプル騎士団の残党がスコットランドの首都エディンバラの南十一キロのところに建設したものです。聖杯マニアは、これを「暗号の大聖堂」と呼んでいます。ソロモン神殿に立っているボアズとヤキンの二柱（図3を参照）をはじめとして、古代エジプト、ユダヤ教、フリーメイソンなど、あらゆる種類の異教的なシンボルが埋め込まれているようです。

最後に、この映画の監督、原作者、出演者についてもご紹介しておきます。

**◆監督**

ロン・ハワード（一九五四－）　オクラホマ州に生まれ、両親が俳優であるせいで六歳から十四歳までテレビ番組『メイベリー110番（アンディ・グリフィス・ショー）』のレギュラーを務めた。俳優として映画界に入り、『アメリカン・グラフィティ』（一九七三）などに出演。監督デビューは『バニシングIN TURBO』（七七）。以来、『ラブINニューヨーク』（八二）、『スプラッシュ』（八四）、『コクーン』（八五）、『ウィロー』（八八）、『バックマン家の人々』（八九）、『バックドラフト』（九一）、『遥かなる大地へ』（九二）、『アポロ13』（九五）、『身代金』（九六）、『グリンチ』（二〇〇〇）、『ビューティフル・マインド』（二〇〇一）、『ミッシング』（二〇〇三）など、アカデミー賞やら、カンヌ映画祭グランプリやら、映画賞受賞作品が多い。

**◆原作者**

ダン・ブラウン（一九六四－）　ニューハンプシャー州生まれ。父は数学者、母は宗教音楽家。アマースト大学およびフィリップ・エクスター・アカデミー卒。しばらく英語を教え、のち執筆活動に専念。二〇〇三年、『ダ・ヴィンチ・コード』が出版されるまでは無名の作家だったが、二〇〇三年三月、『ダ・ヴィンチ・コード』を出版するや、一週目からベストセラー第一位となり翌年まで一位を続け、世界中で五千万部を売り上げた。妻は美術史家。

## ◆出演者

トム・ハンクス（一九五六―）　ロン・ハワード監督の映画で主演することが多い。この映画ではハーヴァード大学教授ロバート・ラングドンを演じている。カリフォルニア州コンコードに生まれ、州都サクラメントのカリフォルニア州立大学、グレイト・レイクス・シェイクスピア・フェスティヴァルの研修生になり、舞台に出る。テレビのシリーズもので人気を得たのち、映画出演して最初に評価されたのがロン・ハワード監督の『スプラッシュ』（一九八四）。ゴールデングローブ賞主演男優賞を獲り、演技派として注目されるようになった最初は『ビッグ』（八八）。九三年に『フィラデルフィア』でアカデミー賞主演男優賞、翌九四年にも『フォレスト・ガンプ／一期一会』で同じ賞を与えられた。九六年には『すべてをあなたに』で監督としてデビュー。主な出演作品は、『プライベート・ライアン』（九八）、『グリーンマイル』（九九）、『キャスト・アウェイ』（二〇〇〇）、『ロード・トゥ・パーディション』（二〇〇二）、『キャッチ・ミー・イフ・ユー・キャン』（同）、『ターミナル』（二〇〇四）、『レディ・キラーズ』（同、一九五五年のコメディ『マダムと泥棒』のリメイク）など。

オドレイ・トトゥ（一九七六―）　この映画のソフィー・ヌヴーを演じている。フランスのボーモンに生まれ、パリの演劇学校卒業後テレビで端役を演じたりするが、すぐに映画界に移り、『エステサロン／ヴィーナス・ビューティ』（一九九九）に出演し、注目される。『月夜の恋占い』（二〇〇〇）を経て『アメリ』（二〇〇一）で世界的に好評を博した。他に『ミシェル』（二〇〇一）、『スパニッシュ・アパートメント』（二〇〇二）、『愛してる、愛してない…』（同）、初めて英語で出演した『堕天使のパスポート』（同）、アラン・レネ監督の『巴里の恋愛協奏曲』（二〇〇三）、『ロシアン・ドールズ』（二〇〇五）など。

イアン・マッケラン（一九三九―）　サー・リー・ティービング（Sir Leigh Teabing）を演じている。ケンブリッジ大学を卒業後、ロンドンでシェイクスピア劇などに出演。その後、アクターズ・カンパニーという俳優集団の設立メンバーとなり、ロイヤル・シェイクスピア・カンパニーの主役としてマクベス、ロミオ、イアーゴ、その他の役を演じるようになる。ナショナル・シアターや米国ニューヨークの舞台にも定期的に出演。ブロードウェイで主演した『アマデウス』ではトニー賞を授与された。四十本以上の映画にも出演、『ロード・オブ・ザ・リング』三部作（二〇〇一―〇三）ではガンダルフ役を務めた。一九八八年にカミングアウトして同性愛者の権利擁護のために積極的に活動している。一九九〇年に舞台芸術への貢献によりナイト爵位を与えられた（映画のティービングがナイト爵位を与えられているのと重ねたのは面白い）。二〇〇六年にはベルリン国際映画祭金熊名誉賞を受けた。

ポール・ベタニー（一九七一―）　シラスを演じている。ロンドンのドラマ・センターで演劇を学び、ウェスト・エンドで舞台デビュー。それからロイヤル・シェイクスピア・カンパニーの舞台に出演。映画デビューは『ベント／堕ちた響宴』（一九九七、英）。初主演は『ギャングスター・ナンバー1』（二〇〇〇、英）。これが目にとまってロン・ハワード監督の『ビューティフル・マインド』（二〇〇一）に出演し、ロンドン映画批評家協会の助演男優賞を受賞。他に『マスター・アンド・コマンダー』（二〇〇三）でも同じ批評家協会の助演男優賞を受賞。その他『ドッグヴィル』（二〇〇三）、『ウィンブルドン』（二〇〇四）、『ファイアーウォール』（二〇〇六）など。

ジャン・レノ（一九四八―）　ファーシュ警部を演じる。モロッコのカサブランカ生まれ。両親はスペイン人。俳優になるためドイツからパリに移住。リュック・ベッソン監督と組んだ映画で広く知られる。『サブウェイ』（一九八五）、『グラン・ブルー』（八八）、『ニキータ』（九〇）、『レオン』（九四）ではハリウッドでも高い評価を受けた。トム・クルーズと共演した『ミッション：インポッシブル』（九六）は有名。米国での第一作『パリの大泥棒』（一九九二）、『おかしなおかしな訪問者』（九三）、『フレンチ・キス』（九五）、『ジャガー』（九六）、『ロザンナのために』（九七）、『GODZILLAゴジラ』（九八）、『RONIN』（同）、『クリムゾン・リバー』（二〇〇〇）、『WASABI』（二〇〇一）、『ローラーボール』（二〇〇二）、『シェフと素顔と、おいしい時間』（同）、『クリムゾン・リバー2　黙示録の天使たち』（二〇〇四）、『ホテル・ルワンダ』（同）、『エンパイア・オブ・ザ・ウルフ』（二〇〇五）など。

アルフレッド・モリーナ（一九五三‐）　アリンガローサ司教を演じる。英国ロンドン生まれ。映画デビューは『レイダース／失われたアーク《聖櫃》』（一九八一）。『リヴァプールからの手紙』（八五、英）を経て『プリック・アップ』（八七、英）で有名になる。『ブギーナイツ』（一九九七）や『フリーダ』（二〇〇二）での演技は高く評価された。その他に『星の流れる果て』（一九九一）、『魅せられて四月』（九二）、『マーヴェリック』（九四）、『スピーシーズ　種の起源』（九五）、『デッドマン』（同）、『アンナ・カレーニナ』（九七）、『ショコラ』（二〇〇〇）、『アイデンティティー』（二〇〇三）、『コーヒー&シガレッツ』（同）、『死ぬまでにしたい10のこと』（同）、『スパイダーマン2』（二〇〇四）など。

二〇〇八年七月一三日講演

原　題：*Blade Runner*
監　督：Ridley Scott
公開年：1982
原　作：Philip K. Dick,
*Do Androids Dream of Electric Sheep?* (1968)

# 『ブレードランナー』

今回の映画は、ここで扱う映画のジャンルとしては初めてのSFものです。このシリーズにSF映画がふさわしいかどうか、少々躊躇があったのですが、鶴見大学同窓会のご賛同を得ましたので、この作品に決定しました。SF映画はたくさんありますが、傑作と呼べるのは『2001年宇宙の旅』と『ブレードランナー』の二作のみである、というのが、私の考えです。『2001年宇宙の旅』は、スタンリー・キューブリックというアメリカの映画作家が英国で制作したものです。もう一つ、この『ブレードランナー』は、英国人のリドリー・スコット監督がアメリカで制作したハリウッド映画です。

『2001年宇宙の旅』はシネラマ映画として制作されましたが、当時の東京には、シネラマ劇場は一軒しかありませんでした。この映画は京橋にありましたシネラマ劇場、東京劇場（通称東劇）でロードショーとして公開されました。これが日本で唯一、キューブリック監督の意図通りに上映された『2001年宇宙の旅』ではないかと思います。この映画はシネラマで見ないと、ずいぶん迫力が下がってしまいます。つまり、天井から地上レベルまで、さらに両脇まで、すべて映るような大画面で見ないと、あたかも自分が実際に宇宙の旅をしているような感覚になれないのです。この映画には、謎がいくつかあります。中でも大きな謎については、ロードショーのときに観客へのクイズとして、正解者には賞品が出るというような試みまでありました。

『ブレードランナー』のほうは、ふつうの画面で見ることができます。少し横に長い画面、ワイドスクリーンですが。ですから、ビデオ、レーザーディスク、DVDなど、さまざまな形で楽しむことができます。『2001年宇宙の旅』のほうもビデオやDVDになっていますが、こちらはシネラマで見るのとは、かなり感じが違ってしまうのです。

実は、この映画『ブレードランナー』は一般公開に先立つテスト上映で、観客から最後の部分が面白くないという反響がありました。そこで、関係者、特にプロデューサーが中心となって、終わりのシーンを後から追加して、現在の形にしたと言われています。こういうことは、ハリウッドの映画ではよくあることです。しかし、それでもなお、あまり評判はよくありませんでした。専門家の評価は高かったのですが、一般受けしなくて、やがて消えていきそうな感じがありました。

ところが、この映画が出てから十年後に、監督のリドリー・スコットが「前の版は、プロデューサーたちがかなり手を入れたので、私の意図とは違ってしまった。私の思ったままの作品にしたい」と言って、新しい『ブレードランナー』を編集しました。この版が、ディレクターズ・カット版として、ビデオやDVDで出まわりました。公開当初は評判が低調だった『ブレードランナー』はその後徐々に人気が上がってはいたのですが、このディレクターズ・カット版登場によって、ますます人気が高まったという経緯があります。

しかし、まず見ていただきたいのはディレクターズ・カット版ではなく、最初に一般公開されたものです。なぜか。その答えは、筑摩書房から出ている『『ブレードランナー』論序説』（二〇〇四）に書いてあります。著者は、加藤幹郎さんという京都大学の先生です。私は、この人の説に大賛成なのです。初めて見る人に、ディレクターズ・カット版を見せると、あちこちに分からないところが出てきてしまうのです。やはり、プロデューサーが考えて、一般の人向けに作ったもののほうが、分かりやすい。特にエンディングの場面については、最初の版のほうがはるかに納得ができる、ということです。

『ブレードランナー』は難しい映画なので、自分の頭でよく考えたいという人にとっては、ディレクターズ・カット版のほうが適しているかもしれません。しかし、最初からは、ちょっと分かりにくい、入りにくいのです。

さて、映画が始まる前にまず、真っ黒な画面に白抜きでクレジットが出てきます。Produced by MICHAEL DEELEY とプロデューサーが紹介され、続いて Directed by RIDLEY SCOTT と監督が紹介されます。その後、黒い画面に白い文字で背景説明が同じように出てきます。

Early in the 21st Century, The Tyrell Corporation advanced robot evolution into the Nexus 6 phase—a being virtually identical to a human—known as a Replicant.

映画の字幕スーパーに出てくる訳とは違い、元の英文を推察できるように、わざと逐語的な訳にしますと、映画は「二一世紀の初頭、タイレル・コーポレーションはロボットの進化を推進して、ネクサス六の相——ほとんど人間に等しい存在——にまで達し、それはレプリカントと呼ばれる。」というところから始まります。この「レプリカント」という言葉は、もともと言語学者が使っていた言葉らしいです。原作者は「アンドロイド」という言葉を使っていたのですが、アンドロイドでは機械的な「人造人間」という感じが強すぎるということで、監督の意向で生物学的に作られた感じのする「レプリカント」に落ち着きました。映画の中でもずっと、レプリカントという言葉が使われています。

なお、一行目の Tyrell Corporation（タイレル・コーポレーション）という会社は、原作では別の名前でした。これはありふれた名前だったので、誤解を避けるために、Tyrell Corporation に変えたのだと思われます。

「ブレードランナー」というのも、この映画のためにできた言葉です。ブレードランナーとは、不法な犯罪を犯すようになったレプリカントを始末する役目の捜査官のことを言います。

原作は、ロスアンジェルスではなくサンフランシスコを舞台として使っています。これは、原作者のフィリップ・K・ディックという小説家が、サンフランシスコに長く住んでいたためと思われます。しかし、映画では、サンフランシスコよりも、もっとゴタゴタした街、いろんな人種が住んでいる街という点で、ロスのほうがピッタリくると考えて直したのでしょう。もちろん、映画を作るうえで、ロスの感じを監督が使うとすれば、近くで便利だということもあると思います。

映画に出てくる街並みは夜のロスの風景のように見えますが、実は最後の世界大戦が終わった後の風景という想定です。地球の表面はすっかり汚染され、昼間でも空はどんよりと曇り、太陽はたまに顔を出す程度、昼と夜の区別も定かではない世界に、放射能を含む酸性雨が降り続く、という想定なのです。それにしては、登場人物がお粗末な傘をさして歩いておりますが。まあ、酸性雨とお粗末な傘の組み合わせが、画面としては面白かろうという、監督の意図だと思われます。

ロスアンジェルスの街の遠景の中で、時々、工場の火柱が飛び上がったり、稲光りが走ったりします。スピナーと呼ばれる空飛ぶ自動車が、あちらこちらへ、飛び交っています。この自動車は、たとえば、警察のパトロールカーなどで、普段は街中をふつうに走っていますが、ラッシュなどで先に行けなくなると、即座に空中へ飛び上がって越えていく、という大変便利なものです。その車が、最初の画面で、こちらから向こうへ、向こうからこちらへ、縦横無尽に空中を飛び回っています。そこへ、突然、人間と思われるものの片目のクローズアップがありまして、クローズアップされた青い瞳に、街の灯火《ともしび》や火柱が映っているシーンがパッと入ります。これが誰の瞳であるかは、一種の謎でありまして、いろんな人が、いろんな解釈をしています。このシーンは一瞬で消えてしまいます。

なお、原作の『アンドロイドは電気羊の夢を見るか?』は、The Library of America という米国文学名著シリーズに入っています。全部で八五〇ページ近くあって、フィリップ・K・ディックの長編小説四つが全部入っています。

The Library of America は国のお金で出版しています。後世に残すべき優れたアメリカの本を、時間をかけて網羅的に発掘し、紙も酸化しにくい紙を使って出版するという趣旨で作られているシリーズです。SF作家で The Library of America に入ったのは、今のところ、フィリップ・K・ディックだけです。ほかには誰も入っていません。アメリカ文学界の主な人を集めて選抜委員会を作っているのですから、SF作家としてのディックの力量の評価のほどが分かるというものです。探偵小説では、レイモンド・チャンドラーとダシール・ハメットという有名な作家二人が入っています。

The Library of America は一九八二年から出版を開始し、フィリップ・K・ディックまでに一七三冊出ています。営利団体による出版ではありませんので、儲けを度外視したシリーズです。SF小説は一般に、最初からハードカバーで出ることはめったになく、たいていがペーパーバックで出版されました。活字もお粗末で、誤植も多いのが常です。ディックの作品は The Library of America に採用されたため、誤植が訂正され、非常にきれいな印刷で残ることになりました。

映画の話に戻りましょう。タイレル・コーポレーションの社員で、中国系のドクター・チュウは、レプリカントの目玉を作る専門家です。映画の中で、このチュウさんがいる工場に、初めてレプリカントのロイ・バティともう一人というか、もう一匹、レオンが入ってくるシーン。ここで、ロイ・バティは、

Fiery the angels fell, deep thunder rolled
Around their shores, burning with the fires of Orc.
火炎のよう、天使たちは降りた、深い雷鳴が轟いた
彼らの海岸地方に、オークの炎に燃えながら

と詩をつぶやきながら登場します。この詩は知る人ぞ知る、英国の有名な神秘主義詩人ウィリアム・ブレイク（一七五七―一八二七）が植民地アメリカの独立に共感して作った長詩『アメリカ――一つの預言』（一七九三）の一部です。この詩はブレイクの版画と一体のかたちで印刷され、その第一一番目のプレートの冒頭の二行に基づいています。原文は次のように書かれています――

Fiery the Angels rose, & as they rose deep thunder roll'd
Around their shores indignant burning with the fires of Orc...

火炎のよう、天使たちは立ち上がった。立ち上がるとき深い雷鳴が轟いた、
彼らの海岸地方に。オークの火炎とともに瞋恚《しんに》の炎であった

「オーク」を「カシの木」とした訳がありますが、これは誤訳です。「カシの木」は［óuk］、これは［ɔ́:k］で、発音も違います。この「オーク」は北米大陸の地霊のような存在です。

このプレート一一番の冒頭に近いものをバティがつぶやきながら登場するという段取りは、そもそもシナリオになかったことで、バティ（を演じるラトガー・ハウア）がアドリブでつぶやいた、というのが事実のようです。ここにハウアというオランダ人俳優の凄さを私は感じます。つまり、これによって、少なくともインテリの観客はロスアンジェルス（この地名が「天使」を意味することも重要）の人間・対・レプリカントを、英国本国人・対・植民地開拓民とつなげて感じることになるわけです。

この映画の終結部でロイ・バティが上半身裸でいるのも、ブレイクのオークが裸体で描かれていることに対応しているのではないかと私は思います。ブレイクの描いたオーク像を見てください。

▲"Thus wept the Angel voice ..." で始まる『アメリカ』第10プレートの詩とエネルギーの炎の中のオーク

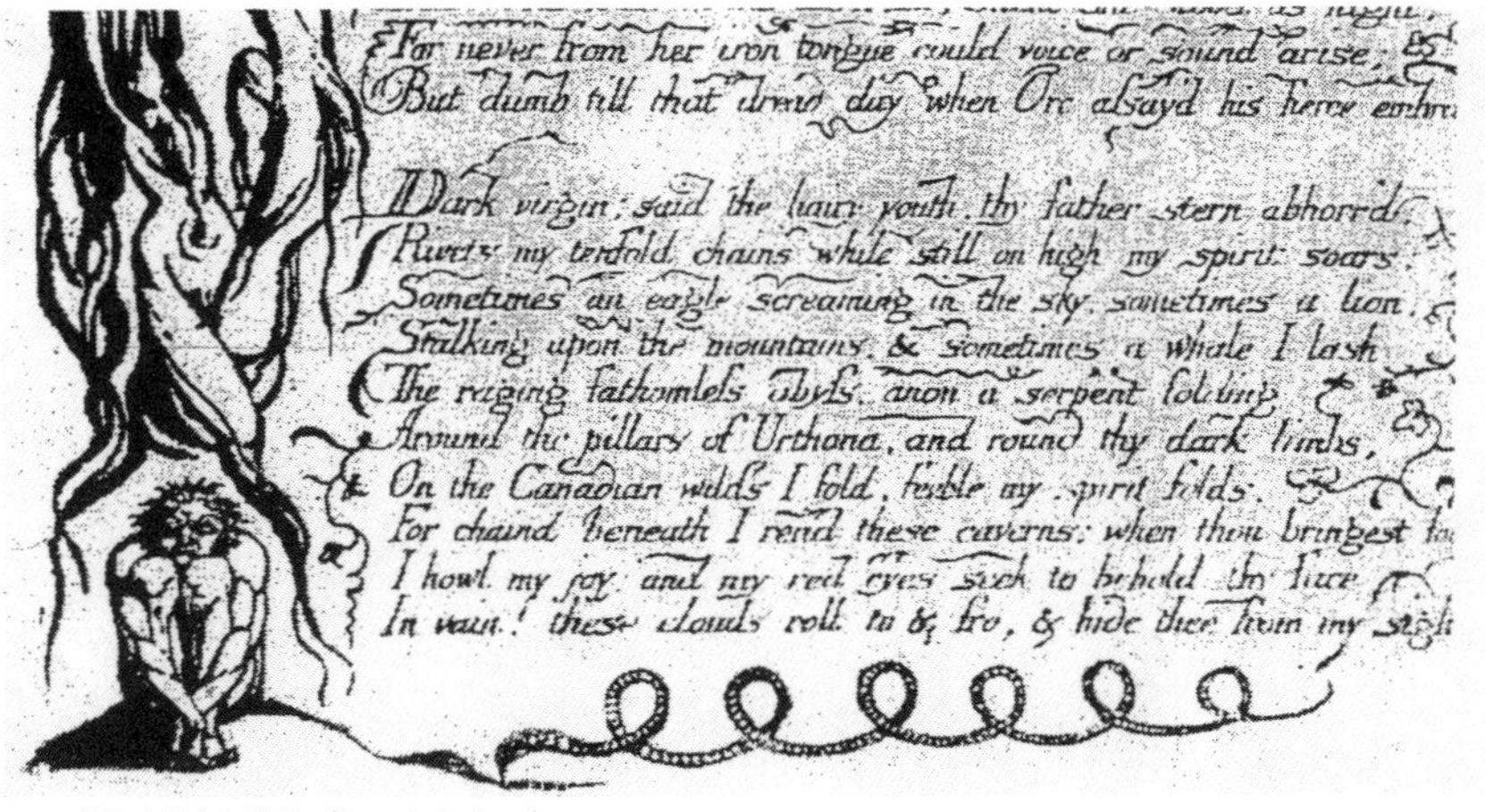


▲『アメリカ』第1プレートのオーク

それにしても自分の死を前にしたハウアの演技は感動的ですね。

映画の終わりのところで言う言葉、「俺は見てきた。お前たちには信じられないような光景を。オリオン星座で燃える宇宙戦艦。タンホイザー・ゲートの闇に輝くCビーム。だが、そんな思い出も消えてしまうんだ……雨の中の涙のように……」、これは出典がたぶん、ないと思います。この言葉も詩的ですね。このため、私は前のほうのタイレル・コーポレーションの目玉の工場に入っていく時の引用詩と混同していたことがあります。

あまり時間がないので少し急ぎますが、セバスチャンが住んでいた古いビルにデッカードが入って行くシーン。見上げるような感じで階段が二つあって、さらにもう一つ上に階段が伸びていました。一九〇頁の挿画を見てください。このシーン、ロスの実在のビルを使っているのですが、監督が意識していた構図は、日本でもよく知られているピラネージの「牢獄」だということです。イタリアの版画家ピラネージ（一七二〇―七八）の作品で、『牢獄』というシリーズがあるのですが、このシリーズの感じを出したくて、わざわざ下から上を見上げるような角度で撮影したのだそうです。一九一頁に挿入したこのシリーズの一枚を見てください。

ところでこの映画の最後のシーンは、初形が完成した後に付け足された光景です。一般公開に先立って少数の一般視聴者を選んでテスト上映した時、最後のシーンは、レイチェルとデッカードがエレベーターに消えていくというものでした。しかし、このシーンが物足りない、何かこの後に欲しいという意見が多かったので、監督とは無関係に、プロデューサーたちが中心となって、このシーンを付け足したのです。

空からスピナーに乗って走ってきて、上から下を見下ろすシーン、雲が湧き出ています。この付け足しシーンについては、「こんな立派な場所が存在するならば、何もロスの郊外の酷い所に住むことはないじゃないか」と言う人もありましたが、映画を観たうえでの印象としては、私は、エレベーターに乗って終わってしまうよりは、このほうが納得がいくように思います。ここがどこだかは分かりませんが、ずっとずっと遠くのほうには、第三次世界大戦の後にも、こういう所がないでもなかった。そこへ、デッカードはレイチェルを連れて行ったんだ、めでたしめでたし、ということですね。

この最後の、空から見た風景は、『ブレードランナー』と同じプロダクションで、前にキューブリック監督が『シャイニング』という映画の出始めのシーンとして制作したものの中から、一部使わないで余っていたものをここに流用したということです。打ち明け話では、キューブリックもリドリー・スコットの映画なら、ということで許可したということです。

最初に、私が傑作と評価するSF映画は二つだけだと説明しましたが、片方の映画監督のキューブリックと、もう一方の映画『ブレードランナー』は不思議なところで繋がっていたわけです。もう一つ繋がっている点を挙げると、『ブレードランナー』の特殊撮影を担当した人は、キューブリック監督の『2001年宇宙の旅』でも、真ん中からちょっと後の部分で、特殊撮影を担当しています。

さて、この辺りで、映画とはちょっと離れますが、アメリカ文学の特色についてお話します。アメリカ文学の特色については、いろんな人がいろんなことを言っておりますが、ここでは、アルゼンチンのボルヘスという短編小説家の意見を紹介したいと思います。ボルヘスはもう亡くなりましたが、短編小説とエッセイが中心の作家で、晩年は目が不自由でしたが、日系人の秘書とともに二回来日しています。

このボルヘスが、『緋文字』のホーソーンについて書いたエッセイが残っています。これは『もう一つの異端審問』(*Inquisiciones*)という本に入っています。ボルヘスは、ホーソーンという作家がどういう人であるか、というところから始めて、「結局、ホーソーンのようなタイプの作家が、アメリカの小説家の全体の特色ではないか」と述べています。曰く、アメリカの作家がものを書くとき、その出発点となるのは状況(シチュエーション)である。それに対して、ヨーロッパの小説家は、個人(一人の人間)を出発点としている。ホーソーンは、自分が将来書く作品のヒントになるかもしれない事柄を、たくさんノートに書き溜めていました。ボルヘスは、このメモをいくつか引用して、すべてが「ある状況」であったと指摘しています。

たとえば、あるメモには「夢の中であることを見た。それと同じことが現実の世界で起きた。その現実を見ていたら、

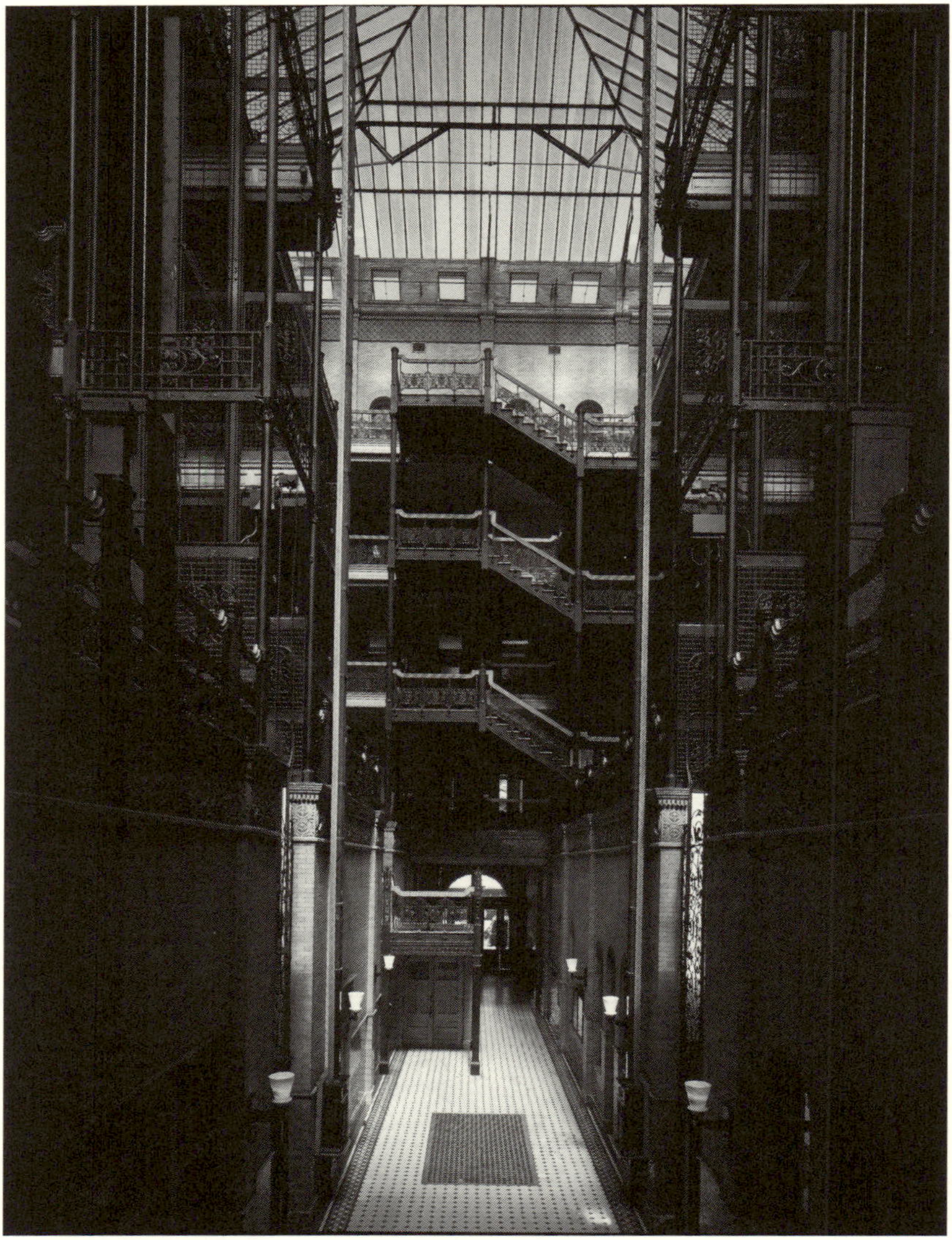

▲LAのダウンタウンにあるブラッドベリービル
写真©アフロ

▲ピラネージの「牢獄 VII」
Photo: NMWA/DNPartcom

夢の中の結果と同じになった」などと書かれています。また、あるメモには「世界中に人間がたった一人の男性と一人の女性だけになってしまった。後は全部、荒廃した世界になったときに、その二人はどのように生きていくであろうか？」とあります。これらは、すべて状況です。ホーソーンはこれらの状況を出発点として小説を書いたのだと、ボルヘスは指摘しているのです。

『緋文字』についても、このメモ帳に出てきます。「姦通の印である赤いAという文字を胸につけていた女性の話。この女性はどのように生きるであろうか……」。

二〇世紀になって、有名な小説家カフカは、「ある朝目が覚めたら、自分が虫になっていた」という状況を出発点として、「変身」という短編を書いています。

ボルヘスに言わせると、「これはアメリカの作家たちがとうの昔からやっていたことである。当時のアメリカ人作家たちが気づいていなかったにせよ、結局、前世紀にアメリカ人作家がやっていたようなことを、二〇世紀の先鋭的な作家がやり出したのである」ということです。つまり、アメリカの作家たちの関心は、人間ではなく、状況にあった。人間は、誰でも構わない。ごく一般的・普遍的な人間（universal man）が、ある状況に置かれたら、どのように反応し、どのように行動するか、これを描くのが、アメリカ文学の特色である、というわけです。

これに対して、ヨーロッパの作家たちの関心は、状況ではなく、個人にあったようです。たとえば、ポーランド生まれで、後に英国に帰化した有名な小説家ジョーゼフ・コンラッドは、「ある時、町で、不思議な老人に会った。この老人と話をしているうちに、こんな老人になるなんて、この人は若い時にどんな経験をしたのだろう」と想像を巡らせるところからスタートして一つの小説を書いています。つまり、ヨーロッパの作家は、状況ではなく、個人に着目して、どんな人が、どのように……という形で小説を書いているというのです。

以上は、ボルヘスの意見ですが、私も概ね賛成です。このためでしょうか、私の印象では、イギリスを中心に、ヨーロッパの小説には、個人の名前を付けたものが多いようです。この講演シリーズの『緋文字』でも触れましたが、たとえば

『ボヴァリー夫人』、『アンナ・カレーニナ』、『サイラス・マーナー』、『オリヴァ・トゥイスト』など、人の名前が小説のタイトルになっているのが多い。たとえば『嵐が丘』のように、そうでないものもありますけれど。

さて、話を映画に戻しますと、SF分野の小説は明らかに、状況を描くことを目的としています。ある状況が未来に起こったとき、一般的な人間はどのように反応し、どのように行動するか、という点が主題となります。

アメリカでは、一九三〇年代からSFが盛んになりました。一九三〇年代には、SF雑誌が三十種類も出ていたほどです。アメリカ国民が科学の進歩に信頼と期待を寄せていた時期です。出てくるのは、自動車、飛行機、X線、ラジオなど。さらに、この頃からアメリカの高校で代数・物理・化学などを教えるようになったので、これらを応用したものがSF小説に登場しました。このSFブームは一九五〇年代頃まで続きます。

この時期のSF分野で特徴的なことは、雑誌の編集者が大きな力を持っていた点です。映画『ブレードランナー』の原作者フィリップ・K・ディックも、有名な編集者に見いだされて短編を書き始めています。当時は、編集者・読者・SF専門の批評家の三者が、非常に密度の高い付き合いをしていて、仲間内だけですべてのことが進んでいき、部外者には何が起こっているかよく分からなかった。アメリカの西部、カリフォルニアが中心でしたが、たとえば、ある作者が発表した作品について、専門批評家が「こういう点が問題だ」と指摘すると、読者が「こういうふうに改善してはどうか」と意見を出し、これが編集者によって直接作家に伝えられて、作家はそれを活かして次の作品を書く、というふうなことが、しょっちゅう行われていました。

ある人はこれを「密室の文学」と呼んでいます。一般の人々には関係のない密室的な状態の中で、現実に物理的に三者が頻繁に会合を持ち、さらに、SF大会といった催しがほうぼうで行われている。アメリカではこうした状況で二〇世紀の前半、一九五〇年代までSFが発達してきました。

これより前、一九世紀にも、イギリスやフランスでSF的なものは出ていました。たとえば、イギリスのH・G・ウェルズ、フランスのジュール・ヴェルヌといった作家が、SFや冒険小説を発表しています。また、アメリカのエドガー・アラン・ポウも、SFの走りみたいなものを書いています。しかし、一九三〇年代に始まったアメリカのSFブームは、これらの流れを汲むものではありません。これらとは一線を画した感じで、パルプ雑誌を中心として二〇世紀のアメリカでSFが発達していきました。

一九五〇年代からは、SF文学の優れたものに賞が与えられるようになりました。ご存じの方もいらっしゃるでしょうが、ヒューゴー賞とネビュラ賞の二つが有名です。特にヒューゴー賞のほうは、彼らが考えるオーソドックスなSFの中から、優れたものに与えられる賞です。純文学に近くなっていくのは、オーソドックスなSFから見ると邪道です。「文章なんか読んじゃいけない」というのが、彼らの考えです。これに対して、ネビュラ賞のほうは、SFをもう少し広義にとらえて、優れた作品を対象として授与されています。

ところが、一九五〇年代の終わりから六〇年代にかけて、だんだんSFと純文学が混じり合ってきました。純文学の立場から見ると、文学の読者が読むに堪えるようなSFが出現してきたということです。五〇年代の終わりには、『モービー・ディック』つまり『白鯨』のシナリオを書いたレイ・ブラッドベリが、文学的にかなり優れたSFを書いています。さらに、五〇年代から発表し出して六〇年代に有名になったカート・ヴォネガットや、ジョン・バースなど、出発点は純文学だがSFも書くという人たちが登場して、徐々にミックスが進んでいきました。

もともとSFは密室で発達して、非常に面白い特性を持っていましたので、「一旦ドアを開いて一般文学や純文学と混ぜ合わせたら、もっと面白いものになるに違いない」という考えが、だんだん広まっていきました。フィリップ・K・ディックという人も、SFと純文学の両方に興味があった作家の一人です。ディックはあまり長生きした人ではありませんが、かなりの年齢になるまで、純文学的な作品だけを書いていましたが、なかなか出版社に受け入れられず、ボツになってしまうことを繰り返していました。ところが、晩年になってSFとして書いたものが、SF雑誌編集者の目にとまって、広く世に出ることになりました。

先に挙げたレイ・ブラッドベリは、何回かネビュラ賞の候補になっています。また、ヴォネガットは、実際にネビュラ賞の受賞者に選ばれたのですが、本人が「私はSF作家ではない」と言って、受賞を拒否しました。こうした出来事から、一九六〇年代初頭には、SF界と純文学界の人々が、まだ、完全な融合には至っていなかったことがわかります。しかし、その後、七〇年代に入って、両者の融合はどんどん進んでいきました。

先ほど言いましたように、アメリカの純文学はもともと「状況」を出発点にしたタイプの小説です。とすれば、「いつも状況」のSFと繋がる可能性は、はじめから非常に強かったと言えましょう。

例えば、一九世紀の初めに、ワシントン・アーヴィングという作家がいました。彼の作品では、短編集『スケッチ・ブック』が有名です。「リップ・ヴァン・ウィンクル」、「スリーピー・ホローの伝説」などを含む短編集です。この『スケッチ・ブック』より前、もっと若い時に、アーヴィングは『世界の始まりからオランダ王朝の終焉までのニューヨークの歴史、ディートリヒ・ニッカーボッカー著』(*A History of New-York from the Beginning of the World to the End of the Dutch Dynasty, by Dietrich Knickerbocker*)という、ニューヨーク市の歴史書のような体裁《ていさい》の小説を書いています。

この小説の初めのほうに、ちょっとSFめいた部分が出てきます。人間以外の生命体が宇宙を旅行しているのですが、故郷の星に帰る途中で、地球という汚い星にちょっと立ち寄ります。そこには人間という変な生き物がいて、頭が肩より上のほうにある――頭が肩の下にある我々とは大違いだ――という調子でなかなか面白い話が展開しています。これは、ふざけてはいますが、明らかにSFです。一九世紀の初めの頃に書かれた米国の小説にSFが登場しているのです。

そういう流れを見ますと、アメリカの小説は、どちらかと言えば、ヨーロッパ型のものではない、独自な伝統を作ってきたのです。

ヨーロッパ型の小説は、個人を中心に据えて、どんな人が、どのように……という形で物語が展開します。前出のボルヘスによれば、「ヨーロッパでは階級さえはっきりさせておけば、こまごまとした行動を描く必要はない。その階級の人が、何時頃にどこへ出かけて何をするか、読者はすべて了解済みなのだから」というわけです。「侯爵夫人は午後三時に馬車に乗って」と言えば、読者にはそのイメージがはっきり浮かぶのです。

これに対してアメリカでは、一人でいろんなことをやらなければなりません。多様な人々が、様々な事柄を、パイオニアとして行なっているため、個人の行動に対して了解事項が存在しないのです。したがって、一般的な人が興味を持つのは、「個人」ではなく、「状況」になるのです。

『ブレードランナー』の最後に、「この映画をフィリップ・K・ディックの思い出に捧げる（In Memory of Philip K. Dick）」という献辞が出てきます。この映画がアメリカで初公開されたのは一九八二年の六月ですが、ディックは、映画の完成を待たずに、その年の三月に亡くなっています。制作中には、何度か監督やプロデューサと接触し、シナリオに注文を付けたりもしたようです。しかし、完成した映画を観ることはありませんでした。

以上、説明してきましたように、アメリカの小説の中には、もともとSF的な要素が含まれていました。メルヴィルの『白鯨』は、明らかに状況の小説です。もしも白いクジラがいて、それが宇宙の悪意の象徴みたいなものだとしたら……という「状況」から出発しています。

「そういうのは私の趣味じゃない」という方もいらっしゃるかと思います。しかし、これからの世界では、だんだん、人間を一括してABCと言えなくなってくるのではないでしょうか。これに対して状況は、世界中に共通したものとして、グローバルに提示できます。例えば、大気汚染とか、地球温暖化とか、そういう状況や、そこから受ける被害などは、世界中に共通しています。ここに繋がっていくのが、アメリカ文学の元来の伝統だと、私は思っています。『ブレードランナー』で大きいテーマは、レプリカントはどんなに進歩しても人間のようにエンパシー（感情移入）ができないとしているのに対し、近未来において人間はエンパシーが欠如し始め、逆にレプリカントがエンパシーを持ち始めるかもしれないということです。この映画はわれわれの現状に対して「それでいいのか」と強く問いかけてくるのです。

最後に『ブレードランナー』の出演俳優について紹介しておきます。

ハリソン・フォード（一九四二― ）　舞台俳優を経て映画入りし、『スター・ウォーズ』（一九七七）でスターとなる。更にインディ・ジョーンズのシリーズで八〇年代を代表する大スターとされた。

ショーン・ヤング（一九五九― ）　ニューヨークで演技を勉強。『マンハッタンのジェイン・オースティン』（一九八〇）で映画デビューした。奇行の多いスターと言われる。出演映画は『パラダイス・アーミー』（一九八一）、『砂の惑星』（八四）、『追いつめられて』（八七）、『ウォール街』（同）、『今ひとたび』（八九）、『アパッチ』（九〇）、『死の接吻』（九一）、『クリミナル』（九二）など。『ブレードランナー』における独特な髪型とファッションはマイケル・カーティス監督の映画『深夜の銃声（*Mildred Pierce*）』（一九四五）のヒロイン、ジョーン・クロフォードが演じるミルドレッド・ピアスを模倣したもの。男に挑戦する、自立した女性のプライドをその肩の張ったスーツと喫煙が表している。（ジョーン・クロフォードはこの映画でアカデミー主演女優賞を授与された。）小説『ミルドレッド・ピアス』の作者はジェイムズ・ケインである。

ラトガー・ハウア（一九四四― ）　オランダ映画界で活躍したのち米国映画に進出、『ブレードランナー』で注目されるようになった。

エドワード・ジェイムズ・オルモス（一九四七― ）　一九七〇年代末から映画や舞台に出演。『ズートスーツ』（一九八一）はブロードウェイでも同じ役を演じた。『落ちこぼれの天使たち』（一九八八）、その他で主役も演じるヒスパニック系男優。『ブレードランナー』ではガフ役を演じている。テレビ・シリーズには『マイアミ・バイス』（一九八四―八九）がある。『アメリカン・ミー』（一九九二）では監督をやっている。

屋台で食事をしているデッカードに後ろから警察官ガフが話しかける――

Monsieur, azonnal kvessen engem bitte

最初の単語はフランス語の「ムッシュー」、次の三語はハンガリー語、最後の「ビッテ」はドイツ語という混成らしい。日本人系らしい屋台のオヤジは「あなたを逮捕すると言ってますよ」と説明する。（ここからグローバルな社会と称する人々の間のコミュニケーションの不確かさを論じることもできる。）オルモスは名脇役と言われるが、この映画にガフとして出演するに当たってはベルリッツ語学校に協力してもらって「シティ・スピーク」という架空の言語を構築してみたという。こういうシティ・スピークが二〇一九年のロスの下町で異民族間の共通語になっているという想定なのだ。オルモスはメキシコ系だが、ガフは日本人や白人の血が入っているという設定である。前のシーンに続いてガフはデッカードに言う——

Captain Bryant toka me, "Ni omae yo."

これはCaptain Bryant talked to me「お前に用（がある）」の意であるが、このセリフ、耳で聴いてわかる日本人はいないだろう。日本語の「に」は前置詞ではなく、いわば後置詞であることを無視しているからである。オルモスは青いコンタクト・レンズ、顔にはドーランを塗って、黒人にも白人にも黄色人にも見えるようにして、一人でロスの多元文化を表現しようとしたのである。

ガフには日本人の血が混じっているというところからオリガミの特技も持っている。デッカードが上司からブレードランナーとしてロス市民に混じって暮らしているレプリカントを殺せと言われ躊躇する様子を見て、ガフはオリガミで鶏を折ってデッカードに見せる。その意味は「チキン！（弱虫め！）」だ。終わり近く、デッカードがレイチェルとエレベーターに乗ろうとしてガフが床に置いていったオリガミを見つける。それは一角獣で、それが何を意味するかは観客にまかされている。

私の記憶する限り、ハリウッド映画でオリガミが出てくる先例はジョン・フランケンハイマー監督の『影なき狙撃者』（一九六二）のみである。

M・エメット・ウォルシュ（一九三五―）　一九六〇年代から映画に出演している。人の悪そうな中年男をよく演じる助演男優である。『ブラッドシンプル』（一九八五）では強欲な私立探偵の大役をこなした。『セルピコ』（一九七三）、『ブルベイカー』（八〇）、『ワイルドキャッツ』（八五）、『カナディアン・エクスプレス』（九〇）など。

ダリル・ハナ（一九六〇―　）　四歳からダンスや演技を習い、一九七八年から映画に端役出演するようになり、『スプラッシュ』（一九八四）では人魚役を得た。他に『夜霧のマンハッタン』（一九八六）、『愛しのロクサーヌ』（八七）、『マグノリアの花たち』（八九）、『クレイジー・ピープル』（九〇）、『透明人間』（九二）など。

ウィリアム・サンダスン（一九四八―　）　一九七〇年代末より映画出演。小柄な助演男優である。『ブレードランナー』では奇病に侵された人形遣いの役。テレビ・シリーズに『ニューハート』（一九八二―九〇）、映画に『生き残る』（七四）、『愛と憎しみの伝説』（八一）、『グレゴリオ・コルテス』（八三）、『シティヒート』（八四）、『ブラックライダー』（八六）、『ロケッティア』（九一）など。

ブライオン・ジェイムズ（一九四五―九九）　一九七〇年代後半から端役で映画出演。『XYZマーダーズ』（一九八五）の粗暴で間抜けな殺人者役で印象を残した。『48時間』（一九八二）、『シルバラード』（八五）、『第五惑星』（八六）など。

ジョー・ターケル（一九二七―　）　第二次世界大戦後ブロードウェイにデビュー。一九四八年以降は映画やテレビで脇役を務める。キューブリック監督の『突撃』（一九五七）の兵卒、『シャイニング』（八〇）のバーテンなどとともに『ブレードランナー』のレプリカント製造工業会社社長も印象的である。他に『現金に体を張れ』（一九五六）、『砲艦サンプバロ』（六六）など。

ジョアナ・キャシディ（一九四五―　）　シラキューズ大学を中退してモデルとなり、その後テレビに出たり、映画『ブリット』（一九六八）に端役出演したりしたが、『アンダー・ファイア』（八三）以後は主役級を務める。『ブレードランナー』ではゾーラを演じた。他に『マシンガン・パニック』（一九七三）、『組織』（同）、『ナイト・ゲーム』（八〇）、『ロジャー・ラビット』（八八）、『恋はワインの香り』（九〇）など。

二〇〇九年七月一二日講演

原題　　　：*Little Women*
製作・監督：Mervyn LeRoy
公開年　　：1949
原作　　　：Louisa May Alcott, *Little Women* (1868)

# 『若草物語』

私が鶴見大学で教鞭を取り始めたのは、今から四十年ほど前のことです。その頃の鶴見の町には、映画館が少なくとも三軒ありましたし、商店街の様子も、今とはずいぶん違っていました。今は映画館、一軒もありません。私は、研究室に籠っているタイプの人間ではありませんので、よく映画を見に行ったり、仕事の後は、お酒を飲みに出かけたりしました。キャンパスから鶴見駅のほうに歩いて行って駅を通り越した先の小路に、お酒を飲ませる店が何軒かあったのですが、その中に「三姉妹」という店がありました。この店は、三人の姉妹がやっているということでした。

「三姉妹」という言葉は、よく使われますね。「三人姉妹」と言うこともありますが、「三姉妹」のほうが多いように思います。この『若草物語』は、「三姉妹」ではなく「四人姉妹」のお話です。面白いことに、四人の姉妹のことは、ふつう「四人姉妹」と言い、「四姉妹」とはあまり言いません。「ししまい」と誤読されて「獅子舞」と間違われるといけないからでしょうか。

『若草物語』の原作 *Little Women* は、明治時代から何度も翻訳されていますが、その訳名は実にさまざまでした。古いものでは、『リツル・ウイメン』とカタカナにしただけのものもあります。一九三九年（昭和一四年）に新潮文庫から出版された松本恵子さんの訳は『四人姉妹』という題名でした。『若草物語』という題名に落ち着いたのはかなり最近のことのようです。

*Little Women* は、一九三三年に、キャサリン・ヘップバーン主演で初めて映画化されました。『若草物語』というのは、この映画が日本に入ってきたときに、映画会社が付けた邦題なのです。今と違って、当時の映画配給会社は、吟味に吟味を重ねて、味のある題名を付けたものです。この『若草物語』も、とても優れた題名だと、私は思います。

この映画、ジョージ・キューカー監督の『若草物語』が日本で昭和八年に公開された後にも、何度か翻訳が出ていますが、本の題名はなかなか『若草物語』に固まりませんでした。しかし、戦後、マーヴィン・ルロイ監督の『若草物語』が公開されてからは、だいたい『若草物語』に統一されていったようです。

岩波文庫で寿岳しづさんが翻訳されたものは『若草物語』ではなく、『四人の少女』になっています。どうやら、学者タイプの人は、『若草物語』という題名を嫌う傾向があったようです。

ここで私が題名にこだわるのは、『若草物語』が日本で非常に有名であるにもかかわらず、きちんと調べた人は少ないのではないかと思うからです。

日本で最初の翻訳は、明治三九年（一九〇六年）、北田秋圃《しゅうほ》という人の『小婦人』です。これは、完全な全訳ではありませんが、かなり忠実に翻訳されているということです。北田秋圃さんはおそらく女性だろうと思われますが、くわしいことは分かっていません。この抄訳では、登場人物が日本名に置き換えられています。ちょうど、シェイクスピアのハムレットが、「葉村年丸《はむらとしまる》」などと訳されていたのと同じような感じですね。*註 長女のメグは「菊江」、ジョーは「孝代」、ベスは「露子」、エミリーは「恵美子」、お母さんのミセズ・マーチは「進藤婦人」といった具合です。ベスの「露子」は、身体が弱かったから、露のような命という意味でしょうか。当時は、外国文学の登場人物を日本名に直すことが多かったようです。この本は挿絵入りだそうですが、私は見たことがありません。

その後、『四人の姉妹』、『四人の少女』などの題名で、いくつか翻訳が出版されています。

『四人の少女』または『四人の姉妹』と聞くと、少し古い方なら、誰もが谷崎潤一郎の『細雪《ささめゆき》』を思い出すことでしょう。『細雪』は、戦争中、日本全体が経済的に苦しいときに、大阪船場の名家の四人の娘たちがどのように生きていったかを描いた作品です。四人の姉妹ですから、題名は『四人の姉妹』でも差し支えなかったはずです。現に、『細雪』は英訳されて大変評判が良かったのですが、英語版の題名は *The Makioka Sisters* でした。『細雪』をそのまま *Fine Snow* などと訳したのでは、ニュアンスがうまく伝わらないと考えたのでしょう。訳者は、エドワード・サイデンステッカーです。その後、この *The Makioka Sisters* に基づいて、『細雪』は色々な国の言葉に翻訳されています。

ご存知のように、ずっと後になって、市川崑という関西出身の映画監督が『細雪』を映画化しました。これはなかなか優れた映画化で、長女を横浜出身の岸惠子、次女を佐久間良子、三女を吉永小百合、四女を古手川祐子が演じています。この映画は、アメリカを始めヨーロッパでも上映されましたが、外国での題名はやはり *The Makioka Sisters* でした。ちょうど *Little Women* を和訳して『四人の姉妹』として出版したのと、同じ感覚ですね。

さて、このあたりで、「若草」という言葉についてお話ししたいと思います。「若草」は、広辞苑によりますと、（1）として「芽を出して間のない草」とあります。これはまあ当たり前ですが、次に（2）として「若い女のたとえ」として、源氏物語「総角《あげまき》」からの短い引用を載せています。総角からの引用は「若草のね見むものとは思はねど…」で、この「ね」は「根」と「寝」をかけたものです。つまり、「若い女の人と寝てみようなどと、大それたことは思わないが…」という意味ですね。源氏物語の中に出てくる歌には、この類のものが多いです。「若草の根っこ」と、「若い女と寝る」をかけたものです。

一方、岩波の古語辞典は、「春先に新しく生い出でた草、歌では若い女や幼女をたとえて言うことが多い」として、万葉集から例を引いています。この例は、ちょっとややこしいので、代わりに、万葉集から、もう少し分かりやすい例をご紹介しましょう。

鶴見大学の初代文学部長を務められた久松潜一さんがお書きになった万葉集の選集を見ますと、巻十、整理番号三三三六番の「読み人知らず」の和歌に「若草」が出てきます。万葉集で「若草」が出てくるのは、だいたいが長歌です。ここでは、全体を引用することはできませんので、その趣旨をご説明するに留めます。

ある海岸を歩いていたら、鯨取りの漁師と思われる男が浜辺で死んでいた。この人には母や父もあり、愛する子供もいるだろう。若い妻もいるだろう。心に思っていることを言《こと》づてもしたいだろうと家をたずねても何も言わない――そんなふうに語りかけるのです。傍点の部分が原文では「若草の妻かありけむ」です。興味のある方は久松潜一『万葉秀歌（五）』（講談社学術文庫）の二二一頁以下を参照してください。

こういう古くからの文学的な言葉を、学者ではなく、映画関係者がアメリカ映画の邦題として使いました。これは、非常に面白いことです。学者は、文学を研究していても、必ずしも文学的センスがあるとは限らない。かえって、映画の題名を考える人たちのほうに、昔は、文学的センスのある人が多かったとも考えられます。

映画の日本題名はときに、原題とあまりに違ってしまって非難されることもあります。例えば、古いところでは、「影の部分」という意味の原題を持つフランス映画 *La Part de l'Ombre* が、『しのび泣き』という邦題で公開されました。このときは、『しのび泣き』ではあまりに日本的な情緒の映画と勘違いされてしまう、けしからん！という非難が起こりました。もう少し新しいところでは、これもフランス映画ですが、アラン・ドロンが出演した映画で、日本に最初に入ってきた『お嬢さん、お手やわらかに！』、これの原題は *Faibles Femmes*（『か弱い女たち』）でした。映画関係者は、フランス映画の題名に凝る傾向がありますね。そして、文句を付けるのは、大抵、学者です。いわく、「この映画は、か弱いと思われていた女たち三人が、実は男よりはるかに手強《てごわ》かったというところが面白いのだから、題名で「お手やわらかに」と種明かししてしまうのはまずい」。

原題がひねったものであるときに、邦題をどうするか、これは意見が分かれるところです。アメリカ映画で言いますと、チャンドラーの *The Big Sleep*（『大いなる眠り』）は、『三つ数えろ』という邦題になりました。変わった例では、*Dodsworth* という原題の映画に『孔雀夫人』という邦題がつきました。Dodsworth は、主人公の名前です。まぎらわしい邦題として『旅情』（*Summertime*）と『旅愁』（*September Affair*）のようなケースもあり、『黄昏《たそがれ》』（*Carrie*［一九五二］）と『黄昏』（*On Golden Pond*［一九八一］）のような同名異画もあります。

というように、原題と邦題を比較して見ていくと、結構、面白いものです。中でも『若草物語』は、日本語の題名として非常に成功した例であったと、私は思います。実際、現在入手可能な翻訳本が三～四種類ありますが、これらはいずれも『若草物語』という題になっています。この事実からも、映画の題名として『若草物語』を考えついた人たちが、いかに優れていたかが分かりましょう。

以上、映画の邦題について、縷々説明してきましたが、私が言いたかったのは、『若草物語』という題名が、日本の文学的伝統を背景にした優れたものであったということです。

この『若草物語』の原作者の名前 Louisa May Alcott は、今日ルイザ・メイ・オルコットと表記されることが多いですが、古い翻訳の中には、ルイーザ・メイ（またはメー）・オールコットと、音引《おんび》き（ー）を入れているものが、かなりあります。二〇〇九年、東京大学英文科教授の平石貴樹さんが Louisa May Alcott についての研究論文を発表されましたが、彼はルイーザ・メイ・オールコットと書いています。このほうが、元の音に近くて好ましく思われます。

音声記号、昔は Dr. Jones の発音記号と言いましたが、これで書きますと、日本語の音引き（ー）で延ばす音はふつう日本の英和辞典が使っている記号では［ː］が母音の後に付いていることが多い。しかし、例えば、船の boat は日本語では音引きを使って「ボート」と書くのが今はふつうですが、発音記号で書きますと［bóut］です。英語では［ɔː］と［oʊ］は別な母音なのです。ですから、カタカナで「ボウト」としてもいいところです。Alcott の発音は［ɔ́ːlkət］。Louisa の発音は［luːíːzə］です。いずれにしても、カタカナでルイザ・メイ・オルコットとするのは、元の音から離れす

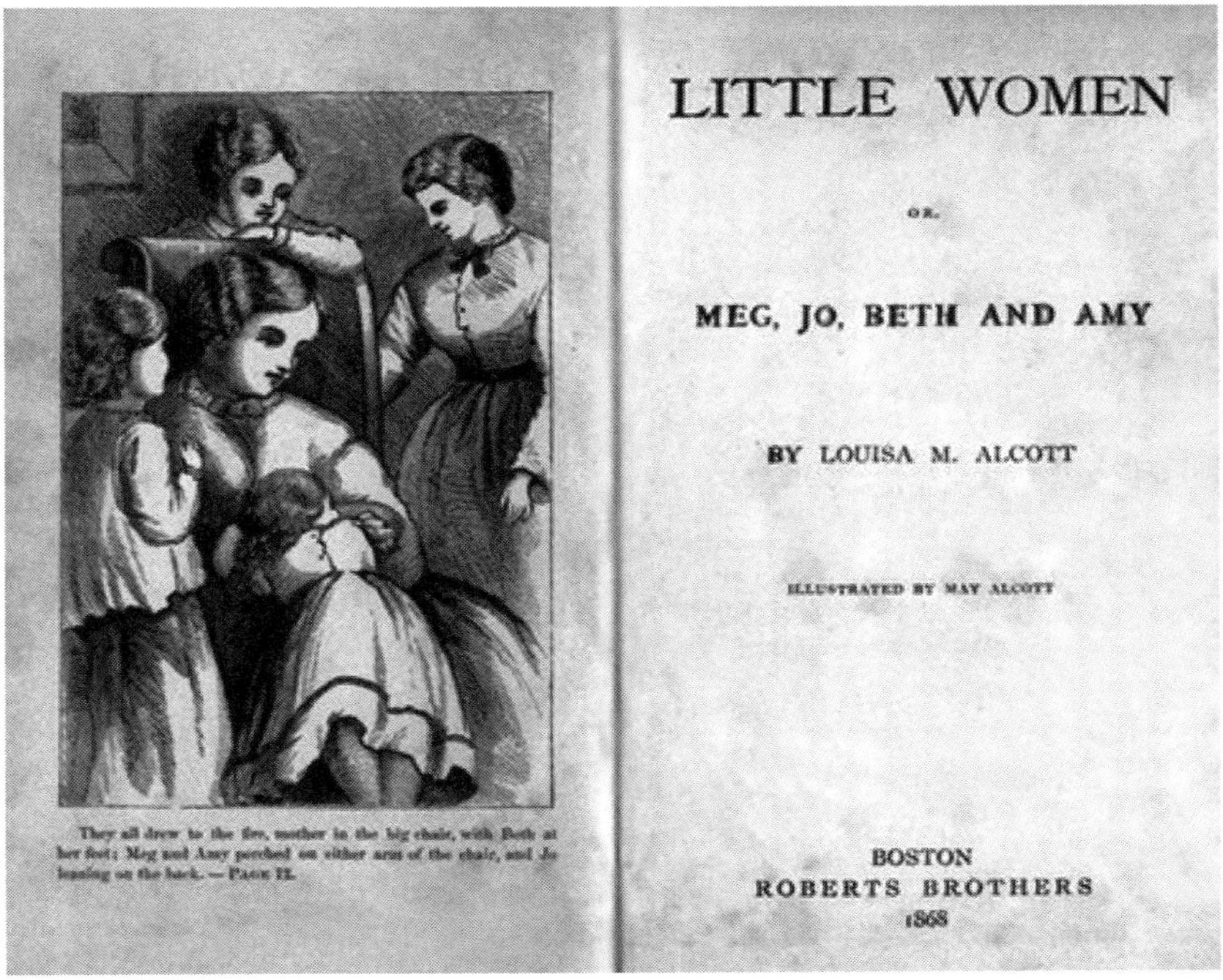
They all drew to the fire, mother in the big chair, with Beth at her feet; Meg and Amy perched on either arm of the chair, and Jo leaning on the back. — PAGE 12.

LITTLE WOMEN

OR,

MEG, JO, BETH AND AMY

BY LOUISA M. ALCOTT

ILLUSTRATED BY MAY ALCOTT

BOSTON
ROBERTS BROTHERS
1868

▲*Little Women* 初版の１頁目と２頁目

ぎている感じがします。

　もう一つ、*Little Women* の次女Jo（ジョー）は、発音記号で書くと［dʒóʊ］で、これはｅの付いたJoeと同じ発音です。Joe は、ジョーゼフ Joseph［dʒóʊzəf］の愛称で、男性の名前です。一方、*Little Women* の Jo は、映画を見ればお分かりになると思いますが、ジョゼフィーン Josephine［dʒóʊzəfìːn］の愛称です。

　さて、話を本筋に戻しましょう。ノーマ・ジョンストンという人が書いて、谷口由美子さんが翻訳した『ルイザ――若草物語を生きたひと』（東洋書林、二〇〇七）にあるオールコット関連年表はとても参考になると思います。

　この年表によりますと、オールコット家では、一八三一年に長女アナが生まれ、翌三二年に次女ルイーザが生まれています。続いて、一八三五年、ルイーザが三歳の時に、三女エリザベスが生まれました。一八三六年、ルイーザが四歳の時に、父親のエイモス・ブロンソン・オールコット（Amos Bronson Alcott）が本を出版しています。一八四〇年、ルイーザが八歳の時に、四女メイが生まれました。

二〇五頁に挿入した、初版の *Little Women* の写真をご覧ください。著者名の下に「挿絵は May Alcott による」と印刷されています。初版の挿絵は、ルイーザの妹のメイが描いたんです。ちょっと素人くさい絵ですが、この二頁から、初版本を開いたときの感じが分かると思います。

また年表には、「アメリカ社会の動き」も紹介されています。例えば、一八〇〇年のところを見ると、「この頃から奴隷制撤廃や女性の権利獲得などの社会改革運動が盛んに」なったと記されています。また、「インディアン強制移住法制定」とも書いてあります。この法律に基づいて、インディアンたちは、東部の白人たちがにぎやかな土地から、西部の山の中へ追いやられていきました。この強制移住の過酷な行程は、後に「涙の道」と呼ばれ、伝説になりました。

一八三二年、オールコット家に次女ルイーザが誕生した年には、電信装置（無線通信装置）が発明されています。これは、モールス信号で有名な、アメリカのS・F・B・モールスが考案したもので、日本でも「あいうえお」に対応した日本のモールス信号が作られ、長い間、無線通信に使われました。

一八三六年の時代背景としては、米国で最初の女子大学 Mount Holyoke Seminary が設立されました。今は、Seminary ではなく、Mount Holyoke College と名前を変えています。私がアメリカにいた一九六六年頃までは女子大学でしたが、今は男女共学になっているかもしれません。東部の非常に優れた女子大学で、お嬢様学校として有名でした。

一八四〇年には、*The Dial* という雑誌が発刊されたと書いてあります。この雑誌は、ラルフ・ウォールドー・エマソンを編集者とする季刊誌で、Transcendentalism（超絶主義）の活動の中心となったのですが、この超絶主義者の仲間にルイーザ・メイ・オールコットの父親のブロンソン・オールコットが含まれていました。ブロンソン・オールコットは、超絶主義運動の中心人物であったエマソンより少し年上で、エマソンが最も尊敬した人物であったということです。

さらに一八四一年、ルイーザ・メイ・オールコットが九歳の時に、エドガー・アラン・ポウが、世界における短編探偵小説の元祖とも言うべき「モルグ街の殺人」を発表したと書いてあります。ポウは、「モルグ街の殺人」に続いて二作、探偵小説を書いていますが、後年、一番重視されたのは、最後に書いた「盗まれた手紙」という作品です。

そして一八四三年には、「この頃各地で宗教的共同社会が設立」されたと記されています。これは、日本で言えば「新しき村」のようなものです。日本の「新しき村」にはあまり宗教色はありませんでしたが、アメリカでは、当時、宗教的な背景を持つ共同社会が方々に出現しました。この頃に出来たコミュニティの中で、二〇世紀になってもまだ存続しているものが二、三あります。参加したのは、だいたいが、超絶主義者系統の人たちです。ナサニエル・ホーソーンも、「新しき村」の一つに加わっており、その時の体験を『ブライズデイル・ロマンス』（一八五二）という長編小説に書いています。この作品、時期的には、ホーソーンの長編小説群の中で、真ん中ぐらいに書かれた作品です。ホーソーンが所属した「新しき村」は、途中で失敗して消えてしまったのですが、『ブライズデイル・ロマンス』はその消滅に至る過程を小説化したものです。

一八四五年を見ますと、ルイーザ・メイ・オールコットは十三歳、時代背景として、この年「テキサス併合」となっています。テキサスは、初めはアメリカの一部ではなかったのですが、この年にアメリカに併合されて、二十八番目の州になりました。さらに、セラ・マーガレット・フラーという超絶主義者の女性が最初の著作を出版しました。この人はエマソンの仲間の一人で、哲学者、女権主義者として、今日、非常に高い評価を受けています。

一八四六年には、「アメリカ・メキシコ戦争勃発」と記されています。ヘンリー・デイヴィッド・ソローは、この戦争に反対して人頭税の支払いを拒否し、投獄されました。そのすぐ後に斜線が引かれて、「エリアス・ハウ、ミシン発明」と書いてあります。つまり、ルイーザ・メイ・オールコットが十四歳の時に、ミシンが発明されたのです。『若草物語』の映画の最初のほうで、長女のメグがミシンを使っていましたね。ちょうどミシンがはやり出した頃のシーンです。

一八四八年には「カリフォルニアで金鉱発見」。翌四九年には大変なゴールド・ラッシュとなりました。ジョン・フォードの映画『荒野の決闘』の原題が『マイ・ダーリング・クレメンタイン』で、これはこの題名のもとになった「いとしのクレメンタイン」の歌詞に出てくるフォーティナイナーズ（一八四九年の人々）に関わっています。

一八五〇年、ルイーザ・メイ・オールコットが十八歳の年には、逃亡奴隷法制定という出来事とともに、スーザン・ウォーナーの『広い、広い世界』がベストセラーになったと書いてあります。原題は *The Wide, Wide World*——孤児の女性の話です。一九七〇年以降、それまで絶版だった女性作家の作品がどんどん出版されましたので、私はその頃にこの作品を読みました。しかし、私には、それほどの傑作とは思えませんでした。同じ一八五〇年に、ホーソーンが『緋文字』を、エマソンが『代表的人間像』を発表しています。

翌一八五一年、ルイーザ・メイ・オールコットが十九歳の時に、彼女の詩が初めて雑誌に載りました。この年には、『ニューヨーク・タイムズ』が創刊され、メルヴィルの『白鯨』が出版されています。

一八五二年には、ルイーザの短編小説「ライバルの画家たち」が初めて雑誌に掲載され、ハリエット・ビーチャー・ストウの『アンクル・トムの小屋』が出版されてベストセラーになりました。

一八五三年、ルイーザ・メイ・オールコットが二十一歳のときから翌五四年にかけて、父親のブロンソンが西部へ講演旅行に出かけています。このあたりで大事なのは、この時代に講演がとても流行したということです。ライシーアム(Lyceum)という組織が東部だけでなく方々に出来、そこで、例えば一時間ぐらいの単位の講演をいくつかまとめて提供する、というのが大変はやりました。学生に当たる聴衆から入口で聴講料を受け取り、講師に時間当たりで謝礼金を支払うという形でした。一時間ぐらいの単位で、いろいろな人が話をするわけです。表に、講演の時間割が張り出されました。エマソンやソローなどはもちろんのこと、ブロンソンも超絶主義者の一員として、講師業に励んだようです。

日本でも明治時代に、このシステムをまねて、例えば東京では新宿のあたりに、誰でも金を払って聴講カードをもらえば、聴きたい講義が聴けるという「ライシーアム」のようなものがあったそうです。今日の米国の大学でもおおむね同じ形で授業が行われています。ですから学生は取るコースの数によって一単位いくらのカネを払うわけです。簡単に言えば、聴講カードを買っているわけですね。日本の大学との大きな違いがここにあります。

『若草物語』が出版されたのは一八六八年ですから、ルイーザが三十六歳のときです。年表には「*Little Women* 第一部出版、大成功を収め、人気作家になる」と書いてあります。実は、ルイーザはこの第一部の出版にあまり乗り気でなかったのですが、出版社のロバーツ・ブラザーズの強い勧めで出版したところ、ベストセラーになってしまった、というのが実情のようです。翌年第二部を出しますが、ルイーザの日記によりますと、第二部は、毎日一章ずつ書いて、十三章で終わらせたということです。非常に短期間で書き上げたわけです。映画で扱われている長女の結婚は、実際には、この第二部に出てくる話です。

私は、ルイーザ・メイ・オールコットの専門家ではありませんから、ほとんど知らないに等しいので、このような年表の助けを借りてお話をさせていただきました。

私が尊敬するアメリカの女性作家は、ウィラ・キャザーです。この人だけは、世界中どこへ出しても立派に通用する作家だと思いますが、ルイーザ・メイ・オールコットはどうでしょうか。彼女は、若い女性、家庭小説、といったジャンルの中だけで考えるべき作家なのではないでしょうか。日本で翻訳が出たのと時を同じくして、ヨーロッパでもたくさん翻訳が出て、*Little Women* は世界中で非常にたくさん売れました。ですが、大人の小説と言うには、やはりちょっと物足りない、若い人のための、特に若い女性を対象とした小説という感じがします。

この後、一八七一年には、『第二若草物語』(原題は *Little Men*) が出版され、オールコット家は大変豊かになります。ルイーザは生涯結婚しませんでしたが、彼女の働きによって貧しかった家族は裕福に暮らせるようになりました。父親のブロンソンは長生きして一八八八年に八十八歳で亡くなりますが、なんとその二日後にルイーザ・メイ・オールコットもこの世を去っています。享年五十五歳でした。晩年は病を得て、身体が弱っていましたが、最後まで物語を書き続けたということです。

映画の中で、叔母さんがやって来て四姉妹に「あんたたちの父親は不甲斐ない」というようなことを言うシーンがありますが、実際、ブロンソンは金儲けのできない人でした。しかし、ライシーアムなどで彼が講演すると、客席は超満員になったらしいです。話もうまかったのでしょうが、その内容もおそらく優れていたのだと思います。超絶主義的な考え方に基づいた、かなり宗教的な講演だったでしょうが。

ルイーザ・メイ・オールコットの *Little Women* の第一章の扉頁の下部には「Playing Pilgrimage（巡礼ごっこ）」とあります。これは第一章の題名で、「巡礼を演ずる」という意味です。ルイーザは各章ごとに題名を付けています。

Playing Pilgrimage とは、イギリスの一七世紀の宗教学者ジョン・バニヤンが書いた『天路歴程』（*The Pilgrim's Progress*）にちなんだものです。この有名な作品を、父親のブロンソンがたいそう気に入っていたため、オールコット家の姉妹はこの書に親しんで育ちました。クリスチャンという主人公が、さまざまな苦労を重ねて、最後は天国へ到着するという話です。ルイーザたち姉妹は、小さい頃、この話を真似して、地下室からいろいろな荷物を持ち出し、階段を昇って屋根裏に上がり、そこから見える空を天国に見立てて遊んだらしいのです。この話は、第一章の最後のほうに出てきます。

先ほども申し上げましたように、東京大学の英文科の教授も、女性のオールコットについて論文を書くという時代になりました。しかし、昔、私がアメリカでアメリカ文学を研究していた頃を振り返りますと、ブロンソン・オールコットのことはどこの英文科でも取り上げましたが、娘のルイーザ・メイ・オールコットはほとんど研究されていませんでした。ブロンソン自身は、あまり著述は残していません。しかし、エマソンが大変尊敬して、いろんなところでブロンソンに言及していたので、その名前が知られていたのです。

先に参照した年表の一八三六年のところに、「父ブロンソン、『福音書についての子どもたちとの対話』を出版」と書いてあります。数少ないブロンソンの著作の中でも有名なもので、幼稚園児くらいの子供たちに福音書の内容を話し聞かせ、子供たちの感想を集めて一冊の本にまとめたものです。ブロンソン・オールコットの意図は、知識も偏見もない白紙の状態の子供たちが、福音書の話を聞いて、神というものをどう考えるか、労働の意味をどのように捉えるか、これを記録すれば、大人はそこから学ぶことがたくさんある、というものでした。彼は「大人は無垢な子供に学ぶべきである」という考えを強く持っており、それ以前の教育の姿勢を打ち破るようなところがありました。

例えば、今日では、小学校五、六年の社会科教育で、実際に地域の役所を訪ねて、役所ではどういう仕事をしているのかを調べたり、近くを流れている川へ行って、その付近にはどんな草が生えているかを調べたりします。このように、実際に自分たちが住んでいる地域を見て考える、そして発表するという方法をブロンソンは採っています。アメリカでは、今でもなお、地方の義務教育、特に小学校教育に対して、その地域の教育委員会が大きな力を持っています。この教育委員会は、日本のものとはかなり違っています。委員は、裁判の陪審制と同じように、ごくふつうの地域住民で、教育の専門家ではない人たちの中から選ばれます。教科書の選定も教育委員会の仕事で、教師たちに拒否権はありません。

私がアメリカの大学の大学院の英文科にいた頃にも、こういう制度がしばしば問題になっていました。例えば、日本ではもう常識になっている英文法の問題が、アメリカの英文科ではいつまでも問題にならずに受け入れられているのです。原因は、高校・中学の教科書を、生徒の親世代に当たる教育委員が選んでいたところにあります。教育の専門家ではない委員たちは、かつて自分たちが学んだ古い英文法を正しいと確信して固執する傾向が強かったのです。このため、例えば、“It's me”は誤り、正しくは“It's I”であるというふうな古い英文法がいつまでもまかり通ってしまったのです。

この映画の中でも、一カ所、ちょっと引っかかるところがありました。今日の英語としてはとても考えられないし、オールコットの時代としても無理な英語がありました。これと同じようなおかしな英語が、ハリウッドの一九四〇年代、五〇年代の映画には、ときどき出てきます。

こういう、古めかしいアメリカの初等教育を、新しいものに直していくという点で、ブロンソン・オールコットは非常に力を発揮しました。しかし、一般の人から見れば、これは実験教育そのものです。対立した親たちが次々と子供たちを辞めさせてしまうので、ブロンソンはどの学校をやっても失敗するということになりました。

ブロンソンの伝記は、書いた人によって評価は違いますが、どれも非常に面白く読めます。ブロンソンはみずから筆を執って書くことが少なかったので、なかなか分かりにくいところがあるのですが、アメリカの教育・哲学・宗教の流れの中では、力のある偉い人と認識され、研究もされてきました。

ルイーザ・メイ・オールコットの存在は、父ブロンソンと比べると、はるかに小さく、少なくとも、昔の英文科ではあまり研究されておりませんでした。この事実を最後に付け足して、このへんで終わりにします。

二〇一〇年七月一一日講演

註＊明治三六年本郷座における新派による『ハムレット』登場人物の日本名は次のようになっていた。

ハムレット＝葉村年丸《はむらとしまる》
クローディアス＝葉村蔵人《くらんど》と亡霊（二役）〔演者は川上音二郎〕
レアーティーズ＝海軍少尉堀尾金彌
オフィーリア＝折江《おりえ》〔演者は川上貞奴〕
ポローニアス＝堀尾直之進《なおのしん》
ガーツルード＝八重子
ホレーショー＝原庄次

原題　: *Strangers on a Train*
監督　: Alfred Hitchcock
公開年: 1951
原作　: Patricia Highsmith, *Strangers on a Train* (1950)

# 『見知らぬ乗客』

この映画を選んだ理由の一つはヒチコックという監督の評価が今も高いということ。もう一つは原作者のパトリシア・ハイスミスという女性作家のアメリカにおける評価が最近になって高まっているということがあります。

偶然ですが、最近さらに二つ、関連することが出てきました。一つは主演のファーリー・グレンジャーが今年（二〇一一年）に八十五歳で亡くなりました。もう一つは、日本でワシントン・ナショナル・ギャラリーと言っている、正確にはNational Gallery of Art, Washington の所蔵品の一部がいま日本で公開されていることです。この美術館がこの映画の舞台に使われているのです。大富豪のアンドルー・ウィリアム・メロン（Andrew William Mellon 一八五五―一九三七）が寄付した大きな美術館です。入場は無料です。しばしば美術館はそのコレクションの持ち主の名前を冠して、根津美術館とか五島美術館とか名付けられますが、メロン（食べるメロンはエルが一つ、この人の名前はエル二つです）は自分の名

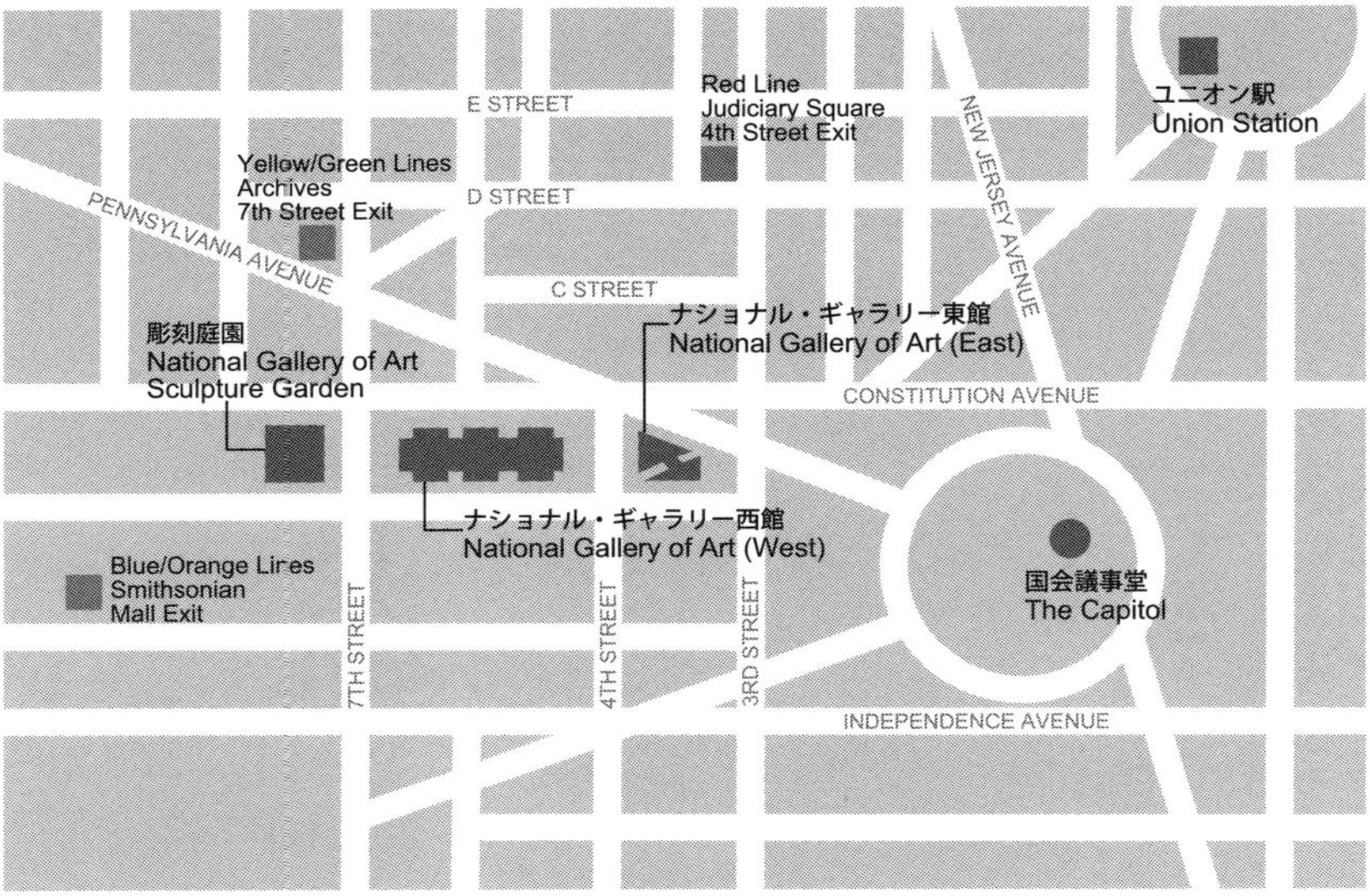


▲ナショナル・ギャラリー・オヴ・アート周辺地図

前を入れることを嫌いました。手元の英和辞典には National Gallery of Art が「(米国) 国立美術館　ワシントンDCにある」としていますが、これは誤り、「国立」ではありません。「国民の」美術館という意味なのです。

映画では、この美術館の西館のシーンが二回出てきます。映画の中ではどこにもナショナル・ギャラリー・オヴ・アートで撮影したというクレジットが出てきませんから、それを知っておいて見たほうが面白いんじゃないかと思うんです。

さて、映画が始まって、カメラはトンネルの中から入口を写しているような感じですが、これはワシントンDCのユニオン鉄道駅の入口のタクシー降車場から外を見ている設定です。あっという間に消えてしまいますが、遠くに国会議事堂の白い、丸い屋根《ドーム》が見えるはずです。国会議事堂とユニオン駅の位置関係は上の地図を見てください。ナショナル・ギャラリー西館、東館があって、その下に国会議事堂があります。西館、東館のちょっと上のほう右寄りにユニオン駅があります。これはユニオン鉄道がやっている駅ですから「ユニオン・ステーション」と言うのですが、この駅構内にタクシー降車場がある、そこへ次々にタクシーが客を乗せて入ってくるところから映画が始まるのです。タクシーを降りて振り返れば国会議事堂のドームが見える。この白いドームは、もう一回、次には別な場所から夜間の照明によって非常にハッキリ見えます。

さて、冒頭でカメラは、駅構内に入って来て、タクシーが停車して客が降りるのを撮っています。入って来たタクシーのドアに「タクシー」を意味するCAB《キャブ》という文字が写されます。この三文字にちょっとカメラがとどまっているような感じがします。これはどういうことでしょうか。この映画のもとになった小説では、このタクシーから降りようとしている男の名前はCharles Anthony Brunoで、彼が主人公宛てに書く手紙の署名が時によって、C.A.B.だったり、CABであったりするのに引っかけた、ヒチコック監督の遊びだと私は思います。ヒチコックは映画ではこの男の名前をBruno Anthonyと変えています。ここでブルーノが乗ってきたタクシーのCABという大文字三個を画面に出したのは、この男の名前の頭文字がCABである原作へのちょっとした挨拶かもしれません。

そのタクシーのドアが開いてCABならぬブルーノ・アントニーが車を降りる足をカメラはとらえる、赤帽が荷物を運んでいく。カメラはずっと下方ばかり撮っていますから、まだブルーノの顔は見えない。見えるのは彼の足元、白い革靴、黒い模様の派手な靴です（黒白映画ですから黒いのですが実際は恐らく赤茶色かなんかでしょう）。次に別なタクシーで到着するのがガイ・ヘインズ、ファーリー・グレンジャーの演じるテニス選手ですが、これもカメラは足元だけをとらえています。こちらは地味なふつうの黒い靴です。

地味な靴は画面の左から右の方向へ進みますが、さっきの派手な靴は右から左の方向へ進みます。これはどういうことか、どうしても後になって考えてしまいます。私は、こう考えます。英語でものを書くとき、ふつうは左から右へ書いてゆくのが自然です。（日本では昭和の初めごろまで横書きは右から左へ進むのがふつうでしたが）。そういうふうにしてブルーノの変わった性質を暗示していると私は感じます。

やがて二人は同じコンパートメントに向かい合って腰をおろすことになります。ここらから全身がスクリーンに入ります。ガイは画面の左側に腰を下ろして本を開く。ブルーノは右側に座ってガイを見ている。ガイが広げた本は裏表紙にヒチコックの写真が印刷されている。これは、私は気が付かなかったのですが、カリフォルニア大学バークレー校のD・

A・ミラー教授がこのことをシカゴ大学出版局発行の文学研究雑誌 *Critical Inquiry* で指摘しています。

ところで、もとの小説ではガイはテニス選手ではなくて建築家で、この列車の中ではギリシャの哲学者プラトンを読んでいる。ところがヒチコック監督は、プラトンなどという高級なものではなく、自分の編集したサスペンス短編小説集の本に替えました。*Alfred HITCHCOCK'S fireside book of SUSPENSE* という本の裏表紙が見えます。「ファイアサイド・ブック・オヴ・サスペンス」――冬の夜長に炉端であたたまりながら読むのにふさわしいようなサスペンス小説集ということですね。

あとでガイが電車を降りるとき、入れ替わりに大きいコントラバスを抱えて入ってくるのがヒチコック監督自身です。私たちがこの映画で見る最初のヒチコックは本の裏表紙に出ている静態像、次に見るのは、この映画のフィルムに写っている動態像ということになります。こうした繰り返しがこの映画の特徴の一つです。ほかにも例えば列車の最前部のガラスを通してカメラが列車の進んでいく線路を見下ろす。線路が左右に分かれる。列車は左に行くかと思うと、左に行かず、右に行く。その線路がすぐまた左右に分かれる。また右へ進む。そんな具合です。

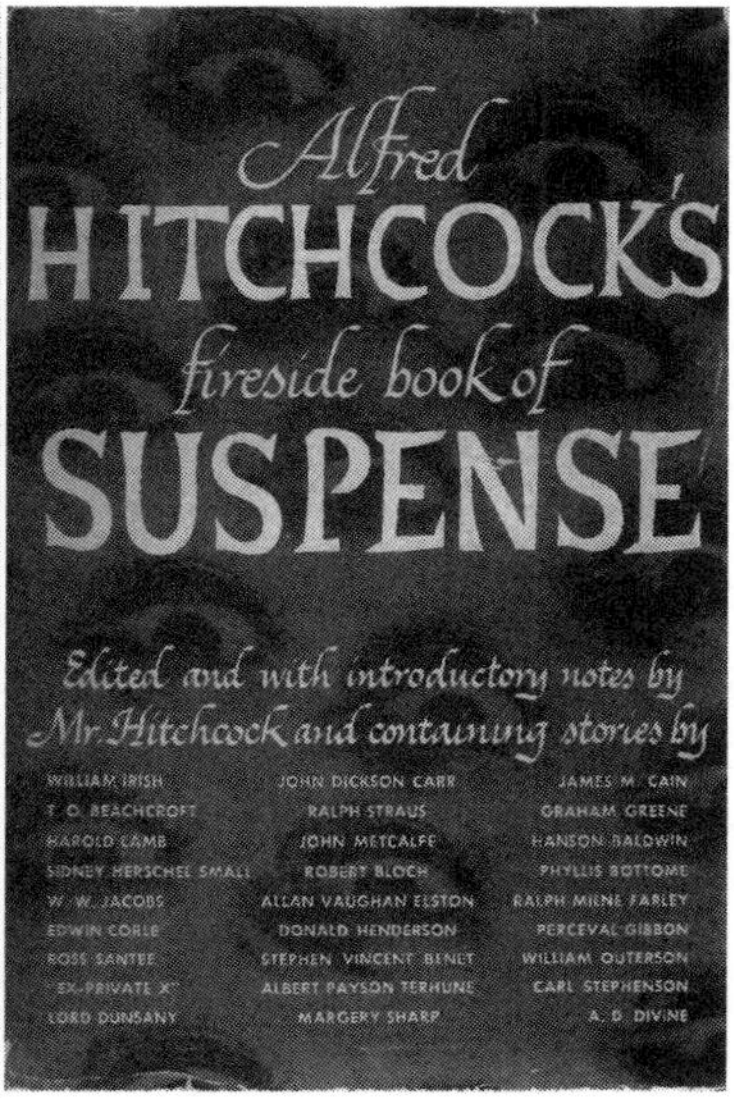


▲*Alfred HITCHCOCK'S fireside book of SUSPENSE* の表紙

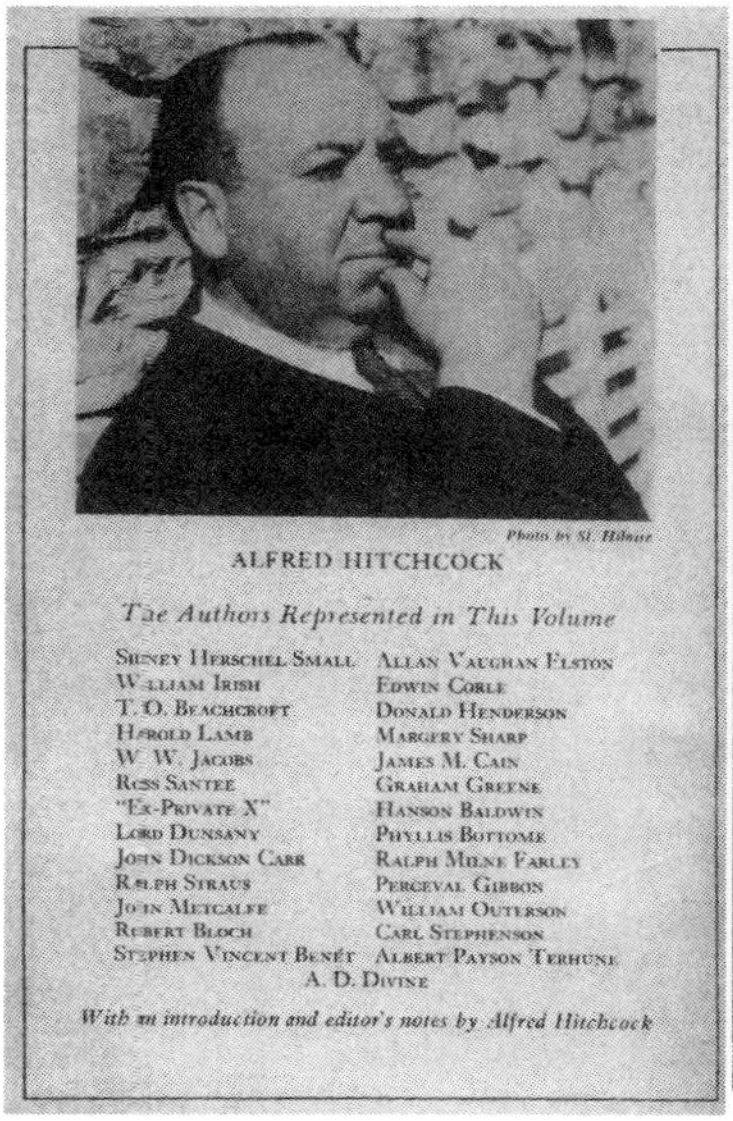


▲*Alfred HITCHCOCK'S fireside book of SUSPENSE* の裏表紙

始めにはタクシーを降りて歩く足元の繰り返しがありました。やがてガイはブルーノのコンパートメントに招かれて入る。ブルーノは長椅子に横たわる。その足の影になってペーパーバックの本があります。これはハッキリ見えませんが、《デル・ブックス》というペーパーバック本の一冊なのです。これがミラー教授の突き止めたところでは、*SUSPENSE STORIES: Selected by ALFRED HITCHCOCK*（『アルフレッド・ヒチコック選によるサスペンス・ストーリーズ』）という選集なんですね。

先に申しました首府ワシントンのナショナル・ギャラリー西館の入口あたりが二回出てきます。一回目は外側から。ガイは刑事と一緒に歩いていて、見上げると石段の上の入口のほうにブルーノがいるのです。次の回はガイが将来結婚しようと思っているアン・モートンと一緒に美術館の中、入口近くにいるシーンです。ほんの一瞬ですが、マーキュリーの像も見えます。ついでながら、ローマ神話のマーキュリー（メルクリウス）はギリシャ神話のヘルメスに当たります。それに重ねてブルーノという名前が考えられます。ブルーノはヘルメス学と関係の深いルネッサンス時代の思想家です。ヒチコックがこれを悪役のファースト・ネームとして使いたかったのは、一九五〇年代の初めという時期ではジョルダーノ・ブルーノという思想家が、異端、オーソドックスを外れたケシカランやつとして紹介されることが多かったからです。思想家のブルーノは一九六〇年代に入って初めて正当に位置づけられ、たいへん偉い思想家と考えられるようになりました。この映画が作られた時代にはブルーノは異端の、いかがわしい思想家と考えられていたと言えましょう（原作者ハイスミスも同様に考えていたでしょう）。

いろいろな繰り返しの場面の中から面白いのをもう一つ。最初の、ガイとブルーノが列車内で出会う場面です。座席に座ったガイが足を組むと、向かい側のブルーノの靴をちょっと蹴ったような感じになり、ガイは「エクスキューズ・ミー」と言い、それがキッカケで二人の会話が始まります。ブルーノがガイを見つめて「あなたはガイ・ヘインズじゃありませんか」と質問して会話が進んでいくのです。このシーンから一時間以上後、そろそろ終わりに近くなって、ガイは結婚しようと思っている上院議員の娘アン・モートンと二人で列車に乗っています。そこへカトリックの坊さんが、ふと目を上

▲ ナショナル・ギャラリー西館入口のロタンダ（円形空間）は天井はドーム型で丸窓から光線が入り、下にマーキュリー像がある。（© 新潮社『芸術新潮』筒口直弘）

げて、そこにいるのが有名なテニス選手ガイ・ヘインズであることに気がついて、ブルーノが言ったのと同じような言い方で「失礼ですが、あなたはガイ・ヘインズじゃありませんか」と言います。さあ、ガイはまたまた変なことが始まったら大変と、アンを促して去っていく。これがユーモラスなエンディングになっています。ところが、このシーンは英国版では省略されている、というか、ないというか、ある説によれば、英国のカトリックがうるさいから、省いたのだというのですが、もともとヒチコック自身がカトリックなのですから、そういう気持ちがあったら初めからカトリックの坊さんなど出したりしないと思うんです。そこらをどう考えるか、私にはなんとも言えません。

ついでに申しますと、最近とみに評価のあがっているフランスのフランソワ・オゾン監督のサスペンス映画『スイミング・プール』（二〇〇三）の出だしで、電車の中のミステリー作家サラが「あなたは作家のサラさんじゃありませんか」と言われて「ノン！」と答える部分は明らかにヒチコックのこの映画を意識した繰り返しです。

『見知らぬ乗客』のクライマックスで使われるメリーゴーランド。ここでやっている音楽、ガイが離婚しようとしている眼鏡の女性とそのボーイフレンド二人が合唱し始めて、それにつられてブルーノも歌い出す、その歌の歌詞はかなりハッキリ聞こえるわけですけれど、それが終わってボートに乗りにいく、その時点でもまだ音楽は――今度はまた別の曲ですが――響いています。こうした曲は、どれもミュージカル『カルセル』（*Carousel*）――映画化されての日本題名は『回転木馬』（一九五六）――で使われたものなんだと聞いています。

ガイ・ヘインズがブルーノと列車で会って、交換殺人を提案されて、ブルーノと別れ、列車を降りようとしてコントラバスを抱えた太った男（ヒチコック）とすれ違い、メトカーフという田舎町の楽器屋――そこで離婚したがらないガイの奥さんが働いている――へ入っていくシーンがありますが、私が最初にこの映画を劇場で観たときの記憶では、この楽器屋の入口の左側に『カルセル』の音楽をレコードにしたものの広告が出ていたと記憶します。ところが私が四種類のビデオやDVDをチェックした限りでは、どれにもそれが出てきません。どうもなんらかの事情でそこがカットされたんではないかと思います。私以外にも、そこに『カルセル』の広告が出ていたと言う人がいますので、私の記憶違いではないでしょう。「カルセル」というのはメリーゴーランドとまったく同じ意味です。このミュージカルはブロードウェイで当たった作品で、原作はハンガリーのモルナール・フィレンツ（一八七八－一九五二）という有名な作家の戯曲『リリオム』（一九〇九）です。モルナールは一九四〇年に米国に亡命し、米国で亡くなりました。『リリオム』をミュージカルに作曲したのは有名なコンビ、ロジャーズとハマースタインです。この原作に基づいた映画は、評判は芳しくなかったのですが、音楽はブロードウェイ・ミュージカルとして作曲したものをそのまま使っていたということです。

『見知らぬ乗客』で「カルセル」という言葉が出てきて、そのあと、ブルーノが訪れる遊園地の入口の札には「カルセル」ではなく、「メリーゴーランド」と書いてある。しかしこれも繰り返しの一つですね。どうか、この映画に繰り返しの技巧が凝らされていることを注意して観てください。

ヒチコックはこの映画の原作の映画化権を二千ドルという安い値段で買ったと言われています。しかし最近パトリシア・ハイスミスの詳しい伝記が出版されて話題になりました。なぜ詳しいのかと申しますと、彼女は高等学校の生徒の頃からずっと、スイスで死ぬまで、詳しい日記を書いていました。スイスのベルンの図書館の特別室に保管されているその詳しい日記をこの伝記は第一資料として利用しているのです。その中で伝記作者はヒチコックが映画化権として払った金はもっと多かったと具体的な額を書いています。それが正しいのでしょう。若くて無名のハイスミスが、たった二千ドルで安く騙されたというふうな俗説はちょっと違うんじゃないかと思います（日記だって全部を信用するわけにはいきませんが）。

ヒチコック自身が喋っているところでは、私はあの映画化権を買ったけれども、それは主として、《交換殺人》というアイデアがそれまでなかったのに、彼女はその小説『見知らぬ乗客』の中でそのアイデアをうまく使っている、そのアイデアだけを買えば私は満足だと、そういう意味で、言わばアイデア料として金を払ったんだと、そんな主旨のことを言っています。ちょっと文学史的なことを申しますと、どうも英国のニコラス・ブレイクが初めて交換殺人というアイデアを使ったようです。それが小説『見知らぬ乗客』が出版される前の年かなんか、非常に近いところなんですけれども、ニコラス・ブレイクがハイスミスに影響を与えたということはないようで、まったくハイスミス独自の着想だったようです。

もう少し原作のことを申しますと、人によっては、小説『見知らぬ乗客』におけるハイスミスの書きぶりは最初の小説とは思えないくらい立派なものだと評価していますが、二十冊ほど書いている彼女の本をちょっとばかりチェックしてみますと、やはり後になるほうが文章が巧みです。小説『見知らぬ乗客』は退屈な書きぶりだと私は思います。しかし、これがふつうの探偵小説とか、サスペンス・ノヴェルと違うことは明らかで、彼女自身も言っているように、ドストエフスキーの『罪と罰』のようなものを彼女は頭に置いて書いていると言ったほうが確かです。ただしドストエフスキーのような迫力があるかと言うと、どうもそうは言えません。

ついでに文学事情について脱線しますと、このニコラス・ブレイクというのはペンネームで、本名はセシル・デイ＝ルイス、英国の有名な詩人です。息子は最近アメリカ映画でも活躍しているダニエル・デイ＝ルイスです。

パトリシア・ハイスミスという人はたいへんな変わり者です。例えばカタツムリが大好きで、いつもハンドバッグの中に生きているカタツムリを二十匹くらい入れて街を歩いている。あるとき、どこかの晩餐会でそのハンドバッグの口が開いてカタツムリがぞろぞろ出てきて騒ぎになったというふうな話があります。しかし米国では生前あまり評価されなかったというのは問題ですね。エドガー・アラン・ポウを長く評価しなかったピューリタニズムの伝統ということになりましょうか。

さて、原作『見知らぬ乗客』と比べると、フランス映画『太陽がいっぱい』の原作 *The Talented Mr. Ripley*（直訳すれば『才能あるリプレイさん』）のほうが遥かに小説として上達しているという気がします。この小説はシリーズの第一巻で、全部で五巻まであるようですが、第二巻以降はフランス以外の国で映画化しているようです。日本では映画『太陽がいっぱい』は一九六〇年にロードショー上映され大いに当たり、主演のアラン・ドロンが身に付けていたようなペンダントが日本の青年にも流行することになります。

この映画、ニューヨークでは一九六一年にカーネギーホール・シネマでロードショーだったと記憶します。カーネギーホールは一階がコンサート・ホールで、映画館は同じビルの四階か五階にありました。私は米国人の反応を見たくてそこへ行ったのですが、非常に客は少なかった。日本題名『太陽がいっぱい』は、米国では *Purple Noon*（『紫色の真昼』）という題名で公開されました。題名の「パープル」には「ゲイ」の含みがあり、確かに原作者も監督も同性愛者ですが、それが理由とは言えそうにありません。なぜなら同じ頃の英国映画 *Victim*（一九六一）はダーク・ボガード主演でゲイを扱いましたが、これは好評で、ロング・ランになりました（ソール・ベロウの小説 *The Victim* とこの英国映画はまったく無関係です）。一つには、この頃の平均的米国人にとってフランスとかイタリアとか、カトリック国の映画には感性的に拒否反応が出るようです。米国始まって以来最初のカトリックの大統領ジョン・F・ケネディの時代になったとはいえ、ですね。

最後に申したいことは、映画『見知らぬ乗客』の最初のほうで、テニス選手とブルーノが喋るところ、このダイアローグは非常によくできていると思います。もとの小説では長々しいんですが、映画では巧みな対話になっています。ヒチコックはこの脚本を書くのにいろんな人に依頼しました。最初の脚本家の仕事は気に入らず、二番目に探偵小説家として有名なレイモンド・チャンドラーを雇ったのですが、ヒチコックはチャンドラーが書くそばにいて、いや、ここのところはこういう状況なんだから、このようなセリフにしてくれないか、などと言う。あげく、チャンドラーは、そんなに言うんなら、あんたが書けばいい、俺はいやだってなことで、しばしば喧嘩になったと言いますけれど、結局チャンドラーをクビにして三人目の脚本家ということになる。脚本家は三人の名前しか出ませんが、ほんとうは四人が関わっているらしいので、それだけによく練れていると私は思います。英語に興味のある方はぜひ注意してご覧ください。

二〇一一年七月一〇日講演

原　題：*The Reivers*
監　督：Mark Rydell
公開年：1969
原　作：William Faulkner, *The Reivers* (1962)

原　題：*Intruder in the Dust*
監　督：Clarence Brown
公開年：1949
原　作：William Faulkner, *Intruder in the Dust* (1948)

# 『華麗なる週末』『墓場への侵入者』

これまでに一回、二本の映画（一本はフルに、もう一本はその一部）を上映したことがあります。エドガー・アラン・ポウの短編「アッシャー家の崩壊」（映画題名『アッシャー家の末裔』）と、三つの短編によるオムニバス映画『世にも怪奇な物語』に入っている「影を殺した男」と「悪魔の首飾り」の二編を上映いたしました。それはポウの精神を最もよく捉えた映画という視点から選んだつもりです。

今回も二本の映画を、一本は全部、もう一本は時間の許すかぎり上映させていただきたいと思います。『華麗なる週末』（一九六九）――原題は *The Reivers* で、その原作の日本語訳題名は『自動車泥棒』です――の全部と、もう一本『墓場への侵入者』（一九四九）を時間の許すかぎり上映したいと願っているのです。『華麗なる週末』というのはウィリアム・フォークナーが最後に書いた小説で、二〇世紀の初頭、米国の南部の町で初めて自動車を買った家の主人夫婦が週末に親類の家へ出掛けた留守、使用人たちが十一歳になる主人夫婦の息子と一緒にこの自動車に乗ってメンフィス市へ遊びに行く、その冒険の次第を主人夫婦の息子が語るという、フォークナーにしては明るい、わかり易い作品です。

久しぶりに『自動車泥棒』をもとにしたこの『華麗なる週末』を見て思ったのですが、やはりスティーヴ・マックイーンを始め、少し名の知れている役者が出すぎている感があります。特に、マックイーンはもうスターになってしまっている人ですから、どうもぴったり役に合わないのではないでしょうか。

もう一本の『墓場への侵入者』（*Intruder in the Dust*）は、私がフォークナー原作の映画の中の最高峰と考える作品ですが、残念ながら現在まで日本で公開されたことのない映画なのです。一九六〇年代末だったと思いますが、一度だけ東京は日比谷の劇場で特別上映されたことがあります。日本アメリカ文学会の会員にはその案内が届いたはずなのですが、私の気づいたところでは尾上政次教授の姿が見えたくらいで、いわゆる「フォークナー研究者」の姿が他にあまり見えませんでした。これはまことに残念なことで、ついこの間、日本ウィリアム・フォークナー協会という学会が『悶え』（一九五九）を上映したようですけれど、こういう、フォークナー原作映画でも最低の愚作を学者が選ぶのかと思うと、このかたがたの美的センスが疑われてまいります。

二〇世紀後半に世界的に影響力のあったフランスの〈ヌヴェル・ヴァーグ〉の代表的な映画監督・批評家のジャン・リュック・ゴダールはフォークナー原作の映画として『翼に賭ける命』（一九五七）を高く評価していますが（そしてそれは『悶え』に比べれば遙かにマシな映画ではありますが）、それより十年近く前の『墓場への侵入者』こそフォークナーをまともに知ろうとする人が鑑賞すべき映画だと思います。

誰も言いませんが、この映画こそスウェーデンのノーベル文学賞がフォークナーに与えられる直接のきっかけだったと私は思います。この映画が公開されたのは一九四九年、ノーベル文学賞が発表されたのは一九五〇年の年末近くで、フォークナーは一九五〇年度のノーベル賞ではなくて、前年すなわち一九四九年のノーベル賞をもらったのです。ノーベル賞としては異例で、四九年度の受賞者と、五〇年度の受賞者が同時に発表され、フォークナーと、五〇年度の受賞者バートランド・ラッセルの二人が一緒に同じ授賞式に出席したのです。

それまでの八年間、一冊も長編の新作を発表していなかったフォークナーが久しぶりの新作『墓場への侵入者』を発表したのが一九四八年、そしてその新作に基づく映画の公開が一九四九年末、その年ノーベル文学賞は受賞者なしと発表され、しかし一九五〇年末には一度「受賞者なし」とした受賞者にウィリアム・フォークナーが選ばれたのです。そうなると、ヨーロッパで一九五〇年に公開された映画『墓場への侵入者』の力が大きかったと考えざるをえません。

『墓場への侵入者』は人種的偏見に基づいて黒人をリンチしようとするテーマですから、米国では、いかにそれが二人の少年と一人の老女によって阻まれるとはいえ、米国の暗い面を見せることになるわけです。日本の映画関係雑誌はこの映画の評を掲載し、近く日本でも上映されると予告したりしました。

当時はまだ日本における知名度の低い米国作家フォークナーの小説が原作の映画が、その現地で主に撮影され、ヨーロッパでの評価は高いので私は大いに期待して上映を待っていたのですが、占領軍司令部の命令で日本での公開は禁止されたという情報が流れ、ついに今日に至るまで公開されていないのです。

その少し前には、映画館に「近日上映」の宣伝画像が公示されたフランス映画、ジャン・コクトオ原作・監督の『双頭の鷲』（一九四七）が無政府主義者の登場を嫌って、これも占領軍司令部の命令で上映禁止になったのでした。コクトオびいきの日本人は堀口大學以来数多く、また王妃を演じる舞台女優エドウィージュ・フィエールに期待するファンの気持ちも無視しての、（これも公表はされませんでした）禁止令は私たち学生を憤慨させたものでした。

遠い昔の話だと思われるかもしれませんが、こういう雰囲気は占領が終わってからも完全には消えていません。私も関係した日本におけるメルヴィル研究者たちの論集が米国で出版されたことがありますが、この編集に当たって、論文の一つが「反米的」であるという理由で、これを除外しなければ出版しないというトラブルを経験しました。調べてみると、この出版を世話した米国人が元占領軍所属で、私との電話のやりとりでも、その横柄さは堪え難いものがありました（件の論文は私に言わせればなんら反米的ではないのです)。恐らく自分の権力を以前の被占領国民に振るって見せたかったのでしょう。そういう流れが戦後長く、ある種の米国人の底流として存在したことを私は忘れるわけにいかないのです。

そこへいくと、「私も戦争に負けた国の人間として日本人に同情する」と言ったフォークナーは、米国政府の意向に従って来日したにもかかわらず、まったく態度が違います。フォークナーにかぎらず、南部出身の米国人には南北戦争による敗北の意識が強いのですね。フォークナー来日より少し前に「東大・スタンフォード大セミナー」で来日したアラバマ州出身で、当時UCLAの教授であったレオン・ハワードも同じようなことを訪日の挨拶で言ったのを記憶しています。フォークナーは長野の農民の様子を観察してミシシピー州の農民との似通い方に感心したりしています。

ところで本題に戻りまして、原作の『墓場への侵入者』は一九五三年に加島祥造さんの訳が『墓場への闖入者』の題名で出ています。これは「荒地」同人の詩人である加島さんの個性的な訳業でありました。

占領下の日本では、米国の推薦する図書の翻訳権を日本の出版社が競《せ》りによって入手し出版するということが行われていましたが、珍しくその推薦リストの一冊にフォークナーの『野性の棕櫚』(一九三九)が入っていて、これは一九五〇年に大久保康雄訳で『野性の情熱』という題名で出版されました。これがノーベル賞受賞以前に日本で出版された唯一の長編小説です(短編では「エミリーの薔薇」が一九三二年に龍口直太郎さんの訳で、春山行夫さんの求めに応じて『文学』に発表されました。『文学』は『詩と詩論』のあとを継いだ雑誌です。現在岩波書店から出ている『文学』とはなんの関係もありません)。

『墓場への侵入者』が出版されると、批評家から高い評価を受けました。米国ではフォークナーと同郷人(ミシシピー州)の小説家ユードラ・ウェルティ(一九〇九–二〇〇一)が『ハドソン・レビュー』誌に長文の書評を寄せて「この小説は二重の、そして喜ばしい偉業だ」と言いました。「なぜ二重かと言えば、一方で探偵小説のプロットの謎が解明されてゆく、同時にフォークナーの散文の謎が私たちの眼の前で紡がれ織られてゆく」からだと書いています。

同じ頃、批評家エドマンド・ウィルソン(一八九五–一九七二)はウェルティ以上に長文の書評を『ニューヨーカー』

誌に発表しました。その最初のほうを引用してみましょう——

ウィリアム・フォークナーの新作『墓場への侵入者』は、白人の血が混じっている一人の黒人（ルーカス・ビーチャム）が、南部で黒人に要求される従順さで行動することを拒否し、強固なプライドが発達しているために、白人を殺したと誤った告発を受けても、彼の人種の敵に対して自己弁護するまでに謙《へりくだ》る行為がほとんど不可能なのである。この小説の叙述はコミュニティ（ミシシピー州のジェファソン市のコミュニティがフォークナーのフィクションの大部分の舞台になっている）の少数の人々の冒険を扱う。この人々は、ルーカスの不羈独立の精神を尊敬するようになっていて、彼の事件に関心を抱き、彼をリンチに遭わせないよう努力する。こうした擁護者たちには、凍っている川に落ちたところをルーカスに救われたことのある十六歳の少年、この少年の伯父（この町の弁護士で、外国に住んでいたことがあり、ある程度、地方的偏見を超えることができる）、それからこの地域で最高の資質がある老女で、告発されている黒人ルーカスの、今は亡き妻と一緒に大きくなった過去を持つレディ、その他がいる。すべての出来事は少年の視点から提示される。この老いたる黒人ルーカスへの少年の忠誠心から、犯罪はほかの人間のやったことだという証拠が発見されるに至る。そして、さまざまな出来事に刺激されて少年期を卒業し、かなり成熟してゆく、というのが黒人の苦境と同じくらい本書の主題になっている。真のテーマは、そういう両者の関係ということになる。

こんなふうにこの小説のテーマは簡潔にまとめられています。この小説には「サスペンスと興奮が」「いつものように、存在する」と言います。しかしフォークナーの作品の最も顕著な特質の一つ、そして彼が同時代の米国作家の多くと違うのは「一種のロマンティックな倫理性《モラリティ》で、それが読者にケシカランと言わせせることなくメロドラマのスリルを味わわせてくれる。そういうスリルを起こさせるような価値観を恥ずかしがることなく受け入れさせられるのである」としているのは重要な指摘です。「フォークナーが執拗に自分の生まれたコミュニティの心性の中に身を埋めようと固執する、そういう固執ぶりを嘆く批評家の系列には、私は共感しない。なぜと言うに、彼の騎士道精神（それが彼の倫理観を構成する）は彼の南部精神の一部であるからだ」と言っています。

エドマンド・ウィルソンは「市民権プログラムに対するフォークナーの返答」としてはこの小説に満足していないのですが、その文学的評価はまことに正当だと私は思います。現在に至るまで、日本のアメリカ文学研究家でウェルティやウィルソンに十分な注意を払った人はいないように思いますが、それは当時『ハドソン・レヴュー』や『ニューヨーカー』が手に入りにくかったからでしょうか。

そうではないと私が思うのは、同じ頃日本でも次のような意見が日本語で発表されていたからです。

〔『墓を暴く者』の〕物語はジェファースン――フォークナーの小説に何時も扱われる地方――の町を舞台にしている。一人の年老いた黒人が白人を殺したかどで告発される。現場の証拠はまっすぐに彼を指さしている。彼は法廷で供述することを拒む。そしてリンチを加えようとする群衆が監獄の前に集まりはじめる。

一人の白人の少年は嘗て河に溺れかけたところをこの黒人に救われ、しかも彼はこの善行にたいし金を払おうとして黒人を侮辱したことがあった。その時の黒人の威厳ある態度に深く感銘したこの少年は、二年後のいまでもなおそれに負目と、黒人への恩義を感じている。彼は監獄に黒人をたずね、結局彼が無実の罪なのではないかという疑いをいだきはじめる。

その黒人の指示に従い、白人の老婦人と小さな黒人少年との助けをかりて、彼は殺された男の屍体を掘り出す。これによって事件の経緯がほぐれはじめ、ついに話は最高潮《クライマックス》へともりあがる。

……この小説の中には、今日書かれうるもっとも美しい散文の最上の好例がいくつか見出せるが、その一つは、三人の連中の墓場へ出発する場面である。ここでは夜中のひそかな出発のおそろしい情景が、絵画的な形姿《グラフィック・フォーム》で読者の前に現わされているのであって、その描き方は読者に映画を思いおこさせる。――いやそれどころか、高速度写真、一連の動作を細かに積重ねた時間の流れで表わし、一定の動きの全過程を図式に表現する、あの高速度写真の新しい技術さえ、思い出させるものである。

フォークナーの散文はつねに詩と、それも制約のない奔放な詩と、非常によく似ていて、あたかもフォークナーは、彼にぱっとぶつかってくる言葉、あるいは彼の頭に浮かんだままの言葉をそのまますぐ書きつけていったかのようである。しかしこれはもちろん、われわれも考えうることだが本当ではなく、フォークナーほど刻苦して散文を磨く作家は少ないのである。（ドナルド・リッチィ『現代アメリカ芸術論』加島祥造訳、早川書房、一九五〇年三月五日発行［訳者あとがきの日付は一九四九年一二月二〇日。ノーベル賞受賞の一年前です］）

こうしてみれば、わが国のアメリカ文学研究家によってもっと注意され、もっと研究されてもいいと思うのですが、いっこうにその気配が私には感じられません。『墓場への侵入者』の映画版が公開されれば原作ももっと読まれただろうにと思ったり、原作がもっと読まれれば映画も公開されただろうにと思ったりしますが、現状はどちらも日本ではさっぱり……ということになります。

もともと日本でフォークナーの作品はそれほど多くの読者を得ていたわけではありませんが、それにしても、いまだに解消されないリンチという問題を扱った傑作がなぜ日本で読まれないのか、これについて私の意見を簡単に申しておきましょう。それはこの小説が十六歳の白人少年の視点から自由間接文体で書かれているからです。ご存知のように英語には直接話法と間接話法があります。直接話法で書かれたセンテンスを間接話法に直せ、などという問題を中学で課せられた記憶は皆さんおありだろうと思います。直接話法の引用符を取ってしまえば、それで間接話法になるというわけではなくて、人称や時制が関わって、時には複雑な問題も出てきます。

欧米語の基準で言えば、日本語には直接話法しかないと言えるのです。だから話法という問題が日本語には生じないと言っていい。ところが、この二つを混ぜたような、もう一つの話法があって、これを中間話法と名付けたり、自由間接話法(あるいは自由間接文体と呼んで、これは作家の文体上の問題だとする学者もいます)と呼んだり、「描出話法」と言ったりしています。簡単に言えば、《「……」と彼は言った。》の引用符を除去して、《……と彼は言った。》とすれば間接話法になるとして、間接話法の「と彼は言った」の部分を除去して《……》だけを提示するのが自由間接話法の一例だと言えましょう。また《と彼は言った》は、《と彼は考えた》でも、《と彼は感じた》でも同じ規則が適用できるわけで、「話法」と言いながら、話さなくても「話法」は成り立つのです。そこで文体的なものになってくるのです。これを文体的特色として書いた作品は短編に多いように思いますが(典型的なのはジェイムズ・ジョイスの『ダブリン市民』の中の短編です)、これが『墓場への侵入者』には終始、多用されていて、この効果を日本語では——何しろ直接話法しかないのですから——出すことが難しい。なんとかそれを訳者はやらざるをえないのですが、そういう文章は日本の一般読者には馴染めない、という、それが原因だと私は思っています。

そういう文体に関わる話法の問題が映画では消えますから、ストーリーが解りやすくなります。ここで一九五〇年に日本の映画雑誌に発表された紹介文を一つだけ、ご参考までに紹介しておきましょう(これで見るかぎり、日本側に拒否反応なし、いかに進駐軍の力が強かったかを証明します)——

……地方色を豊かに盛って、南部地方における地方的事件として扱った点に、異彩があり又そこに意義があると言える。原作はウィリアム・フォークナーの小説であるが、舞台はこの大作家の故郷たるミシシッピ州オックスフォードであり、創作とはいえ、いわゆるフォークナー文学の特色たる冷酷な写実描写を以てしたものだけに、実話ものの到底及ばない芸術的な秀抜さと迫真性を持っている。主人公はファノ・ヘルナンデスの扮するニグロの借地人ルーカスで、白人を背後から射殺した容疑で投獄される。彼は犯人ではないのだが、南部地方の常識から見ると、怪しからぬほど白人を対等に扱う「僭越」な男である。彼の牢獄の外には激昂した人々が群衆している。……しか

▲1　左からフォークナー、ブラウン監督、シェリフ代理「レゲット」を演ずる市民

し彼にも味方がある。十六才の少年チックで、二年前に河で凍死しかけているのをルーカスに救われた者で、ブラウン御ひいきのクロード・ジャーマン・ジューニヤが扮する。もう一人はエリザベス・パタースンの扮する老嬢で、二人は深夜殺されたた男の墓を掘って見て、ルーカスの無罪を確信し、デイヴィッド・ブライヤンの弁護士と、ウィル・ギーアのシェリフの尽力で、ルーカスを私刑にせよと煽動中の眞犯人を捕まえる。ブライヤンの弁護士も、南部人らしいニグロ嫌いであるが正義に対する責任感でこの嫌悪を抑えるあたりに、人間味が描出されているのである。……ブラウンは九〇パーセントの大量の現地撮影と、それに加うる五百人の現地人出演で、ローカル・カラーを申し分なく盛り込んでいる。職業俳優は十四人であり、ハリウッド式のこしらえ物とは見えないのは、この現地撮影の敢行によるものである。(『キネマ旬報』一九五〇年二月上旬号)

この文章は誰が書いたものか不明ですが、よく書

▲2　クロード・ジャーマン・ジュニアとフォークナー

かれています。一つ、注を加えますと、「ブラウン御ひいきのクロード・ジャーマン・ジューニヤ」というのは、監督クラレンス・ブラウンが一九四六年に公開したM・K・ローリングズ原作の『子鹿物語』で、フロリダ北部の農林地帯に暮らすグレゴリー・ペックとジェイン・ワイマン演じる夫婦の一人息子として名演し、アカデミー特別賞を受賞した子役のことで、テネシー州ナッシュヴィル市のクロード少年を育てたのはブラウン監督だと言えるからです。なおルーカスのことを「借地人」としているのは誤りです。

ここらで映画を上映しながら同時に説明を加えていきましょう。

▲3　（シーン1）市役所

①まずタイトル、クレジットなどが出ますが、その背景に映っているのは町の広場の近くにある教会の尖塔です。クレジットが終わるとカメラは同じ位置から垂直にパンして対象の尖塔をぐっと下に降りて、教会の入口に日曜礼拝に集まってくる市民の平和な姿を写します。教会の鐘が鳴っています。

②鳴り響く音の源、教会の鐘の像が大写しになり、鐘の向こうの窓から市の広場とその先の市役所が見えます**【写真3】**。カメラがゆっくり移動して——

③広場に面した理髪店（店の前に床屋のシルシとなる赤・白（青）のだんだら模様のバーバー・ポウル［barber

▲4　（シーン4）理髪師と客とトラック運転手

pole〕が立っているので明瞭です）の前には靴磨きのための椅子があり、そこに男（トラックの運転手）が腰かけていますが、靴みがきの黒人少年は見当たりません。カメラを理髪店内に置いて、店の外の椅子の男の背後から遠く市役所のビルが見えます。男は立ちあがり店の入口に立って——

**男**　靴磨きはどうした？

**理髪師の声**　今日はダメです。

**男**　靴磨きの子はどこへ行った？　みんなどこへ行っちゃったんだ、昨日から黒人の姿を見かけないが。

**理髪師**　知らないのか？

**男**　知らん。

男は店の奥の「バース（風呂）」と掲示されているドアを開けて立ち止まり——

**男**　知らないのかって？　何を？

**客の一人**　ガウリーの息子の一人が——

**別な客**　——撃たれて死んだ。

カメラはトラック運転手の顔に近づき——

**男**　ガウリー？　ガウリー家の奴を撃った？　おい、どこのバカがそんなことをしようってんだ？

**もう一人の客**　うしろから撃たれたんだ——黒人にな。

④カメラは広場の南北戦争記念碑の下にだべっている七、八人の中年の男たちを示しますが、ただちに——

⑤教会の中の場面に変わり、コーラス隊と一般信者が讃美歌を歌っていますが、急に③に戻ります。警察車のサイレンが広場に近づいてくるのを聞いて男たちがハッとしたようにだべるのをやめます。カメラは再び④に戻り讃美歌が継

続しています。そこへ警察車のサイレンが聞こえ、オルガン伴奏は続いていますが、会衆は浮き足立ちます。

⑥床屋の奥から三人の理髪師とその客と、順番を待っている客、そして出入口をカメラは撮っていますが、みな警察車のサイレンに浮き足立ちます。

⑦理髪師のうちいちばん老人の男が金銭登録器のところへ行って、入っている金銭を掴むと他の同僚、客たちと一緒に外へ跳び出します。頭にシャンプーの泡が立っている客も、あわてて泡を払いながら帽子をかぶって跳び出します。

⑧老人理髪師が「バース」のドアのこちらから「彼が着いたぞ！　急げ」などと呼びかけます。はだかのトラック運転手の足が捉えられ、次にスイング・ドアの上に濡れた髪の運転手の顔。

⑨カメラが広場に出ます。サイレンとともに警察車が広場に入ってきます。入ってくる警察車をカメラは流し撮りします。

⑩カメラが警察車内部の後ろの席から運転席の後姿や窓の外にむらがる群衆を写します。運転席の背に、後ろの席に座っている黒人の手錠のはめられた両手が載っています。黒人の他の部分はわかりません。運転席の背を掴む両の手だけです。

⑪留置場の前で後方左車輪がパンクしたガタピシ車がとまります。寄ってきて車を囲む群衆。運転席のドアを開けて、シェリフが外に出、次にシェリフの助手、それからシェリフに促されてルーカス・ビーチャムが出てきます。手錠のルーカスは出るときに帽子がひっかかって歩道に落ち、手の使えないルーカスに代わってシェリフがそれを拾って渡します。

**群衆のA**　帽子なんか払い落としちまえ。

**群衆のB**　今度はその首を落としちまえ。

**群衆のC**　シェリフに頼まんでもガウリー一家がやってくれるわ。

**シェリフ**　諸君、道をあけてくれ。床屋に戻ってくれんかい。

群衆の一人　（空気の抜けたタイヤを指して）あんたが急がんように誰かがやってくれたんだね。

シェリフ　（平然と）かもね。ま、俺を知らない奴の仕業だ。さ、ルーカス。行こう。

と留置場入口への小道を歩き始めます。ルーカスが歩く速度でカメラは群衆の顔を移動撮影していきます。ルーカスたちが入口の石段を上ったところで、立ちどまって振り返り、チック少年の緊張した顔に——

ルーカス　きみ、お若いの。伯父さんに言ってくれ、わしが会いたいって。

群衆の中の声　誰に会いたいだと？

別な声　弁護士のスティーヴンズだ、ジョン・スティーヴンズ。

群衆の中の声　弁護士に会いたいのかい？

別な声　弁護士だと！　葬儀屋も要らんわや。

シェリフ　ここに集まらんでくれと言っただろ。何回も言わせないでくれよな。

ここまでが最初のタイトル、クレジットを含めて五分超です。いかに簡潔に原作の二章分が詰められているか、映像の確かさ、ベテラン監督の自信のほどがわかります。念のために、この五分間を振り返りますと、最初の、五月の青空にそびえる教会の尖塔の十字架。響きわたる鐘の音。白い雲。緑濃い木々。まさに「神、そらに知ろしめす／すべて世は事も無し」（ブラウニング／上田敏）の世界ではありませんか。（いま「五月」と申しましたが、これは原作に明確に書かれているのに従ったのです。）

教会の入口のところに三々五々集まる市民も、のんびりと平和そのものです。教会の中で歌われているのは讃美歌「イエスのために立ちあがれ」（Stand Up, Stand Up for Jesus）です。画面で歌っているのは「立ちあがれ」だけ、ほんの二、三秒ですが、この讃美歌の第二連は、この映画のテーマに関わるように感じられます。

立ちあがれ、イエスのために立ちあがれ。集合ラッパに従え。
きょう、この栄《は》えある日、大いなる戦いに向かって。
勇敢なる汝ら、無数の敵を相手に、イエスのために
危険なればこそ勇気百倍、力には力を以てせん。
Stand up, stand up for Jesus, the trumpet call obey;
Forth to the mighty conflict, in this His glorious day.
Ye that are brave now serve Him against unnumbered foes;
Let courage rise with danger, and strength to strength oppose.

実は、この讃美歌を歌っている市民たちは、「無数の敵」の一部なのですね。「立ちあがる」のは少年二人と老婆だけだという皮肉をブラウン監督は匂わせたのだと私は思います。

①②はこの形では原作にありません。③床屋のシーンは原作にないことはないのですが、これもこの形では原作にありません。私のカナダ人の友人で、米国は広いから、地域の気風《エトス》がみな異なるんで、それがどんなふうかを知るのに一番良いのは、たいがい町の真ん中の広場に面して存在する床屋へ行くことだと主張する人がいましたが、まったくその通りで、そこには階級の別もあまりなく、さまざまな男たちがいて、その日の町の話題がいろいろ語られます。「バーバー・ショップ」に女性はいませんから、きわどいジョークも自由に飛び出し、散髪が終わってもなかなか去らず、靴など磨かせながら長居する者もいます。これをこの場所に入れたのは見事です。

⑤で、すべて世は事も無しと見えた市民たちが浮き足立つのもユーモラスで、ユーモアはこの（原作の）特色だとしたユードラ・ウェルティの捉え方をこの映画の監督も共有しているのです。

⑦でシャンプーの途中の客があわてて外へ出るために泡だらけの頭に帽子を載せようとするのも、⑧の入浴中のトラック運転手のなんとも言えない表情も巧みにユーモラスです。⑨の警察車の左後輪の空気が抜けて、間抜けな走り方をしているのも、気づいた観客にはユーモラスに映りますね。⑩で初めて黒人ルーカス・ビーチャムの手だけが出演するというのも面白い。

⑪で初めてルーカスの全身像が現れます。この困難な役を監督は米国人の黒人俳優から選ばなくて、西インド諸島のプエルトリコの名優（舞台の人で映画出演はこれが初めて）を選んだのは慧眼です。米国南部の実経験があるような黒人俳優には、ちょっとこなせない役柄です。九〇パーセント現地ロケのこの映画で、自由に演技させるためにクラレンス・ブラウンは、いわば外国系のヘルナンデスを選んだのみか、万一の悶着を避けるために、彼の宿泊するホテルは別な市に設定したということです。

ついでに申しますと、先に見ました『華麗なる週末』にもこの俳優ヘルナンデスは出演しています。彼の二十年後の演戯をそこに見ることができるわけですが、この映画における威厳、尊大さのようなものが二十年後にはずいぶん減じてしまったように思われます。これは故郷を出て米国で暮らした結果でもあるかもしれませんが、監督の導き方の巧拙にも関わるものではないかと私は思います。

⑪の移動撮影でオックスフォード市民（大部分は農民）の顔を次々に見せていくのも見事ですね。全部地元の人で、例外は俳優の、当時十五歳のクロード・ジャーマンだけ（そのジャーマンも隣の州テネシーのナッシュヴィル出身です）。一人ひとりの顔がそれぞれの人生を語っているとはまさにこのことで、五百人の市民の中からこの顔を選んだ監督の目もなかなかのものです。

弁護士のスティーヴンズの名がルーカスの口から出てきますが、彼は一九三二年に出版された『八月の光』以降ときどきフォークナー作品に顔を出す人物で、ギャヴィン・スティーヴンズというのですが、『墓地への侵入者』では少年チャールズ（通称チック）・マリソンの母の双生児の片割れということになっていて、彼のほうが先に生まれたので、チックの母マーガレット・マリソンの兄、つまりチックの伯父ということになります。フォークナーのいくつかの作品では、この人が顔を出すたびに、ハーヴァード大学を出てドイツのハイデルベルク大学で法律の博士号を取り、郷里のジェファソン市（実はオックスフォード市と考えてよい）で弁護士をするためにミシシピー州立大学法学部でも学んだ文化人ということになっています。日本で言えば、私の中学時代に住んでいた村に一人、東大卒のインテリが疎開して来て「あの人は東大出だぞ、偉いんだぞ」と噂されたことがありますが、その手の名士ですね。高等学校も卒業していない、しかし第一次大戦後ときどきミシシピー大学の聴講生になったというフォークナーさんが作中で紹介するスティーヴンズは、私の郷里の村にただ一人の「東大出」もそうですが、どこがハーヴァード、ハイデルベルクだい、ただの田舎紳士じゃねえかと言いたくなるような面もあって面白いキャラクターです。この映画では彼を「ギャヴィン・スティーヴンズ」ではなく「ジョン・スティーヴンズ」としています。「ギャヴィン」が発音しにくかったのでしょうか。彼は独身で、同い年の妹の嫁いだマリソン家で暮らしているのです。映画の中でスティーヴンズは若く見えますので私は「叔父さん」と思っていたのですが、わずかな時間差で彼は「伯父さん」なのですね。年令の上下差をつける感じは、Uncle の一語で済ませる英語と違って日本語では面倒です。

さて、チックは群衆から抜け出して広場を横切り、走って家へ帰ります。場面はチックの家になり、カメラはフロント・ドアからチックを追います。食堂のテーブルには父、母、伯父。チックの席は空いたまま、ディナーが始まっています。田舎では昼食が「ディナー」です。夕食は「サパー」で、ディナーより軽い食事になります。農民にとっては夕食よりも昼食のほうが大事ですからね。

父はチックが昼食に遅れたことを問題にして叱ります。それから調理場のドアに向かってチックにチキンを出すように言うのです――「パラリー、チキンをもう一皿出しなさい」。母は「パラリーは、今日は不調なのよ」と言い、父は「なぜだ。パラリーは、あの人殺しの親戚じゃないだろ」と言い、スティーヴンズは「うん。しかしチックだって親戚じゃない」と言います。

パラリーはマリソン家の黒人の調理係で、同じ屋敷の別棟の小屋に息子のアレック・サンダーと暮らしています。アレックは白いエプロンがけで食事の後片づけを手伝ったりします。パラリーを演じているのはオックスフォードの町の中学の国語（つまり英語）の先生だそうですが、役にピッタリです。息子のアレックを演じるのは俳優のようですが、彼の履歴は私にはわかりません。大事なことは、原作によれば、アレックがチックと同じ頃に生まれ、二人は長く兄弟のように、一緒に育ってきたということです。

フォークナーの愛読者ならただちに思い出すのは、短編集『征服されざる人々』（一九三八）所収の最後の短編「美女桜の香り」（“An Odor of Verbena”）の冒頭、ミシシピー大学の法科の学生であるサートリスに、サートリスの父が殺されたという報せをもって部屋に跳び込んでくる黒人リンゴーのことです。サートリスとリンゴーも生まれたときから一緒の少年時代までを過ごしているのです。そういう人物を描くフォークナー自身、生まれたときから一緒に育った兄弟のような黒人との仲をインタヴューで語ってもいます。

そういう仲のアレックですから、チックと協力して「墓場への侵入者」の一人になるのです。先に引用したエドマンド・ウィルソンも『キネマ旬報』の紹介文もアレックを省いていますが、この小説では無視できない存在です。

さて父親のお説教に納得できないチックは食事の途中でナフキンを放り出して部屋を出て、二階の自室へ行ってしまいます。子供と大人の過渡期なんだから、ああいう態度も出てくるのだ、あとは僕にまかせなさいという主旨のことをスティーヴンズは両親に言います。

場面は二階のチックの部屋に変わり、不機嫌なチックは伯父が部屋に入ってきても、しばらくは物を言いませんが、やがて伯父に気を許し、自分がなぜルーカスにこだわるのか、その理由を語り始め、その二年前、伯父の親友で地主のエドマンズに招待されて初冬のエドマンズの住む田舎へアレックと兎狩りに出かけたときのチック少年のナレーションとともにフラッシュバックが始まります。

チックの部屋のセットは天井から模型の航空機が吊るしてあり、壁には南北戦争の兵士の写真や、さらにジェファソン高校の三角旗、南部の諸大学の三角旗――「オール・ミス」（ミシシピー大学の通称）、ヴァンダービルト大学、ひときわ目立つのが、この映画の監督の出身大学のテネシー大学――、古風な暖房調節器のそばには猟銃がある。この猟銃のところまでカメラの視線が流れて、そこからチックがこの銃を持って放牧地を猟犬とアレックの後方を歩き、一本の丸木を仮の橋にした川に差しかかるフラッシュバックに入るのです。犬もアレックもすでに渡り切った丸木橋を、チックも渡りかけます。数歩進んだところで彼の足が横滑りし、その姿勢を直そうとした次の一歩でかなり低いところを流れている氷の張り始めた川に落ちていきます。

このエピソードは、小説では最初のページから始まるのです。小説の最初のパラグラフを少し訳してみましょう――

It was just noon that Sunday morning when the sheriff reached the jail with Lucas Beauchamp though the whole town (the whole county too for that matter) had known since the night before that Lucas had killed a white man.

その日曜日の午前の正午だった、シェリフが留置場へ着いたのだ、ルーカス・ビーチャムを連れて、尤も町じゅう（いや、そのことなら郡全体）前夜から知っていた――ルーカスが白人を殺したことを。

これが最初の短いパラグラフで、私は訳文に読点だのダッシュを入れましたが、原文では読点にあたるコンマもダッシュも一つもありません。

次のパラグラフも同じく短いのです。

He was there, waiting. He was the first one, standing lounging trying to look occupied or at least innocent, under the shed in front of the closed blacksmith's shop across the street from the jail ...

彼はそこにいた、待っていた。最初の人間だった、立っている、ぶらついている、用ありげに見せかけているというか、少なくとも無邪気に見せかけようとして、留置場から通り一つ置いてこちらの閉店している鍛冶屋の前の小屋の下のあたり……

この文章は「彼」を「私」に変えても成り立ちます。ここから逆に最初のパラグラフに戻ると、それは客観的に作者が描いているとしか思えませんでしたが、第二パラグラフから考えると「彼」（＝チック）が主観的に述べている文だとも取れます。ここらが先に申しました自由間接文体の特性です。三番目のパラグラフは次のように始まります。

Because he knew Lucas Beauchamp too—as well that is as any white person knew him. Better than any maybe unless it was Carothers Edmonds on whose place Lucas lived seventeen miles from town, because he had eaten a meal in Lucas' house. It was in the early winter four years ago; he had been only twelve then and it had happened this way:

なぜならルーカス・ビーチャムを知っていたのだ——つまり白人が彼を知っている程度になら彼も知っていたということだ。どんな白人よりもよく知っていたかもしれない、キャロザーズ・エドマンズを除けば。エドマンズの地所にルーカスは住んでいた、町からは十七マイルのところだ。なぜ彼が知っているかと言えばルーカスの家で食事をしたことがあるからだ。四年前の初冬のこと。そのときは十二歳で、事情はこんなふうだ——

それからエドマンズが伯父を訪ねて来て一泊しチックを彼の土地での兎狩りに招待し、翌日アレックと一緒にそこへ行って、という話になるのです。

このように順序を変えたシナリオ作者もなかなかの腕前ですが、それに監督も目を通して手を入れ、さらには作者のフォークナーがシナリオ全体を読んで、特にセリフのほうぼうに最終的に手を入れているのです。フォークナーもハリウッドで『三つ数えろ』（一九四六）その他のシナリオを書いていますからシロウトではありません。フォークナーはジャーマンに自分の愛馬を貸したり、ブラウン監督に死体を埋める流砂はどこが最適かを示したり、たいへんな協力ぶりだったようです。（しかし彼はワーナー社と契約があって、他社の映画に力を貸したことは公表できないため、この映画のクレジットには原作者としてしか名前が出てこないのです。）

ブラウン監督は原作小説の出版の前、ゲラになったときにいちはやく読んで、ただちに映画化を決めたのです。ジョーン・クロフォードやグレタ・ガルボの監督として有名なブラウンが、深南部の田舎町を舞台にスターを使わずネオ・リアリズム風に映画を作るとは意外と思う人もいるでしょうが、フォークナーはかつてブラウンの属した制作会社MGMで働いていたことがあり、ブラウンを知っていました。そしてブラウンはミシシピーの隣の州、テネシー州のテネシー大学で学んだ人、南部が故郷と言ってもいい人なのです。

だからオックスフォードの町の人々ともすぐに溶け合うことができ、町の人は彼を北部人ではなくて同じ南部人として協力を惜しまなかったようです。ブラウンも町の人々の心理を知っていますから、先にも申しましたが、黒人ルーカス・ビーチャムを演じる俳優を米国人から選ばずプエルトリコの名優フアノ・ヘルナンデスに決め、しかもこの映画の撮影中に万一の事態が起こらないようにと、彼の滞在ホテルだけはオックスフォード市を避けて別な場所にしたことが知られています。そうした心配りも南部を知り尽くした監督なればこそであったと思います。

さて映画はフラッシュバックが続きます。チックは丸木橋から落下して薄い氷を破って水中に没し、喘ぎながら水面に顔を出しますが川底に沈んだ銃を取りに再び水に潜ります。水面に戻ると、片手に銃、もう一方の手で川岸の柳の枝を掴んだりして岸に上がろうとします。アレックは興奮状態で八、九フィートの高みの土堤から棒をおろしてチックに掴まらせようとしますが、うまくいかず、かえってチックを沈めてしまいます。

するると落ち着いた大人の声で――

「棒に邪魔させるな」

アレックは棒を引っ込め、命令した男のほうを見ます（しかし男＝ルーカスの姿は画面に入りません）。チックは少しずつ水面下の土手の斜面に足場を作っていきます。チックも顔をあげて、この穏やかで傲然たる声の持ち主を見あげます。

カメラはチックの視点で男の足もとから上方へパンして黒人ルーカスの顔に及び――

**チックの声**　これがたぶんルーカス・ビーチャムを見た最初だ。


原作ではこのシーンは次のようになっています――


土手を登りはじめると、……ゴム長靴をはいた二本の足が見えた、それから脛《すね》、その上のオーヴァオールが眼に入った、そして土手を登って立ちあがったときやっと、肩に斧をかつぎ、羊皮の裏のついた重そうな外套を着て、彼の祖父がよく使っていたような、つばの広い色のさめたフェルト帽をかぶった一人の黒人が、彼の方をじっと見つめているのが眼に入った。この時が、彼の覚えている限りでは、ルーカス・ビーチャムを見た最初であった、いや、ルーカス・ビーチャムを見て忘れる奴なんていないから、たしかにこれが彼に逢った最初なのだ。

（フォークナー全集17『墓地への侵入者』鈴木建三訳、冨山房、一九六九年）


まだこの自由間接話法の文は続くのですが、こういうチックの感情のこもったカメラ・アイが見事だと私は思いまし

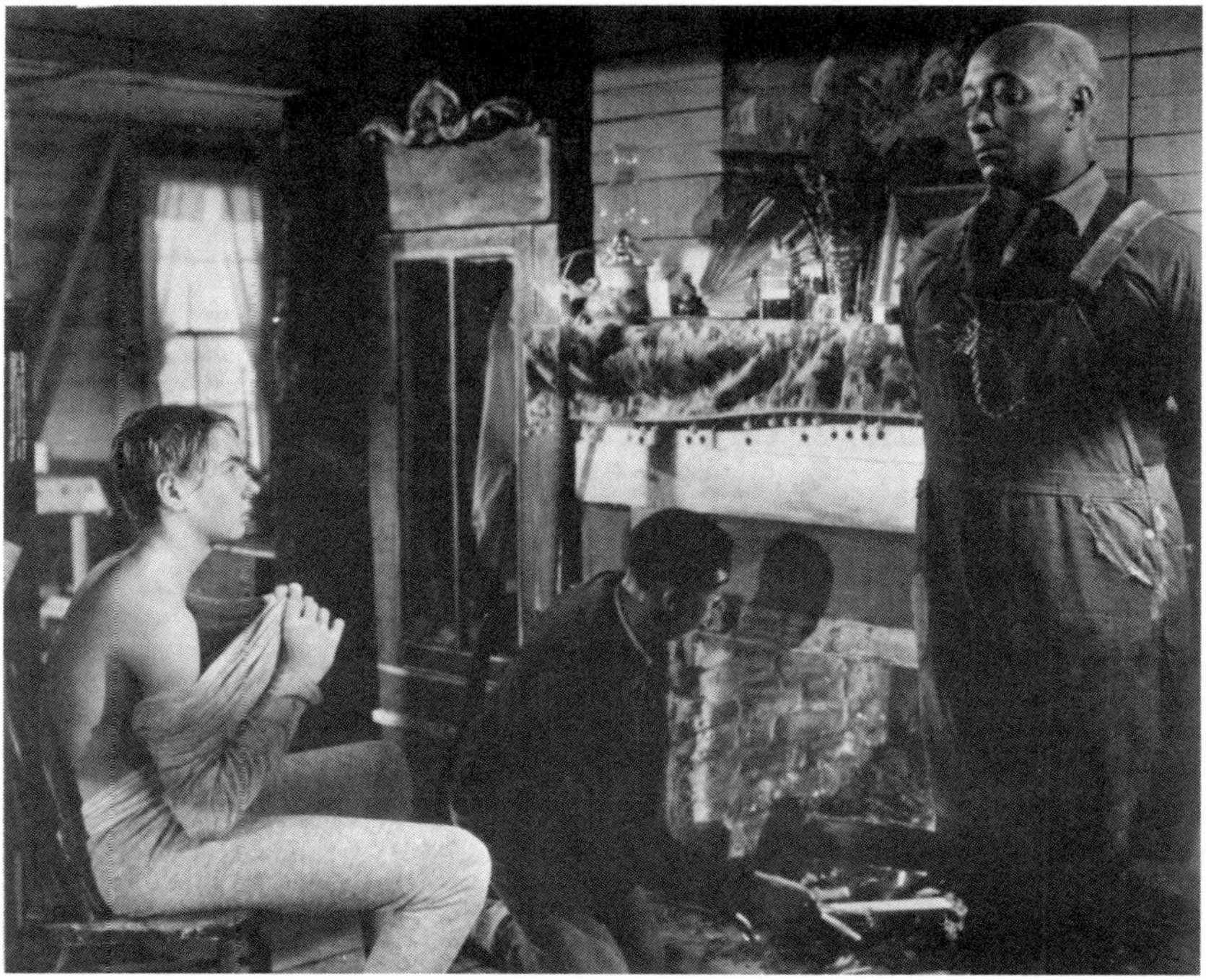

▲5　（シーン76）チック、アレック、ルーカス

た。

ルーカスはチックに「うちへ来なさい」と言い、チックが躊躇していると、アレックに銃を持つように言い、三人は小路をルーカスの小屋に向かいます。そしてチックは自分たちがルーカスの土地（広さは十エーカー）に入っていたんだと実感し、そのルーカスの土地はルーカスの祖父がこの土地をギフトとしてもらったこと、祖父は祖父の所有者のいとこに当たることなどを思い出すのです。

小屋に入り、暖炉のそばでチックはルーカスの命令に従ってシャツや下着をぬぎ【写真5】、ルーカスの妻モリーがチックをキルトで包んでやります。

キッチンでモリーは湯気の立つ野菜煮やベーコンやパンをテーブルに並べ、グラスにはバターミルクが入っています【写真6】。チックの声が「彼は僕に昼食を食べさせたんだ、彼のために料理した昼食を」と言い、カメラはチックの向こうの居間の暖炉のあたりのルーカス、アレック、モリーを写します。居間にあるルーカスとモリーのツーショット写真のクローズ・アップも入ります。

▲6　（シーン79）モリーとチック

チックは立ちあがり背を居間のほうに向けてポケットから計七十セントになる数枚の貨幣を引っぱり出し、それを握って居間に入り、揺り椅子に座っているモリーに渡そうとします。

**ルーカス**　それはなんのためだね？

チックは怒りと気恥ずかしさを抑えられない様子で急に手をひっくり返し、四個のコインが床に落ちて転がります。ルーカスは穏やかに、強情に、平然としています。チックは怒りというよりは気まずさから、ルーカスに「拾いなさい！」と言います。

ルーカスは、しばらく黙っていますが、アレックに「彼のお金を拾いなさい」と命じ、アレックはコインの一つひとつを見つけて拾い、ルーカスに差し出します。ルーカスはそれをチックに渡すように言い、アレックはチックの握りこぶしに触れ、金を受け取らせます。

**チックの声**　彼ははなから僕の知らないことをわきまえていた――僕が彼の家の客だということを。

ルーカスは安らかな、動じがたい顔で「さあ、行って兎狩りをしなさいや。ただし、あの川には近寄らんでな」

これでフラッシュバックは終わらず、簡潔にクリスマス・セールの店に入っていってルーカスのための葉巻四本と、モリーのための嗅ぎタバコ一箱を買うフラッシュバックがあり、次に家の前にいるチックのところへラバに乗った白人少年が一ガロンの糖蜜の桶を渡して去っていきます。

**チック**　またもや返り討ちだ。

それで映像は溶暗《ディゾルヴ》となり、しかしフラッシュバックはまだ続いて、広場に面したビルの二階の窓を写します。「処務弁護士　ジョン・スティーヴンズ」の看板が下がっています。窓の中には伯父さんとチック。チックは伯父さんのところでアルバイトをして給料をもらい、その金で母に同道してもらってモリーが教会へ着ていけるようなドレスを買って送ります。

そのあと偶然チックは広場でルーカスに会うのですが、彼はチックを素通りして先のほうを見てすれ違っていきます。これでルーカスはもう僕のことを忘れた、心理的貸し借りは全部済んだとチックは安堵です。

▲7　（シーン107）フレイザーの店の中。左端にチック、中央手前にルーカスがいる。

**チックの声**　そしたら伯父さんが言ったんだ、彼の奥さんが死んだんだって。それで彼は悲嘆に暮れていたんだ。それで思った、黒い肌をしてたたって悲しいときはあり、誇らしいときもあり、さびしいときだってあるんだ。

フラッシュバックはさらに続き、チックは「ハイボーイ」という名前の自分の馬に乗って田舎道の四つ角の店に行きます。

**チックの声**　彼に会いに行った。彼の家に、ではない。二度とあんな目に遭いたくない。僕は中間地帯を選んだ――フレイザーの店だ**【写真7】**。

店には布切れ、馬具、缶詰、キャベツ、ジャガイモ、砂糖、米、小麦粉などの入った樽などがあり、付近の男たちの溜まり場にもなっているのです。だいたいが白人で、ヴィンソン・ガウリー、クロフォード・ガウリーもいます。喋ったり、煙草を吸ったり、ソーダ水を飲んだりしていて、買い物をしているわけではありません。前景にチックが日用器具などを見ています。

**チックの声**　土曜日の午後、彼はここへ来るんだ。

コインを床に投げるゲームをしている男たちもいます。騒がしい酔っ払いもいます。道側のドアからルーカスが入ってきます。ルーカスは威厳のある歩き方で、ガウリー兄弟が見守るのなどを無視して、紙箱に入ったジンジャー・クッキーを買い、その一片を口に入れ、振り向き、ヴィンソンの前を、ゆっくり、規則正しくクッキーを噛みながら通り過ぎます。

**ヴィンソン**　この不潔な、うぬぼれ屋の、チリチリ頭の……

ヴィンソンは馬具の横木を掴んでルーカスに向かおうとし、フレイザーの息子がカウンターを跳び越えてそれをとめます。ルーカスは振り向いて軽蔑するように落ち着いてヴィンソンを見返します。フレイザーが「出ていってくれ、ルーカス」と言います。ルーカスはジンジャー・クッキーを噛みながら、一種の横柄さで彼なりの土曜日の贅沢を楽しみつつ店を出ていきます。このシーンの始めから終わりまでをクロフォード・ガウリーは見物しています。

カメラは店の入口の枠組みに囲まれた形で、森の曲がりくねった小径をルーカスがゆっくり去っていくのを見せます。それにダブって――

**チックの声**　まさにこの森で――土曜日の午後――つい昨日のことだ、彼がヴィンセント・ガウリーを殺した。後方から狙って射殺した。

これで溶暗――フラッシュバックは終わり、チックのベッドに腰かけているチックとスティーヴンズに戻ります。

**チック**　それでも、まだ彼は僕が彼の友達だと思ってるんだ。

スティーヴンズが立ちあがります。その位置からチックを見おろす角度でクローズ・ショット。

**伯父**　それで――続けて。

クローズ・ショットでチック。

**チック**　（物静かに）彼は弁護士が必要なんだ。

**伯父**　（カメラの外から）それだけのことか。

**チック**　伯父さんに頼みたいって。

チックは伯父さんに今行ってやれないかと急《せ》かし、スティーヴンズは「なぜ急ぐ？　何も起こりゃしないよ。昼の間は、お互いの顔が見えるから恥ずかしいんだ」「恥ずかしくなくなったら？」というチックの反問に――

**伯父**　ガウリー家の連中を待つだろう。ガウリー家の連中がいなければ何もしやしない。ところがガウリー家は、ほかの人間も同じだが、何かする前に、まず、ヴィンソンを埋葬しなければならん。埋葬が済んだらやってきて、彼を留置場から引っ張り出して、吊るし首にする？

**チック**　いや。ガウリー一族は善良とは言えない。魚を釣るのと、喧嘩するのと、ウイスキーを作るためのトウモロコシ作りは別として。だけど日曜日なんだ――ガウリー家の人々にとっても。だから日曜日が過ぎるまで待つよ、少なくとも真夜中までは、待つ。

**伯父**

チック　もし待たなかったら？
伯父　そうなれば鋼鉄の扉があるし、シェリフのハンプトンがいる。それは彼の仕事だ。きみの仕事でも、僕の仕事でも、ない。
チック　でも、彼に会ってはくれるよね？
伯父　今のところ、僕にできることはあまりない。
チック　伯父さん——
伯父　よしよし、行くよ。
チック　僕も一緒に行く。
伯父　よし。夕食《サパー》のあとでな。
チック　だけど、もし彼らが来たら——
伯父　ふん、もし来たら。ルーカスは白人をうしろから撃つ前に、それを考えるべきだったってこと。

このやりとり、長く引用したのは伯父さんの姿勢がよく出ているからです。シークエンスが終わって、次に二人が留置場へと通りを歩いていくのを移動撮影します。今日は日曜日なので閉まっている居酒屋の隣の家の門の内側に男が植物に水をやっている。ミスター・リリーです。（ミスター・リリーを演じているのは、実はオックスフォード市の当時の市長さんだということを知って観ている人は、オックスフォード市民以外には、少ないでしょう——市長がすすんでこの役を演じたかったに違いありません。）

リリー　ちょっと早いんじゃないですか？　ガウリーの連中も町へ出てくる前に家の仕事を済ませにゃなりませんからねえ。
伯父　日曜の夜は家に居ようってことになるかもしれませんな。
リリー　そうですよ。日曜日だってのは彼らのせいじゃない。彼はそこんとこを考えるべきだったね、土曜の

**伯父**　午後に白人を殺しにかかる前にね。

リリーをあとにして行く二人に――

**リリー**　（半ばリリーに、半ばチックに）その通り。

このあと伯父はチックに言います――

**伯父**　うちのが今晩、体の具合が良くないんで……でも助《すけ》っ人《と》が必要なら、そう言ってくれって、彼らに伝えてください。

広場のまわりには多くの車が駐車していて、そのどれにも定かには見えないが蒼白い顔や手がいっぱいで、手から手へウイスキー瓶をまわしたりしています。

**伯父**　彼ら、頼りにしていると思いますよ、リリーさん。

**伯父**　な、僕はルーカスに反感を持っていない。リリーさんも持っていない。彼は言うだろうよ、たくさんの白人よりもルーカスのほうが好きだって。それも本気だろうよ。

**伯父**　それで今、白人たちは彼を引っぱり出して火あぶりにしようとする。しかしどっちの側にも、ひどい恨みはないんだ。いや、じっさい、ミスター・リリーはルーカスの葬式に、それから彼の未亡人や子供たちがいるなら、その援助のために、現金をまっさきに寄付する仲間の一人だろうよ。

六、七人の男が車に乗って轟音を立てて広場のまわりを走っているのが、今カメラに向かって突進してきます。意味不明の興奮と狂気の唸り声――イヒョーッ！　ヤーイッ！　邪魔すんな！

**チック**　なに、あれは。

**伯父**　ミスター・リリーの友達だろう。

カメラはチックの視点で留置場の中に入ります。入口にシェリフ代理がかたい椅子にふんぞり返って日曜版の新聞のマンガ頁を読んでいます。二連式の銃が立て掛けてあります。

看守のタブズが出てきます。

**伯父**　僕はルーカスの弁護士です。

看守、伯父、チックの三人は階段を上の階の鉄と樫の木の扉のほうに上がっていきます。

**タブズ**　誰がなんと言おうと俺はこんなことが好きだとは言わねえよ。俺には女房と子供が二人いる。俺は三人に何をしてやることになるんだろ、もしクソッたれの、くさい黒んぼを保護してやるために俺が殺されちゃったりしたら――

タブズが照明スイッチをつけ、拘置室のほうを見ると、壁に接した段ベッドに六人の黒人の囚人がまったく動くことなく横になって目を開いてこちらを見ています。

**タブズ**　彼らを見てくだせえ。眠っちゃいません。誰ひとり。無理もないでさあ、白人の群がここへ突入してくる。ピストルやガソリンの缶を持ってくるんだから。

看守は二人を廊下の端の独房に案内します。狭い独房の、毛布など全部取り去ったベッドに仮眠しているルーカスを伯父が起こします。

**ルーカス**　俺の訴訟を引き受けてくれますか？

**伯父**　あんたの訟訴？　どういうことだい、裁判官の前であんたを弁護するのかい？

スティーヴンズは、起きようとするルーカスのベッドの下の靴を拾いあげてやります。

**ルーカス**　弁護料は払います。心配しなくていいでさあ。

**伯父**　人を背後から撃つような人殺しを僕は弁護しない。

**ルーカス**　裁判のことは忘れましょうや。まだ話はそこまでいってません。人を雇いたいんでさあ、法律家でなくていいんです。

**伯父**　なんのために？

ルーカス　仕事を引き受けてくれる気はあるんですか、ないんですか？

伯父　僕はここへ入る前に、もうあんたの訟訴を引き受けているんだ。何が起きたのか、それを教えてくれれば、何をすべきか話をするつもりだ。

ルーカス　いや、それは今はいい。

伯父　今はいいだと？

ルーカス　俺がいま必要なのは……

伯父　ガウリーの奴らが今夜、襲ってきたときに、それは今はいいと言え！

伯父はチックの不安そうな顔を振り返って再びルーカスに視線を戻し――

チック　少し細かく言ってくれないか、なぜヴィンソン・ガウリーを殺したのか。

伯父　それはフレイザーの店のごたごたのせいじゃないの、二か月前の？　僕はそこにいたんだよ、伯父さん、僕が証人になれる。

ルーカスは黙って否定的に首を振ります。やがてスティーヴンズから目をそらして――

ルーカス　彼らは白人二人。製材所のパートナーだ。製材所の伐《き》った木材を買っていた――

伯父　二人って誰だ？

ルーカス　ヴィンソン・ガウリーがその一人だ。

伯父　ルーカス、白人には「ミスター」を付けて言って、それが本心のように聞こえさえすれば、こんなところに今座っていなくていいだろうってこと、考えたことないかい？

ルーカス　俺にそれを今始めろって言うのかい。俺をここから引きずり出して俺の体の下で火を燃やそうって人たちに「ミスター」って言うんですかい。

伯父　何も起こりやしないよ。シェリフ・ハンプトンに対して勝手な真似をする者はいない。

ルーカス　シェリフ・ハンプトンは今ごろ家で寝てるわい。
伯父　シェリフはミスター・レゲットを任命して、下で12口径の銃を持って座っているように指示した。
ルーカス　レゲット？　知らねえ人だ。
伯父　鹿狩りの名人だ。38ライフル銃で走っている兎が撃てる男だ。
ルーカス　はん。ガウリー一味は兎じゃねえ。山猫や豹かもしらんが、鹿なんかじゃねえ。
ルーカスとスティーヴンズの対話は噛み合わないまま続き**【写真8】**、スティーヴンズはルーカスの裁判を別な郡で行なわせ、この人は老人で前歴もないと、その郡の検事に伝え、ルーカスは自分の罪を認めて法廷の赦免を乞い、ガウリー一味が危害を及ぼせないように、ルーカスを刑務所に入れるという案を出し、それから「今晩、僕に、ここにいてほしいか」と訊きます。
ルーカス　必要ないでしょう。昨夜は一晩中寝かしてもらえなかったんで、少し眠りたい。あんたがいると、朝までしゃべるだろうからなあ。
伯父　その通り。
二人が扉の鉄格子の外へ出て伯父が扉に鍵を掛けているとき、チックは扉越しにルーカスを見返します。
ルーカス　（チックに）煙草を一缶、持ってきてくれるかなあ。あのガウリーの奴らが俺に煙草を吸う時間を残してくれるならだがな。
留置場の外へ出たところで、伯父は煙草など明日の朝でいい、と言うが、チックは回れ右して留置場の小径を走っていきます。
タブズが自分の部屋から出てきて「またかい？」――チックは忘れ物をしたと言い、タブズは明朝にせよと言い、レゲットが「いや、明朝になると踏みつぶされるかもしれぬ」ということで、タブズは牢に行く階段のドアを開けることになります。チックが鉄格子越しに独房の中を見ると、ルーカスの手が暗闇から出て鉄格子を掴み、チックの手も鉄格子を掴

▲8　（シーン136）独房のルーカスに会うスティーヴンズ

みます。一つのクローズ・アップでは、重苦しい鉄の十字の中に廊下の薄暗い照明に照らされて格子に押し付けたルーカスの片眼だけが見え、チックはルーカスの囁き声を聴きます——

**チック**　（伯父の荒っぽさが乗り移ったかのように）よおし。僕に何をしろと言うの？

**ルーカス**　あっちのほうへ行ってくれ。

**チック**　あっちって？

**ルーカス**　礼拝堂の裏のガウリーの墓地。

町から九マイル離れた橋の先の、丘にあるその墓地に埋められているヴィンソン・ガウリーの死体を調べれば、ルーカスの41口径のコルト銃で撃たれていないことが解るというのです。このやり取りの間、古風な鉄格子を外から掴んでいる白い手、内側から掴んでいる黒い手の動きが劇的です。鉄格子が聖アンデレ十字（St. Andrew's cross）を描いているのも象徴的です。（この留置場はフォークナーの次作『尼僧のための鎮魂曲』［一九五一］でも一役買っています。）

なぜ僕に頼むのかというチックの問いに——

**ルーカス**　あんたは混乱していない。あんたは耳を貸すことができる。だけどあんたの伯父さんのような人は時間がない。考えることが多過ぎる。

**チック**　僕、何をしたらいいの？

**ルーカス**　奴らはカレドニア礼拝堂墓地に埋葬する……

**チック**　みんなが「九区」と呼んでるあの地区に？　シェリフだってあそこへは行けないよ、誰かが迎えにきてくれなければ。それなのに僕が？　とにかく僕は真夜中までには戻らなきゃならない。そうしないとガウリーたちが——もしかすると——

**ルーカス**　ガウリーたちのことは知っている。

**チック**　だから真夜中でも手遅れかも。そんなことができるだろうか。

クローズ・アップで格子の向こうのルーカスの片目がこちらを見ます——

**ルーカス**　俺は待ってるよ。

これで映像は切り替わり、カメラは建物の外。夜の広場です。チックは留置場の前のゲートを出て通りへ向かおうとすると、カメラは彼の前方を移動、デニムのズボン、オープンシャツ、重い革靴というイデタチの男の前を通り過ぎます。男は電柱に凭れていて、片方の膝を曲げ、その足の靴底を電柱につけています。チックがそこを通り過ぎようとするとその足を小径に伸ばしてきて——

**男**　待て。

チックは止まって男を見ます**【写真9】**。

**男**　（留置場を見あげながら）あいつはなんて言ったんだ？

**チック**　何も言いませんよ、ガウリーさん。

**男**　あんたは彼に会いに行ったんだろ、二度も。

**チック**　いけないんですか？

**男**　あいつは俺の弟を殺した。あいつが郡境《ぐんざかい》を出て俺たちの手の届かねえとこへ、こっそり抜けていかねえように俺はここにいるんだ。さあ、言ってくれ、なんであそこへ行ったんだ。

男は摩擦マッチを取り出し、自分のデニムのズボンで擦って点火、ポケットにバラの煙草を探しながら——

**男**　さあ言え、あいつなんて言った？

カメラはチックをクローズ・アップ——

**チック**　あれは自分の銃じゃないって言いました。

男（クロフォード・ガウリー）のクローズ・アップ——

**男**　（煙草を吸いこみ喋りながら吐き出して）賢い黒んぼだ。俺だって同じことを言うわい。

▲9　（シーン161）クロフォード・ガウリーとチック

▲10　（シーン172）チック、ミス・ハバシャム、スティーヴンズ

それがチックの視線であるかのようにカメラは男の顔から向きを変えて、反対側の郡役所の時計塔を見あげ、二人の顔は半透明のダイヤルの後方から照明されます。すでに八時過ぎです。
チックは走って帰り、家に入ると、カメラは明かりのついた窓にパン。溶暗して家の二階のスティーヴンズの書斎。チックはドアのところに立ち、伯父のスティーヴンズは仕事机から立ってチックと話しています【写真10】。

**伯父**　そうか、彼の銃じゃないって。もし僕がルーカスなら――いや、どんな無知な殺し屋でも――同じことを主張するだろうよ。

**チック**　（片手を開いたドアに付けたまま）まったく同じことをクロフォード・ガウリーが言ってました。

**伯父**　どこで？

**チック**　留置場の外で。

**伯父**　そうか。ガウリーの連中、もうそこにいるのか。それで、きみは僕のところへ来て、僕の言うことはガウリー一味の言うことと変わりがないと……ふむ、その通りだ。生きるか死ぬかの問題になると（窓のところへ来て、月に照らされた道を見おろしながら）人間の語彙はとてつもなく小さい。

チックは開けたドアのノブを握ったままでいたが、振り向いて開けたドアの陰にミス・ハバシャムがいたのに気づき――

**チック**　あ。すみません。今晩は、ハバシャムさん。

**ハバシャム**　今晩は。チック。

スティーヴンズは先の言葉を続けて――

**伯父**　ところでミス・ハバシャムの軽トラックの件だが、くたびれたオンドリと衝突してしまい、ハバシャムさんの隣のミスター・ウィンストンは主張する、誓って言うがこのオンドリは立派な血統のもので、少なくとも七ドルの値打ちがあるんだと――世の中には言葉もいろいろだ（と、うしろの書棚の黒い表紙、金の文字の私犯法関係の書物にジェスチャー）。

そのうちに夕方の怒りっぽさ、荒っぽさが声に戻ってきて——

**伯父**　いや、白人を撃たなければならなかったとして、なぜ九区でそれをやったんだ？　最悪の場所を選んだわけだ。しかし、そんな場所でやらなければならなかったにせよ、なぜガウリー家の一員を？　なぜ背後から？

**ハバシャム**　彼は撃たなかったんじゃない？

**チック**　彼が埋葬された場所へ行けば、それがわかるかもしれない。

**伯父**　チック、教えてくれ——ルーカスはきみに何を頼んだんだ？

カメラはゆっくりドアのところにいるチックに近づくスティーヴンズを追います。

**チック**　シェリフならやれるかもしれない。

**伯父**　何をやれるんだ？

**チック**　彼を掘り出すこと。

**伯父**　なんだと？

**チック**　銃弾《たま》を死体から取り出して調べるの。

**伯父**　なに、なんということだ！

**チック**　それが41口径のコルト銃から発砲されたものか、調べるの。

このときミス・ハバシャムの顔にはほんの微かな反応があるだけです。

**伯父**　お祈りして清められた地面の中からヴィンソン・ガウリーを掘り出す？　ガウリーの墓を暴くのは黒人が罰せられないためだと？　僕ならガウリーの父親に向かって「息子さんの金歯をもらいたいから、死体を掘り起こす」と言うほうがマシだ（彼は怒鳴っている）。たとえルーカスのストーリーが真実だとしても、それでも、そんなことはできやしない、きみにも、僕にも、シェリフにも、州知事にも、アメリカ合衆国大統領にも！

チックはがっかりした表情でしばらくドアに凭れますが、急いで階段を下りていきます。チックは裏庭に出て厩《うまや》に行き、彼の専用の馬「ハイボーイ」を庭に連れ出し鞍をつけたりします。パラリーとアレックは見ています。パラリーは一度はアレックを制止するものの、行きたければチックと行動してもいいと言います。

アレックがチックにどこへ行くんだと訊くと、チックは「かなり遠い所。今夜起こりそうなことを見なくても、聞かなくてもいいような所」（つまり彼の逃避願望の表現）と答えます。

放牧場のゲートのところにミス・ハバシャムがいて、自分の軽トラックを指さして——

**ハバシャム**　車の中に懐中電灯があるわ。（アレックに）道具はあるかい、ツルハシとシャベルなんか。

**アレック**　（彼女の言に従って歩み去りながら）だめだよ、そんなことしたって、彼は焼き殺される。どこへ行って何を掘り返したって、もう遅いんだ。

**ハバシャム**　墓地はどこら？

**チック**　カレドニア礼拝堂。ナイン・マイル橋のすぐ先。

**ハバシャム**　なら、あたしたち馬が要るわ。

**チック**　あたしたちって、ハバシャムさんも行くつもりなんですか？

**ハバシャム**　（自分の車に乗り込んで）あたしたちはこのトラックを丘の麓にとめて、そこからハイボーイを使う。彼ならあまり音を立てない。（道具を持って戻ってきたアレックに）車の運転できる？

**チック**　僕ほんとは行っちゃいけないんだ。

**ハバシャム**　わかってるよ。ミスター・スティーヴンズだって、シェリフだって、いけない。いや、州知事だって、いや、合衆国大統領だっていけない。そんなことを言うなら、あたしもダメよ。でも誰かがやらなけりゃならないこと。

それに応じてアレックは道具をそっと軽トラの背に載せます。チックはハイボーイの向きを変えて暗闇の道路に向かいます。ここからがいよいよ冒険の始まりということになります。しかしただの冒険ではありません。

横からの移動撮影でハイボーイに乗って走っているチック。暗い畑、家々、木々、ときどきカメラをかすめる木の葉や枝。

車の中、運転するアレックとミス・ハバシャム。ヘッドライトがチックとハイボーイを捕らえ、追いつき、追い越す。ミス・ハバシャムが手袋をした片手をあげて挨拶。チックは月光に照らされて走っているが、ゆっくり後退していく（カメラは車の中からチックを見ている感じです）。

ロング・ショットで車のヘッドライトに照らし出された道に沿って曲がると、一群の小屋があります。カメラは静止して車のライトが小屋を照らし、窓から窓へと動きます。

カメラが小屋の中に入り、車のヘッドライトに浮きあがる小屋の内部。黒人の子供たちが三人、ベッドに、眠らずにいます。子供たちの母親はぎこちなくベッドのそばに腰掛け、自動車のヘッドライトが部屋を通り過ぎると、体を乗り出して子供たちの毛布を引き上げてやります。ライトは通り過ぎ、小屋は再び暗闇に戻ります。

フル・ショットで別の小屋の中をライトが通り抜け、黒人の老夫婦がテーブルに向かい合っています。

ヘッドライトは道に沿って動いていきます。樹木が続き、少し離れた次の小屋を自動車のライトが一、二秒、二十歳くらいの黒人青年の目と顔を捕えます。月光が彼の手と顔に。馬の蹄の音が聞こえます。黒人青年はドアを少し開け、その隙間から外を見ます。幻影のようにハイボーイをやや不安定に走り続けさせるチック。

いよいよナイン・マイル橋でチックは馬を停止させ、闇からアレックが出てきて馬を撫でます。チックは馬に水を飲ませようと土手を下りるのですが、川端で馬は後ろ脚で立って遠ざかろうとします。

**アレック**　橋を渡らないで。音が響き過ぎるから。ここを下って、浅瀬を渡って。

川の流れが月光を反射し、黒いキラキラする砂が川をふちどっています。ハイボーイはのけぞってチックを落とそうとするように見え、アレックが手綱を取って回れ右をさせる。

**アレック**　クイックサンド（流砂）の匂いがするんだ。

クイックサンド（quicksand）というのは「流砂」という訳語が英和辞典に載っていますが、これはルサと読んでも、リュウサ、リュウシャと読んでも「クイックサンド」とは少し意味が違うようです。これは、普通の砂地のように見えて、うっかり足を踏み入れるとズブズブ下方へ引き込まれてしまう、そんな危険な砂地を指します。「クイック」は、元来の「生きている」の意味が強く、「クイックサンド」は「生きている砂地」ということです。ナイン・マイル橋のそばの、このクイックサンドは、あとでまた重要な役割も果たします。映画撮影に当たってはフォークナー自身が案内して、この場所を使うよう指示したそうです。

川を渡ると丘を登ることになります。ミス・ハバシャムは車を降りてチックの馬に乗り、少年二人は墓掘り道具をかついで歩きます。

と、少し離れたところを、馬かラバが斜面を下りてくる気配がして三人は隠れて様子を見ます。影の中を誰かがラバに乗り、黒いものを抱えて下りてくる、そんなふうに感覚の鋭敏なアレックは捉えました。

粗末な木造のカレドニア礼拝堂。その向こうの墓地へ三人は入っていきます**【写真11】**。月に照らされ、鳥や獣の奇妙な音が聞こえる中での不気味な作業が始まります。棺桶は深さ六フィートの穴に埋めると決まっていますから、日本の田舎の土葬の場合よりもずっと深いわけで、ライトでミス・ハバシャムが地上から照らし、下で少年二人が持ってきたシャベルをチックが使い、アレックは板切れを使って土を穴の外へ出していきます。この光景の不気味さは鳥の羽音や夜鷹《よたか》の叫びに慄くミス・ハバシャムの表情によって伝えられますが、その雰囲気は、かつてマーク・トウェインが『トム・ソーヤーの冒険』（一八七六）の第九章で描いた、トムとハックルベリー・フィンが墓地の片隅で医師とインジャン・ジョーとポッターが墓を暴くのを見るシーンを連想させます。くわしいことは申しませんが、文学史的に言うと、チック・マリ

▲11　（シーン224）ミス・ハバシャム、アレック、チック

ソンはトム・ソーヤー型の少年だと言えましょう。決してハック型の少年ではありません。そのことと、五十歳過ぎまで『ハックルベリー・フィンの冒険』は読んだことがなかったと告白するT・S・エリオットを参考に考えますと、エリオットにかぎらず、フォークナーも少年時代に『トム・ソーヤーの冒険』は読んだでしょうけれど、図書館に置くこともありえなかった『ハックルベリー・フィンの冒険』を読んだはずがありません。日本のアメリカ文学研究家が『墓場への侵入者』は『ハックルベリー・フィンの冒険』を連想させるなどと言っているのはナンセンスです。

さて、ついに棺が現れて、棺の蓋を開けると中はからっぽ。三人の愕いて見合わせる顔。

これでこのシークエンスが終わり、次は三人が留置場へ帰って、シェリフの部屋のキッチンでスティーヴンズとシェリフに事の次第を報告し終わったところに続きます【写真12】。

シェリフは朝食の準備をしながら、こうなると、今度は公的に墓を暴かねばならぬが、殺されたヴィンソン・ガウリーの父親ナブ・ガウリーが難物《なんぶつ》だ、法律家のスティーヴンズさん、あんたそれをやってくれ、などと言います。スティーヴンズは、ガウリー家の裏庭みたいな場所へ行って、黒人のために、あんたの息子の墓を掘り返すからよろしく、なんて、法律家以上の力が必要だ、と言います。

まあ、なんとか墓地へ行くにしても、それまでにガウリー一族や、一族と親しい連中がモブとなってやってきたら、12口径のショットガンを持っているレゲットも防ぎようがないなど、議論が続き、スティーヴンズはミス・ハバシャムに留置所の入口に居てもらうのがいいのではないかと意見を出し、ミス・ハバシャムは、それはいいけど、いったん家に帰って鶏に餌をやって、繕《つくろ》いものを持ってきたいからと、アレックに車の運転を頼みます。

ここらでミス・ハバシャムはルーカス・ビーチャム夫人であったモリーと、ちょうどチックがアレックと共に育てられたのと同じように、生まれたときから姉妹のようにして育てられたのだという背景を提示すべきだと思うのですが、それがないのは、この映画の唯一の不充分なところではないかと私は思います。

ロング・ショットで、町から外へ、カレドニア墓地へ急ぐ車が二台走り、それとは逆に郊外から町の中心へ次から次へ

▲12　（シーン250）ミス・ハバシャム、シェリフ、アレック、チック、スティーヴンズ

車が続きます。それらは郡役所前の広場を埋めていきます。ガウリー一味が留置場を襲撃するのを見ようというのです。墓地ではシェリフが黒人の囚人二人にツルハシとシャベルを持たせてスティーヴンズが来るのを待ち、チックとスティーヴンズが到着し、シェリフが囚人に作業を命じたところへ、三人のガウリー家の男たちが現れます【写真13】。一人は死んだヴィンソンの父親、ナブ・ガウリー。あとの二人はヴィンソンの兄の双子兄弟。付随して吠え続ける猟犬二匹。ナブは左腕の肘から下がないのですが、右手だけで器用にピストルを操ったりします。

**ナブ**　保安官よ、何やってるんだ。

**シェリフ**　この墓を開こうっていうんです、ガウリーさん。

**ナブ**　いや、保安官、その墓はだめだ。

**シェリフ**　いや、ガウリーさん、墓を開きます。

ナブは右手で巧みにシャツのボタンを外し、ピストルを出します。

**シェリフ**　あんたの息子さんは、この墓の中にはいないんだ。

**ナブ**　うちの息子がそこにいないなんて言った奴の名前は聞きたくねえ。

チックはうまく喋れませんが、とうとう口を開きます――

**チック**　そ、そ、それはカラなんです。ぼ、ぼく、ゆうべ見た。

ナブは双子の息子たちに命じて墓を掘らせます（この双子を演じるのも地元の素人の双子です）。

**伯父**　（穏やかに）ガウリーさん。ゆうべ、知っていたんでしょう、何かがおかしいって（ナブは無言）。あんたは知ってたんだ。そうでなければルーカスは真夜中過ぎには殺されていたはずだ。だけど、あんたは家にいた――なぜ？

無言でガウリーは銃をシャツの下にしまいます。丘の下手からチックの叫び声が聞こえます――

**チック**　伯父さん！　こっちに跡が残ってる、来て、見て！

▲13　（シーン282）ラバに乗って墓地にやって来たナブと双子の息子

犬も男たちも、そちらへ走って行きます。

**シェリフ**　銃弾を見つけられて、銃の種類がバレないように誰かが死体を隠したんだ。

スティーヴンズは犯人がラバを降りて、ひとりで、急いで、静かに、確実に、跡が残らないようにしたんだ、短い時間内に、と言います。チックは橋のそばのクイックサンドに死体を隠したんじゃないかと思い当たります。

**ナブ**　いや、息子をクイックサンドに沈める？　そんなひどいことがあるか。

そう言いながらナブは藪を走り抜けて橋に出て、橋からクイックサンドと思われる場所に跳び降り、足の先からクイックサンドに吸い込まれ、ベルトのあたりまで沈んだところで手を水上に出し「ここだ！　俺の足が触っている！」と叫びます。

全員の協力でヴィンソンの死体が、足から先に、倒立した形で引き上げられ、その死体が仰向けに安置されると、ナブはハンカチを探し、それがないので自分のシャツの裾を引っぱり出して、砂だらけの息子の顔を拭いてやります。荒くれ老人の見かけに似合わぬシンミリした一齣となります。

ここでシーンは一転。郡役所前の広場。ほうぼうから自動車、トラック、バスなどで（月曜日なのに仕事を休みにして）集まる男たち、女たち、子供たちのお祭り騒ぎが描写されます。ここで、いくつものスピーカーから派手な音楽が流れます。映画はここまでは最初の教会の讃美歌の一部以外に伴奏音楽などを一切入れないというハリウッド映画には珍しいアヴァンギャルドなことをやってきて、ここで突然、耳をつんざくような騒々しい音の氾濫ということになります。心憎いばかりのブラウン監督のめざましい手法だと思います。

車の屋根から屋根を渡って広場を横切れるくらい車が詰めています。「ガウリー」とドアに描かれた軽トラックがあります。中にクロフォードが座っています。赤ん坊を抱いた女性がトラックの中のクロフォードに「ミスター・ガウリー、いつごろから始めるおつもり？」と声を掛けています。

やがてクロフォード・ガウリーは石油缶を持って広場の中の給油所へ行き、給油機の下へ缶を置き、給油係はそれに石

▲14　（シーン349）石油を撒こうとするクロフォード・ガウリー

油を満たします。クロフォードはそれを持って留置場の入口へ行きます。入口の真ん中には、バスケットいっぱいの衣類があり、そこから取り出しては継ぎ当てなどをしてミス・ハバシャムが頑張っています。

**クロフォード**　どいてくれ、ミス・ハバシャム。

**ハバシャム**　あたしゃこのままが、とっても居心地いいんだよ。

**入口に集まったヤジウマの声**　椅子ごと彼女を外へ出せばいいんだ。

**クロフォード**　でなきゃ、これだ。

と言って彼は石油を床に流します**【写真14】**。石油はミス・ハバシャムの足元まで流れてきますが、彼女は平然としています。

**ハバシャム**　そこんとこ、あんたが影を作るんで、針に糸を通すのに邪魔だよ、どいてくれない？

**クロフォード**　ハバシャムさん、あんた、いい歳して、間違っている。あんたは、この郡の人全部と争ってるんだ。やがて疲れるに決まってらあ。

**ハバシャム**　あたしゃ八十歳になるところだけど、まだ疲れちゃいないよ。

やがて彼女は立ちあがり繕いものを手にしたまま群衆に叫び掛けます――

**ハバシャム**　ゴー・ホーム！　みんな家へ帰りなさい！　あんたたち、恥ずかしくないのかね！

カメラはロング・ショットで群衆の顔を次々に捉えます。彼らは、ぎこちなく分散していきます。カメラはすっと上の方に移動して二階の窓から中のルーカスとスティーヴンズを見せます。スティーヴンズは、なぜルーカスが殺人犯にされたのかという謎を解こうとしています。一筋縄ではいかないルーカスの話を整理して述べれば（スクリーンではルーカス・ビーチャムの喋りに従ってフラッシュバックの映像が続くのですが）、こんなふうになるでしょう――ヴィンソン・ガウリーと兄のクロフォード・ガウリーは共同で、遠い親戚の老人の山の木を伐採・製材し、それを全部町の買い手に売って、その代金を三分して三人が受け取るという取り決めをした。ガウリー兄弟は製材工場を借り、伐採・製材のための人夫を雇い、製材したものはすべて老人の家の近くに積み上げ、万事完了するまで木材は移動させないことになっていて、そのことは近所の者もみな知っていた。それが、ある晩、ルーカスが眠れぬままに外を散歩していると、一台のトラックが製材したものを運び出しているのに出会う。そのトラックのあとを馬で追ってきたヴィンソンがルーカスに誰がトラックを運転していたのか訊く。ルーカスは、わからなかったと言う。そのあとの土曜日、土曜日には正装してエドマンズ家からもらった拳銃をポケットに入れて歩くことにしているルーカスが山道で野兎を目にして拳銃で狙って撃つのだが、はずしてしまう。そこへヴィンソン・ガウリーがラバに乗ってやってきて、ルーカスに製材を盗んだのは誰なのか言えと、鞭を片手に強要します【写真15】。そのときヴィンソンの背後から銃声、ヴィンソンは即死です。そこへ例のフレイザーの店から人々が跳び出してきて、拳銃を片手にルーカスが驚愕のていでヴィンソンの死体を前にしているのを見るという、そんな次第をフラッシュバックするのです。

しかしルーカスのピストルの弾とヴィンソンを殺した弾が同一でないことは死体の弾を調べれば自明だ。それがルーカ

▲15　（シーン382）ルーカスとヴィンソン・ガウリー

スの主張です。

そこへシェリフが入ってきて、ヴィンソンの体内に入っていたライフル銃の弾を見せます。それはルーカスのピストルの弾ではありません。ルーカスは、さあ、無実な自分を牢から出してくれ、と言います。スティーヴンズは、今やルーカスは自由の身だが、いま外へ出たら十分以内に死体になるぞと言います。

留置場から出てくるスティーヴンズを追って、クロフォード・ガウリーとその仲間は、しつこく食ってかかります――

「あんたは白人のくせに黒人のルーカスの弁護をしようってのか」「俺の弟はあのニガーに殺されたんだぞ」

スティーヴンズは広場のそばの自分の事務所でチックに言います――

**伯父**　彼は昨夜は半狂乱だった。自分が射殺した男を墓から掘り出し、丘の麓へ行って新たに埋める場所を見つける。ただひとりで大地の重さと戦った。どんなに恐ろしいことだったか！　そして今日、土曜日の朝から今までの時間、一時間、一時間が束になって彼の頭の中で煮えたぎっているに違いない。広場のみんなは知らないが、彼は知っている。運が尽きたんだ。自分の自由を確保するために彼は二セントか三セントの残金を使っている。その残金の使い道は彼には一つしかない――復讐だ。

その「復讐」とは、自由の身になったルーカスが帰ってくるはずの彼の小屋に行って彼を殺すことです。しかしそれを予期してシェリフはルーカスの小屋に先回りして、炉に火を燃やし、ルーカスが家に帰っているように見せかける。ところがシェリフより先にクロフォードの父親ナブが小屋に隠れていてシェリフの前に出てくる。シェリフは、ルーカスではなく、材木を扱うパートナーの、元クロフォードが犯人であることを死者の体内から出た銃弾を見せて納得させます。

小屋の煙突の煙を見て現れるであろうクロフォードを待ちながら、ナブはイーゼルに入っているルーカス夫妻の写真を見、モリーを指して――

**ナブ**　これは彼の妻か。

**シェリフ**　妻だが、二、三年前に死んだ。

▲16　（シーン407）シェリフとナブとビーチャム夫妻のポートレート

ここでナブが自分の妻のことを言います**【写真16】**。

**ナブ**　俺の女房は二十五年前に死んだ。双子が生まれた日に死んだんだ。

**シェリフ**　男手《おとこで》ひとつで五人の息子たちを育てるのはつらかっただろう。

**ナブ**　つらかった。

そのとき銃声。窓ガラスが割れています。クロフォードの声――「出てこい、逃亡するか、ニガーめ！」

ナブはシェリフの制止を聞かず、ドアを開け、外へ出て、息子のライフル銃を取りあげ、「これで弟のヴィンソンを殺したのか」。ナブは息子の手を掴み、シェリフに手錠を掛けさせます。

かくてフォードの新車でシェリフとガウリーの親子は広場へ、留置場へ。群衆が詰め寄ります――「それが犯人か？」

**シェリフ**　その通り、彼が弟を殺した。

▲17　（シーン289）広場を引き上げる群衆

「ほんとうかよ、ナブ」
ナブは群衆を見おろして——

**ナブ**　その通りだ。これが殺したんだ。

群衆は三々五々、自分たちの車に戻り、霧散していきます。この光景を捉えるロング・ショットのカメラ・ワークも見事です。多数の住民の協力なしには撮れないシーンです**【写真17】**。

さて、映像は続いて、その週の土曜日。広場の賑わいを見おろすスティーヴンズの事務所へルーカスがやってきて、今回の経費を払いたいと言うシーンになります。スティーヴンズは要らないと言います。

**伯父**　僕は何もしなかった。そこにいるチックのお蔭であんたはこうして生きていられる。
**ルーカス**　よろしい。チックに払おう。
**伯父**　それはダメ。無免許で開業したことになる。
**ルーカス**　（財布を出して）何か出費があるだろうに。

スティーヴンズは、強いて言えば、独房へあんたに会いに行ったとき、パイプを落として少し壊れたのを修理するのに二ドルかかったと言い、ルーカスはその二ドルを払おうと細かい貨幣を勘定しながら払い、そのあと、まだ帰らずに突っ立っているのを見て、スティーヴンズが何をしているんだと訊くと「領収書を」（My receipt.）と答える有名なセリフが出ます。

ルーカスが出ていったあと、今日は黒人も大勢広場に来ていて、バンジョーの演奏なども聞こえる広場を見おろしながら、伯父・甥の対話で映画は締めくくられます**【写真18】**。

最初のショットで天を見あげたカメラに対応するように、市民が何事もなかったかのように集まっているのを見おろすカメラ、なかなかのエンディングです。

二〇一二年七月八日講演を修正・加筆

▲18　（シーン445）事務所から広場を見おろすチックと伯父のスティーヴンズ

■スチール出典

*Faulkner's* Intruder in the Dust*: Novel into Film*



The illustrations are used through the courtesy of the Clarence Brown Collection, Special Collections, University of Tennessee Library.

# あとがき

年一回のこの映画会がもう十六、七年も続いていることは、正直なところ、驚きです。始まりは現在の鶴見大学文学部および短期大学部の同窓会の会長をしていらっしゃる浅田美知子さんの慫慂によるものでした。当時浅田さんは事務局長で、会長は小形美代子さん。お二人とも、かつて三十歳代の小生が英語を教えたことがあるという繋がりです。鶴見大学は同窓会がありながら、あまり活動しているように見えないのは残念で、何か一般市民にも開いた講座のようなものをやって、その存在を世間に知ってもらえたら、そんな気持ちで会長さんと事務局長さんが考えた計画の一つに、英米文学に関係のある、そしてなるべく女性の生き方に関わるような映画を上映し解説するのはどうか、というのがあって、およばずながら協力しましょうと小生、非力を省みず膝をのり出したのです。

映画は個人個人がテープやディスクで観ることもできるけれど、やはり多数のひとびとと一緒に観て、その感応が消えないうちに、めいめいの観点から語り合う機会を持つことが望ましい――テープやディスクをひとり個室で観るだけでは、祭りを一人でやるようなもので、つまらないではないか。そういう気持ちが強く働いたのです。それで、女子大学として文学部、短期大学部のみで出発した鶴見大学は、今のところ、女性の卒業生が圧倒的に多いのだから、できれば女性を中心にした映画でアメリカ文学に関わるものを、というところから、まず『緋文字』かな、それから『女相続人』、『ティファニーで朝食を』はどう？と、同窓会の役員の方々と話し合って、また映画鑑賞後の話し合いや、アンケートの上映希望映画などを参考に次回の上映を決めてまいりました。一年に一回のこの行事が続きに続いて今年に至ろうとは、ちょっと当初は思いもしないことでした。

今回、映画会でお渡ししたハンドアウトや、小生の喋ったことをテープ起こししてくださった原稿、それらをもとに活字にしたいと依頼されたのが二、三年前ですが、ほとんど忘れていた自分の喋りを読んだりしていると、時には意味不明の箇所があったり、いささか見当違いがあったり、重複があったりと、かなり不調法が目につき、少しは手を入れたり、追加したりしてみました。しかし現場の雰囲気を残したくてそのままにした部分もあります。

ところが小生はその作業の途中、ジスト（ＧＩＳＴ）という a rare disease（と英国の医学辞典に書いてありました）におかされ、入退院を繰り返し、長時間の手術（病院では「大手術」と言っておりました）を三回受け、ただでさえ老化のすすむ身の、まことに遅々たる作業ぶりで、同窓会や出版社にご迷惑をお掛けしつつ、ようやく何とか拙いながら纏めることができました。解説に長短の不揃いや、繰り返しなどが見えることは、その時の映画の長さや、自由にできる時間の多少に左右される結果で、あえてそのときどきの雰囲気のままに残しておいたところもあります。しかし何よりも、そういう調整のためのエネルギーが失せていると言ったほうが正しいでしょう。

同窓会の会長さんをはじめ事務局の皆さんのお蔭でこの本の原稿ができあがりました。それから松柏社の森有紀子さんには校正段階でいろいろとお世話になりました。あつく御礼申し上げます。

平成二十六年師走

志村正雄

志村正雄　しむら・まさお
一九二九年、東京府生まれ。アメリカ文学研究者。一九五三年、東京外国語大学外国語学部英米語学科卒業、一九六二年、ニューヨーク大学大学院英文科修士。鶴見女子大学を経て東京外国語大学教授、定年後、鶴見大学教授、二〇〇〇年、退職。
著書に『神秘主義とアメリカ文学——自然・虚心・共感』（研究社出版）、『アメリカの文学』（共著、南雲堂）、『アメリカ文学探訪』（NHK出版）など。訳書にジョン・バース『旅路の果て』（白水社）、『フォークナー全集24 短篇集(1)』（冨山房）、トマス・ピンチョン『競売ナンバー49の叫び』（ちくま文庫）、トマス・ピンチョン『スロー・ラーナー』（ちくま文庫）、ガートルード・スタイン『ファウスト博士の明るい灯り』（書肆山田）、ジェイムズ・メリル『イーフレイムの書』（書肆山田）など。

映画・文学・アメリカン
初版第一刷発行　二〇一五年五月二〇日
著　者　志村正雄
企画・制作　鶴見大学文学部・鶴見大学短期大学部同窓会
発行者　森　信久
発行所　株式会社　松柏社
〒一〇二—〇〇七二　東京都千代田区飯田橋一—六—一
電話〇三—三二三〇—四八一三
電送〇三—三二三〇—四八五七
印刷所　中央精版印刷株式会社
装　幀　加藤光太郎デザイン事務所
定価はカバーに表示してあります。
落丁・乱丁本は送料小社負担にてお取り替えいたしますので、ご返送ください。

ISBN978-4-7754-0214-6